KB059587

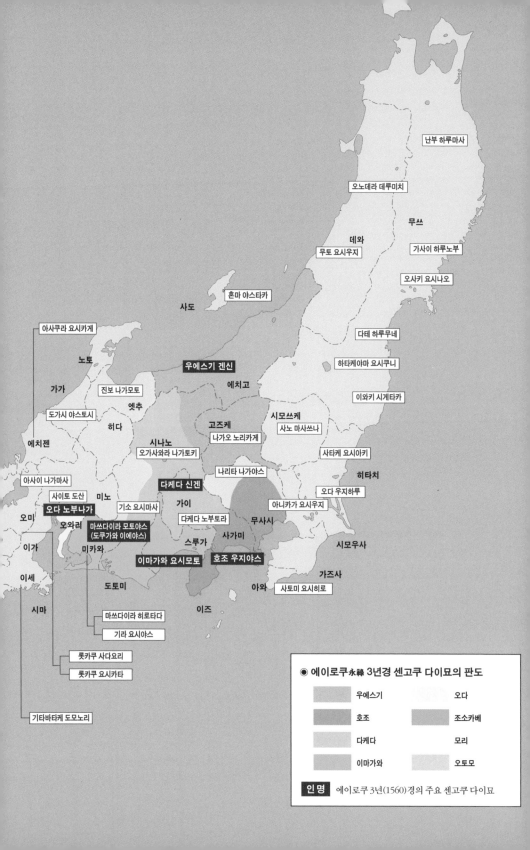

난부 하루마사

오노데라 데루미치

무쓰

데와
무토 요시우지

가사이 하루노부

오사키 요시나오

혼마 야스타카

사도

다테 하루무네

아사쿠라 요시카게

우에스기 겐신

하타케야마 요시쿠니

노토

에치고

이와키 시게타카

가가

진보 나가모토

엣추

시모쓰케

도가시 야스토시

히다

고즈케
나가오 노리카게

사노 마사쓰나

에치젠

시나노
오가사와라 나가토키

사타케 요시아키

아사이 나가마사

다케다 신겐

나리타 나가야스

히타치

사이토 도산

미노

가이
다케다 노부토라

무사시

오다 우지하루

오다 노부나가

기소 요시마사

아니카가 요시우지

오미

오와리

마쓰다이라 모토야스
(도쿠가와 이에야스)

스루가

사가미

시모우사

이가

미카와

이마가와 요시모토

호조 우지야스

이세

가즈사

마쓰다이라 히로타다

도토미

아와

사토미 요시히로

시마

기라 요시야스

이즈

롯카쿠 사다요리

롯카쿠 요시카타

기타바타케 도모노리

● 에이로쿠永祿 3년경 센고쿠 다이묘의 판도

우에스기

오다

호조

조소카베

다케다

모리

이마가와

오토모

인명 에이로쿠 3년(1560)경의 주요 센고쿠 다이묘

센고쿠戰國 시대의 군웅할거도

에이로쿠永祿 3년 (1560)경

오키

쓰시마

소 요시시게

이와미

이즈모

아마코 하루히사

호키

이나바

다지마

단고

미마사카

야마나 우지마사

단바

와카사

이키

하타노 치카시

나가토

오우치 요시타카

스오

모리 모토나리

빗고

빗추

우키타 나오이에

하리마

호소카와 하루모토

야마시로

지쿠젠

부젠

비젠

셋쓰

미요시 나가요시

이즈미

가와치

류조지 다카노부

지쿠고

고노 미치나오

사누키

아와지

히젠

오무라 스미타다

아소 고레마사

오토모 요시시게

우쓰노미야 사다쓰나

이요

미요시 나가하루

아와

야마토

아와

조소카베 모토치카

기이

사가라 요시아키

분고

이토 요시스케

마쓰나가 히사히데

시마즈 다카히사

휴가

도사

사쓰마

오스미

織田信長 혼노 사의 변 7

오다 노부나가

야마오카 소하치 장편소설

이길진 옮김

織田信長 혼노 사의 변

⑦

오다 노부나가

솔

『오다 노부나가』를 바로 읽기 위해

1. 본문 중 ◦ 표시를 한 용어는 책 뒤에 풀이를 실었다.
2. 인명과 지명은 외래어 표기법에 따랐고, 장음은 생략하였다. 단, 킷포시(오다 노부나가)는
   원음에 가깝게 표기하였다. 인·지명 및 고유명사는 처음 나올 때 원어 병기를 원칙으로
   하였고 강과 산, 고개, 골짜기 등과 같은 지명 역시 현지 음대로 카와(가와), 야마(잔, 산),
   사카(자카), 타니(다니) 등으로 표기하였다.
3. 성과 이름 중간에 나오는 것은 대부분 그 관직명을 나타내는 것인데, 그 당시의 관습에
   따라 이름 대신 쓰이는 경우도 있다.
   보기) 히라테 나카쓰카사노타유 마사히데 → 원 이름: 히라테 마사히데 + 나카쓰카사노타유(나
       카쓰카사의 장관)
4. 시간과 도량형은 센고쿠 시대에 쓰던 것을 그대로 따랐으며, 역시 부록에서 설명하였다.

천하포무 天下布武

오다 노부나가가 사용한 도장

차례

효장驍將의 진군

나나오의 부장部將 유사 쓰구미쓰遊佐續光가 겐신에게 내응하겠다고 제의한 것은 그 이틀 후인 15일 저녁 무렵이었다.

겐신은 원정할 때 날이 저물면 언제나 군사를 거둔다. 지리를 모르는 곳에서 도중에 새로 가담한 군사를 지휘하기란 어려운 일이고, 섣불리 움직이다가 복병을 만나거나 기습당할 것을 경계하기 때문이다.

그 대신 아침 출발은 이르다. 상대가 일어났을 때 겐신의 군대는 이미 숙영한 장소에 없었다.

15일에도 어둠이 깔리기 시작하자 군사를 거두었다.

"앞으로 하루나 이틀이면 끝난다. 서둘지 마라."

성이 내려다보이는 언덕에 진을 치고 준비해온 술을 가져오라고 일렀다.

이때 경비에 나섰던 무사가 유사 쓰구미쓰를 데려왔다.

"적의 부장이 주군께 은밀히 드릴 말씀이 있다면서 항복을 청해왔습니다."

"그럴 줄 알았어. 이름은?"

"유사 쓰구미쓰라고 합니다."

"이리 데려오너라."

그리고 쓰구미쓰가 장막 안으로 들어오자 얼굴도 보지 않고서 말했다.

"어째서 내응하려느냐? 하루쯤 빨리 왔구나."

"예."

"성안에는 조 쓰구쓰라長續連를 비롯하여 누쿠이 가게타카溫井景隆, 미야케 나가모리三宅長盛 등이 버티고 있겠지. 어째서 두서너 번 더 막아볼 생각을 하지 않았느냐?"

"황송합니다마는, 모두가 기다리던 오다의 원군이 때맞춰 도착하지 못한다는 것을 알았기 때문입니다."

"허어, 노부나가가 오지 않는다는 말이냐?"

"성안에 들어온 정보로는, 오지 않는 것이 아니라 오지 못한다고 합니다."

"허허허."

젠신은 웃으면서 잔을 입으로 가져갔다.

"어째서 오지 못하는지 조사해보았느냐?"

"예. 주고쿠에는 모리 군, 오사카에는 혼간 사, 야마토에는 히사히데 군, 기슈에는 사이가와 네고로의 무리, 그리고 이곳 북부와 기소木曾 가도를 합하면 싸움터는 여섯 군데에 이릅니다. 그러므로 어디에는 군사를 보내고 어디에는 보내지 않는다면 군사가 가지 않는 곳의 사기가 떨어집니다. 따라서 노부나가가 아즈치에서 움직이지 않겠다고 말한 확실한 정보가 있습니다."

겐신은 콧방귀를 뀌었다. 그는 노부나가가 이 땅에 오지 않는다고 는 판단하지 않았다. 물론 싸움터는 여섯 군데로 분산되어 있다. 그 러나 노부나가가 그냥 둘 수 없는 적은 한 사람뿐일 것이다.

"좋아. 오지 않는다면 항복하는 편이 좋겠지. 그런데 어떻게 내응 할 작정이냐?"

"내일 아침 일찍 저희가 성을 공격하는 길잡이가 되겠습니다."

"알겠다. 길잡이가 없어도 17일에는 함락할 예정이었으나, 인명의 손상은 쌍방이 모두 적을수록 좋겠지. 야마우라 구니키요山浦國淸, 사이토 아사노부齋藤朝信 두 사람은 성의 접수를 상의하라."

이렇게 말하고는 다시 태연하게 술잔을 기울였다. 겐신에게는 싸 움도 일상적인 일이지만 저녁의 반주도 빠뜨릴 수 없는 생활의 일부 였다.

이리하여 유사의 내응으로 나나오 성은 쉽게 함락되었다.

'노부나가가 오지 않을 리가 없는데……'

겐신은 직접 입성하여 강경파인 조 쓰구쓰라 이하 백여 명을 처형 하고 누쿠이와 미야케는 사면했다. 그리고 곧바로 가가, 엣추, 노토 의 접경에 있는 스에모리 성을 공략하고 가가로 쳐들어갔다.

아직 노부나가가 모습을 전면에 나타내지 않고 있다. 그러나 가가 에서는 이미 시바타 가쓰이에를 비롯하여 사쿠마 겐바, 마에다 도시 이에, 삿사 나리마사, 후와 미쓰하루 등의 군사가 우에스기 군을 기 다리고 있을 것이다.

겐신은 가가에 들어가자 작년에 가키자키 이즈미에게 맡겼던 마쓰 토 성에 들어가 우선 전군의 군용을 정비하면서 즉시 사방에 보냈던 잇코 종의 첩자들에게 노부나가의 동정을 살피게 했다.

우에스기 군은 엄선을 거친 정예부대 3만 5천.

노부나가가 나오느냐 여부에 따라 겐신의 각오도 작전도 크게 달라질 것이다.

"아룁니다. 방금 다이쇼 사에서 첩자가 돌아왔습니다."

겐신은 고개를 끄덕이고 첩자를 앞으로 불렀다.

"어떠냐, 노부나가가 나왔느냐?"

"황송합니다마는 그것이 확실치 않습니다. 그러나 다이쇼 사를 떠난 적이 별안간 기세를 올리며 맹진하기 시작한 광경을 이 눈으로 똑똑히 보았습니다."

"오다 군이 움직이기 시작했다는 말이지?"

"예. 오늘 아침 일찍부터 고마쓰小松, 모토오리本折, 아타케安宅, 도가시富樫 등 여러 마을에 불을 지르고 그 연기 속에서 곧바로 진격해오고 있습니다."

"으음. 그렇다면 데도리 강을 건너 우리와 싸울 모양이군. 그런데 어디에도 노부나가의 깃발은 보이지 않더냐?"

"그렇습니다. 하지만 이것은……"

"좋아, 그것으로 됐어. 나오지 않을 수 없을 거야. 와 있을 것이다. 와 있으면서 깃발도 세우지 않는다, 이것이 선례를 무시한 노부나가의 전법이야. 좋아, 물러가서 쉬거라."

이렇게 말하고 겐신은 허공을 노려보며 희미하게 싱긋 웃었다.

허점뿐인 작전

그 전날.

노부나가는 에치젠의 기타노쇼에서 구즈류 강九頭龍川을 건너 기타가타 호北瀉湖 가까이에 있는 호소로기細呂木에 쌓은 작은 성채에 들어가 은밀히 장수들을 모아놓고 작전을 짜고 있었다.

벌써 여기에도 나나오 성이 함락되었다는 소식이 들어와 있다.

다이쇼 사에서 달려온 시바타 가쓰이에, 그 아들인 이가노카미 가쓰토요伊賀守勝豊, 가쓰이에의 조카로 귀신이란 별명을 가진 사쿠마 겐바 모리마사, 부추府中에서 나온 마에다 도시이에와 그 아들인 마고시로 토시나가, 후와 히코사부 우지나카不破彦三氏仲 등이 노부나가를 둘러싸고 열심히 지도를 들여다보고 있다.

그중에서도 시바타 가쓰이에는 쓴 약을 마신 듯 인상을 잔뜩 찌푸리고 있었다.

노부나가가 중대한 일을 너무 가볍게 묻는 바람에 그도 아무렇지도 않은 듯 되물었다가 크게 꾸중을 들었기 때문이다.

"어떤가 곤로쿠, 그대는 어디서 겐신의 목을 벨 생각인가?"

"주군은 그럴 수 있는 계책을 가지고 계십니까? 신겐조차도 이기지 못한 겐신인데요."

"못난 것, 그렇다면 그대는 겐신을 죽일 계책도 없으면서 도키치로와 싸웠다는 말이냐!"

"당치도 않은 말씀이십니다. 지쿠젠은 사사건건 제 의견에 반대만하다가 멋대로 돌아온 것입니다."

다툰 이유는 노부나가도 잘 알고 있었다. 아마도 그 다툼에서는 히데요시 쪽이 뻔뻔스러웠을 것이다. 이 북부에서는 아무리 공을 세운다 해도 시바타 가쓰이에의 들러리가 될 뿐 히데요시 자신의 공은 되지 않는다. 더구나 자칫 가쓰이에의 눈에 들어 그의 부장部將이라도되는 경우에는 평생 동안 출세하기가 어려우리라 판단하고 일부러싸움을 걸었을 것이 분명하다. 지금이라면 돌아온다 해도 혼자 공을세울 수 있는 다른 싸움터로 나갈 수 있다. 이렇게 계산하고 얼른 혼자 돌아왔을 것이다.

그 증거로 주고쿠에서 몰려오는 모리 군을 상대하라고 하자 히데요시는 좋아하며 출진했다.

이 점을 알고 있으면서도 노부나가가 굳이 가쓰이에를 꾸짖은 것은 가쓰이에한테도 충분히 책임을 느끼게 하려는 속셈이 있었기 때문이다.

"뭣이, 도키치로가 제멋대로 돌아왔어?"

"그렇습니다. 제 지시에 일일이 참견을 하며 전혀 명령에 따르지않았습니다."

"닥쳐라, 곤로쿠!"

"예."

"그대에게 딸리게 한 부장이 그대의 명령에 복종하지 않는다니! 그래가지고서야 어떻게 한 대장이 될 수 있겠느냐. 그렇다면 이번 싸움에는 내가 일일이 모두에게 엄명을 내리겠다. 이에 대해 이의를 제기하면 용서하지 않을 것이다."

이 말을 듣고 가쓰이에는 '아뿔싸!' 하고 입술을 깨물었으므로 언짢은 표정을 지은 것도 무리가 아니다.

노부나가는 한참 동안 찢어질 듯한 눈으로 지도를 노려보다가 이번에는 갑자기 마에다 도시이에에게 물었다.

"마타자에몬, 그대라면 어디서 겐신의 목을 베겠나?"

"저라면…… 적을 유인하여 구즈류 강까지 물러났다가, 만약의 경우에는 강을 건너 기타노쇼에서 농성하며 눈이 내릴 때를 기다리겠습니다."

"허어, 묘한 소리를 하는군. 기타노쇼에서 농성하며 눈이 내릴 때를 기다리면 저절로 겐신의 목이 떨어진다는 말이냐?"

"저어, 그것은……"

"그것은 지지 않는다는 것뿐이지 목을 벨 수 있는 싸움은 되지 못해. 목을 베기 위해, 겐바, 그대라면 어떻게 하겠나?"

숙부인 가쓰이에 이상으로 저돌적인 무사로 통하는 사쿠마 겐바는 질문에 이렇게 대답했다.

"저라면 부락마다 모두 불을 질러 후방을 폐허로 만들어놓고 데도리 강을 건너겠습니다."

"으음, 씩씩한 말이로군. 그렇게 해놓고 무작정 마쓰토 성을 공격한다, 그러면 겐신의 목이 덜컥 잘려나간다는 말이냐?"

"황송합니다마는 후방의 부락을 불사르고 데도리 강을 건너면 이것은 이중 삼중으로 배수의 진이 됩니다."

"분명히 그렇기는 하군."

"강을 등지고 있으면 함부로 물러갈 수 없습니다. 만약 강을 건넌다 해도 그 뒤에는 다시 불타버린 황무지가 있습니다. 게다가 얼마 뒤에는 눈이 내릴 것이므로 절대로 물러설 수 없다는 각오를 하게 됩니다. 그런 각오로 겐신이 있는 마쓰토 성을 공격하여 겐신의 목을 싹둑 자르겠습니다."

"핫핫하."

노부나가는 그만 큰 소리로 웃고 말았다.

"겐바, 만약에 겐신이 그대의 작전을 간파하고 굳게 농성하면서 눈이 내릴 때까지 기다리면 어떻게 하겠느냐? 그렇게 되면 강 뒤에는 불탄 들판밖에 없는데, 아군을 모두 눈 속에서 얼어죽게 할 생각이냐?"

"아닙니다. 그 전에 어떻게 해서든지 성을 함락할 것입니다."

"이 멍청한 것아! 성이 함락되지 않았을 때를 묻고 있는 거야. 겐신은 명장이란 말이다."

노부나가는 겐바를 꾸짖고 이번에는 후와 히코사부 우지나카에게 시선을 돌렸다.

"히코사부는 어떻게 하겠느냐?"

"저는 겐신의 목를 벨 자신이 없습니다. 그러므로 마에다 님의 의견처럼 봄이 되기를 기다리겠습니다."

"마고시로는?"

노부나가는 도시이에의 아들 도시나가를 돌아보았다.

"황송합니다마는 저는 판단을 내리지 못하겠습니다. 따라서 대장님의 지시에 따를 뿐입니다."

"영리한 녀석, 용케 질문을 피하는군. 곤로쿠, 다시 한 번 의견을 말해보라. 이것으로 여기 모인 사람들의 의견을 모두 들었어. 내가 없다면 그대들이 이 자리에서 결정지어야 할 문제야."

"말씀드리겠습니다."

가쓰이에는 시무룩한 표정 그대로 입을 열었다.

"저는 적이 데도리 강을 건너올 때를 기다렸다가 유인작전을 써서 다이쇼 사 쪽에서 저지하고 눈을 기다리겠습니다. 눈이 내리면 봄까지는 적도 전진하지 않을 겁니다. 기타노쇼까지는 물러가지 않겠습니다."

"으음."

노부나가는 그만 입을 다물었다.

솔직히 말해서 노부나가에게도 묘안이 없었다.

눈이 내리면 전진하지 못한다. 그러나 이런 전망이 노부나가로서는 상당히 불안했다. 노부나가는 겐신 만큼 눈에 대해 잘 알지 못한다. 에치고 태생인 겐신이 이번에는 겨울에도 철수하지 않는다고 선언했으므로 어쩌면 눈에 익숙한 군사들만 모아 행군을 시도하고 있는지도 모른다.

아니, 그보다 더 불안한 것은 겐신과 노부나가의 입장 차이였다. 겐신은 어떤 경우에도 유유히 싸움을 즐기고 있다. 마치 나가시노 싸움에서 노부나가가 다케다 군을 '끈기'의 책략에 걸려들게 만들었듯이……

그런데 지금의 노부나가는 사면초가 정도가 아니라 여섯 군데에서 적과 맞서고 있다. 따라서 한 곳에서 이긴다 해도 다른 곳에서 패하면 이전의 승리는 아무런 의미도 없어지는 것이다.

'곤경에 빠진다는 말은 바로 이런 때를 두고 하는 말이다. 마쓰나

가 히사히데 놈이 배신하는 것도 당연한 일이야.'

각개격파는 노부나가가 즐겨 쓰는 작전이었으나 지금은 그 반대가 되었다. 어느 한 곳을 격파하기보다도 어느 한 곳이 격파되지 않도록 하는 수밖에는 묘안이 없다.

그러나 이렇게 되면 겐신이라는 인물은 더더구나 까다로운 존재가 된다. 이기는 것밖에 모르는 인물이 이 싸움 하나만을 즐기고 있으므로 난처한 일이 아닐 수 없다.

"좋아!"

노부나가는 잠시 후 내뱉듯이 말했다.

"겐바! 그대는 그대의 작전대로 진행하라."

"그럼, 부락을 모두 불태우고 데도리 강을 건너도 되겠습니까?"

"그렇다. 과감하게 시도하거라. 겐신은 노부나가 놈이 드디어 허점뿐인 작전을 펴는 줄로 알 테지."

"알겠습니다! 즉시 착수하겠습니다."

"그러나 강을 건너 눈이 내릴 때까지 버티겠다는 어리석은 생각을 하면 안 된다. 건너갔다가 적이 나타나면 적당한 기회를 보아 얼른 도주하도록!"

"도, 도주하라는 말씀입니까?"

"그래. 도주하게 되면 다이쇼 사 부근까지 도주하라. 잿더미가 된 들판에 있으면 얼어죽기 십상이야. 그리고 이마이今井, 기바木場, 이부리바시動橋 등에서 싸우다가 미유키쓰카御幸塚에서 멈추도록 하라!"

"예."

저돌적인 무사 겐바는 도주하라는 말이 자못 불만스러운 듯했으나 감히 노부나가의 명을 거스르지는 못했다.

20

"다음은 마타자에몬, 그대도 그대 생각대로 작전을 펴라. 일단 데도리 강까지 전진했다가 구즈류 강을 건너 기타노쇼로 철수하라."

"알겠습니다."

"곤로쿠!"

"예."

"그대도 그대 작전대로 하도록. 겐바가 데도리 강 앞까지 물러나면 힘을 합해 철수하라. 그리고 다이쇼 사 앞에서 멈추는 거야. 거기서는 한 발도 물러나면 안 된다."

"알겠습니다."

"도시나가는 아버지를 따르고, 우지나카는 시바타와 같이 가라. 이것으로 결정되었다."

그러면서 노부나가는 지도를 움켜쥐고 공중으로 쳐들면서 터질 듯한 소리로 웃었다.

"왓핫핫하. 겐바, 이 작전을 무어라 부르는지 알겠나?"

"아니, 모르겠습니다."

"그럴 것이다. 이것은 지리멸렬이라는 작전이야. 그리고 이 노부나가의 깃발은 각자가 마음대로 세워도 좋다. 모두가 자기 나름대로 짠 작전이야. 패한 자는 대장의 자리를 빼앗을 것이다, 알겠나?"

"예."

"이렇게 하면 겐신도 갈피를 잡지 못할 것이다. 허점투성이일 뿐아니라 지리멸렬하면 어디가 본진인지, 어디가 급소인지 짐작도 못할 것이다. 이렇게 하면 겐신이 아니라 이 노부나가라도 머리가 어지러워질 거다. 이거야, 이 방법으로 밀고 나가는 거야! 왓핫핫하."

"주군! 한 가지 말씀드릴 것이 있습니다."

가쓰이에가 말했다.

"그러면 주군은, 주군은 대관절 누구의 진지에 계시겠습니까?"

"멍청한 것. 노부나가가 이런 데서 전쟁놀이나 하며 놀고 있겠느냐. 나는 깨끗이 철수하겠어. 이 노부나가의 싸움터는 여섯 군데야."

노부나가는 큰 소리로 외쳤다.

"알겠느냐, 내일 이른 아침에 각자 원하는 곳으로 질풍노도처럼 달려가라. 실수하여 전멸하지 마라!"

그러고는 다시 한 번 몸을 흔들면서 웃었다.

이리하여 겐신에게 오다 군이 출격했다는 첫번째 보고가 들어왔던 것이다.

"오늘 아침 일찍부터 고마쓰, 모토오리, 아타케, 도가시 등 각 부락에 불을 지르고 연기 속을 맹렬하게 진격해오고 있습니다."

물론 선봉은 사쿠마 겐바 모리마사였다.

데도리 강의 전투

겐바 군의 진두에 노부나가의 깃발이 휘날린 것은 이미 선두가 데도리 강을 건너기 시작했을 때였다.

"아, 역시 노부나가가 와 있었구나. 저 번개 같은 진격을 보고 예사 장수가 아니라는 것을 알았어."

"아무리 난폭하다 해도 저처럼 난폭한 대장은 다시 없을 거야."

"원 저런, 데도리 강을 건너 배수의 진을 치려는 것 같아."

그러나 겐신은 전혀 동요하는 기색이 아니었다. 마쓰토 성 주위에 3만 5천의 군사를 집결하고 숙연하게 데도리 강을 향해 서쪽으로 내려오기 시작했다.

오다 군의 병력은 짐작할 수가 없다.

제1진은 강을 건넜으나 제2진, 제3진은 그 뒤를 이어 강을 건너려는 기색이 없다.

사람들은 마른침을 삼켰다. 이 지방의 백성은 농민들까지 모두 반란에 가담했기 때문에 전투 경험을 가지고 있다.

그런 만큼 일본 제일이라는 우에스기 군과 오다 군의 결전이 어떻게 전개될까 하는 것은 흥미 이상의 흥밋거리였다.

그런데 처음으로 양군이 충돌할 거라고 여겼던 23일 아침이 되자 양상이 전혀 달라져 있었다.

우에스기 군이 강변에 도착해보니 오다 군은 이미 그날 밤 사이에 퇴각하고 말았던 것이다. 아니, 적어도 사람들의 눈에는 그렇게 보였다. 천하무적이라는 오다 군도 우에스기 군에게는 견디지 못하고 수많은 익사자를 내고 도주했다는 소문이 널리 퍼졌다.

그리고 우에스기 군이 전혀 흐트러짐 없이 데도리 강을 건넜을 때 그 일대에는 오다 군의 도주를 풍자하는 여러 가지 시가 나붙었다.

우에스기를 만나면 오다도 속수무책
펄펄 나는 겐신 앞에 줄행랑을 놓는 노부나가

그뿐만 아니라 노부나가가 금세 말에서 떨어질 듯이 결사적으로 도주하는 모습을 목격했다는 소문까지 나돌았다.

겐신은 그 풍자시를 보고 빙긋이 웃으면서 중얼거렸다.

"이곳에는 잇코 종의 신도가 많기 때문에 제법 시를 쓰는 자도 있는 모양이다. 그러나 아무리 겐신이 펄펄 난다고 해도 줄행랑을 놓을 노부나가가 아닌데."

그러나 이러한 우에스기 군도 적을 추격하여 시바야마柴山, 이마이, 기바 등 세 호수 사이에서 싸우며 진격하는 동안 갖가지 의문을 품기 시작했다.

여기저기서 노부나가의 깃발을 보았다는 자가 나타난 것이다. 더구나 싸움에 패하여 흩어졌을 군사들이 모두 일사불란하게 단결되어 있고, 그 전의戰意에도 진퇴에도 전혀 흐트러짐이 없었다.

'아무래도 이상하다.'

겐신이 고개를 갸웃거리기 시작한 이유는 노부나가가 어느 진중에 있는지 도무지 알 수 없는 가운데 시바타 가쓰이에가 재빨리 다이쇼 사에 들어가 농성을 시작했기 때문이다.

농성을 하면 그곳에도 군사를 배치해야만 한다. 배후를 찔리면 큰 일이기 때문이다.

여기에 이어서 이번에는 사쿠마 겐바가 누구와 짜고 연락한 기색도 없이 얼른 미유키쓰카에 틀어박히고 말았다.

좀더 진격하자 이부리바시, 호소로기, 가나즈 등의 작은 성채에도 마치 해변의 바위 틈에 게가 숨듯이 군사들이 슬금슬금 분산했다.

당연한 일이었다. 각자가 자기 생각대로 자신의 둥지에서 겨울을 날 준비에 들어가는, 지리멸렬한 허점투성이 작전이었으니까……

우에스기 군은 그때마다 군사의 일부를 남기고 전진하다가 기타노쇼 부근에 이르자 길이 좁아져 더 이상 나아갈 수 없게 되었다.

'제법 많은 생각을 했군, 노부나가 녀석!'

일거에 결전을 벌이면 3만 5천은 그대로 4만도 되고 5만도 되어 교토로 쇄도할 수 있으나, 사방에서 농성을 하면 이 대군을 일일이 이 잡듯이 섬멸하고 나가는 수밖에 없다. 그렇게 되면 3개월이나 4개월의 시일이 걸려 더 이상 어떻게 할 수 없는 사태가 벌어진다.

'빨리 노부나가를 무찔러야 한다.'

드디어 겐신은 마에다 군을 추격하여 구즈류 강에 가까운 마루오카丸岡에까지 이르렀다. 그리고 여기서 마침내 첫눈을 만나게 되었다.

매복한 군사의 옷소매도 방패도
모두 하얗게 변하는 오늘 아침의 첫 눈

겐신은 여기서도 저녁 무렵이 되면 싸움을 중지하고 유유히 잔을
비우며 시심詩心에 잠겼다. 그러한 겐신에게 뜻하지 않은 첩보가 들
어왔다.

필시 전방의 오다 군 진영에 있으리라 믿었던 노부나가가 교토에
있으면서, 시기 산을 함락한 아들 노부타다에게 종3품 사콘노추쇼左
近衛中將의 벼슬을 얻게 하고 이에 대한 인사를 하기 위해 입궐했다
는 소식이었다.

"노부나가 녀석, 잽싸게 날았구나."

겐신은 얼굴을 찌푸리며 쓴웃음을 짓고는, 그 역시 얼른 군사를
돌리고 말았다. 이런 곳에 머물러 있으면 우에스기 군이 동사의 위
험에 빠질 것이다. 이렇게 생각하고 그도 또한 전광석화처럼 행동에
옮겼다.

겐신은 추격을 중지하고 마루오카에서 마쓰토로 그리고 마쓰토에
서 나나오를 거쳐 자기 본거지인 가스가 성으로 철수했다.

효웅梟雄의 죽음

노부나가의 강점은 언제나 상식에 구애받지 않고 이를 무시하면서 거침없이 움직이는 데에 있다.

그가 만약 평범한 무장이었다면 틀림없이 가가나 에치젠의 입구 부근에서 겐신과 꼼짝없이 일대 결전을 벌였을 것이다.

이렇게 되면 주고쿠로 내보냈던 히데요시도 긴키에 있는 아들 노부타다도, 또한 오사카의 사쿠마 노부모리와 아케치 미쓰히데도 모두 불러들여야 하므로 얼마나 많은 희생을 치르게 될지 모른다.

그러나 노부나가는 이번에도 작전 회의 때의 분열을 교묘하게 이용하여 겐신의 예봉을 슬기롭게 피했다.

그리고 자기는 아즈치와 교토 사이를 왕래하며 사방을 노려보면서 여섯 군데의 싸움터를 실수 없이 지휘해나갔다.

북부에서 우에스기 군에 대해 펼친 전술은 그 자신의 말처럼 지리멸렬한 전술이 아니라 예로부터 노부시野武士°가 사용한 게릴라 전법의 하나였다.

　이렇게 하면 진격해오는 우에스기 군은 눈 속에서의 단절을 우려하여 일단 철수하게 된다는 점을 예리하게 간파하고 실행에 옮긴 것이다.

　더구나 우에스기 군의 진격을 북부군만으로 저지했다는 것은 다른 싸움터에서도 호전의 기회를 마련해주는 계기가 되었다.

　우선 첫번째 호전은 야마토의 시기 산을 공격한 아들 노부타다의 승리였다.

　노부타다를 총대장으로 하는 오다 군은 10월 1일부터 10일에 걸쳐 속속 시기 산을 포위했다.

　'노부나가는 긴키에 군사를 남겨놓을 여력이 없다.'

　이렇게 생각하고 호언장담하면서 반기를 든 마쓰나가 히사히데의 눈앞에, 예상과는 달리 하시바 히데요시, 아케치 미쓰히데, 호소카와 후지타카, 니와 나가히데, 쓰쓰이 준케이 등의 대군이 몰려왔으므로 효웅梟雄으로 알려진 마쓰나가 히사히데도 그만 간담이 서늘해졌다.

　히사히데는 이들 중에서 하시바가 주고쿠로 가는 도중이며, 아케치는 단바, 니와는 오사카로 가는 도중인 줄은 전혀 눈치를 채지 못했다.

　그리고 호소카와 후지타카는 당연히 우에스기 군과 맞설 거라고 예상했지만, 히데요시가 올 줄은 상상도 못했다.

　이 역시 파격적인 사고를 하는 노부나가이기에 구사할 수 있는 작전으로, 전군이 집결하여 느닷없이 총공격을 가해왔으므로 히사히데도 결국 죽음을 각오할 수밖에 없었다.

　"운명은 끝내 내 손에 천하를 쥐어주지 않는군. 좋아, 그렇다면 도리가 없다."

10일 밤에 히사히데는 우선 처첩들과 어린 자식을 사카이로 피신시키고 나서 덴슈카쿠에 올라가 뜸을 뜰 때 쓰는 약쑥과 제사용 향을 꺼내놓았다.

그날 밤 피신한 첩들 가운데 한 사람이 나중에 리큐利休 거사의 아내가 된 소온宗恩이고, 자식들은 히데요시가 탐낸 오긴お吟과 리큐의 다도를 계승한 소준宗淳이었다.

"이 백회혈百會穴(정수리의 숨구멍이 있는 자리)에 큼직하게 뜸을 뜨도록 하라."

태연한 표정으로 말하자 히사히데의 근시는 어리둥절했다.

"지금부터 여기에 불을 지르고 자결하시려는 것이 아니었습니까?"

"그렇다. 할복할 생각이지만 나에게는 중풍 기가 있어."

"황송합니다마는 자결하실 거라면 중풍은 별로 문제가 안 되지 않겠습니까?"

근시의 말에 모반을 일삼으며 천하를 손에 쥐려는 병에 걸려 일생을 보낸 이 효웅은 진지한 표정으로 나무랐다.

"허허, 너는 생각이 모자라는 녀석이로구나. 자결하기 직전이기에 뜸을 뜨려는 거야. 너는 그 이유를 모르겠느냐. 중풍이란 언제 갑자기 발병하여 수족과 몸을 못 쓰게 할지 모르는 병이다. 그런데 막 할복하려 할 때 발병하면 어떻게 되겠느냐. 손을 쓰지 못한다면 동맥도 끊지 못한다. 그래서 흉한 꼴을 적에게 드러낸다면 무어라 말하겠느냐. 마쓰나가 히사히데는 얼마나 운이 없는 놈인가, 자결 하나 제대로 못한다고 비웃을 것이다. 백회혈에 뜸을 뜨면 신통한 효력을 발휘한다. 그러므로 이 병을 잠시 가라앉혀놓고 자결하려는 것이야. 잘 보아두거라."

이렇게 말하면서 정수리에 뜸을 뜨게 하고 유유히 자결했다.

여간 아닌 히사히데도 다시는 용서받을 수 없음을 깨닫고 취한 행동이었는데, 그 역시 센고쿠戰國가 낳은 큰 인물 가운데 하나였다는 것만은 틀림없다.

그리하여 시기 산이 함락되자 노부타다는 그 공으로 종3품 사콘노추쇼에 임명되었다.

여기에는 물론 노부나가의 정략이 포함되어 있다. 스물한 살에 불과한 노부타다가 사콘노추쇼에 올랐다는 사실은 일본 전체에 승전을 선언한 것이 되고, 드디어 노부나가의 위업을 조정에서도 인정했다는 의미가 되어 사기 진작에 큰 도움을 주기 때문이다.

두번째는 시기 산에서 주고쿠 공격으로 전환했던 히데요시가 서전에서 승리한 일이다. 히데요시는 시바타 가쓰이에와 다툰 일도 있고 하여 필사적으로 싸웠다. 그는 하리마로 진입하여 11월 27일에 아마코 가쓰히사를 도와 반슈의 고즈키 성上月城을 점령하고 여기에 모리 군 공격을 위한 발판을 만들었다.

서서히 행운의 신이 노부나가에게 미소를 던지기 시작했다. 한편으로는 우에스기 군의 진격을 저지하고, 다른 한편으로는 모리 군의 진출을 막은 노부나가에게 조정에서는 종2품 우다이진°의 벼슬을 내렸고, 다시 덴쇼 6년(1578) 정월에 이르러 정2품의 벼슬을 내렸다. 그리하여 완공된 아즈치 성에서는 축하의 북소리가 크게 울려 퍼졌다.

샛별, 땅에 떨어지다

"어떤가 지쿠젠, 여름까지는 그대의 힘으로 모리 군의 진격을 막을 수 있겠나?"

성도 시가지도 모두 완성하고 세번째 봄을 맞이한 아즈치는 한창 복숭아꽃이 만발해 있었다.

노부나가는 그날 직접 말 시장을 둘러보고 준마 세 마리를 구입했다. 그러고는 아즈치 성 정면 입구에 있는 넓은 뜰에서 출정 준비에 바쁜 히데요시에게 흐뭇한 기분으로 말을 걸었다.

그러나 히데요시는 신중하게 고개를 갸웃할 뿐이었다.

"좋아, 그렇다면 묻지 않겠어. 거실로 오게. 축하주나 한잔 나누고 떠나게."

"감사합니다! 수송대를 보내놓고 곧 들어가겠습니다."

히데요시는 이렇게 대답하고는 문득 생각난 듯이 얼른 노부나가의 뒤를 따라갔다.

첩자의 보고로는 이제부터 히데요시가 다시 나가려는 하리마에는 4만 9천의 모리 군이 온다고 한다. 그토록 많은 모리 군이 동쪽으로 올라온다는 것은 바로 우에스기 군 역시 모리와 합의하여 건곤일척의 결전을 벌이고 북쪽으로 진출하겠다는 무언의 의미를 내포하고 있다.

모리 군에는 히데요시.

우에스기 군에는 노부나가.

말로 하기는 쉬우나 올해(1578)야말로 노부나가의 천하가 부동의 초석을 쌓을 수 있느냐 여부를 가리는 해가 될 것이다. 이런 생각을 하자 히데요시도 평소처럼 가볍게 입을 놀릴 수 없었다.

이에야스는 패세를 만회하려고 부단히 노력 중인 다케다와 호조를 저지하기 위해 움직일 수 없었고, 혼간 사 또한 아직은 포위를 풀 수 없었다. 그렇다면 히데요시가 이끄는 병력이나 노부나가의 병력에도 자연히 한계가 있기 마련이다.

그런 상태에서 과연 쌍방에서 몰려오는 대적과 싸워 이길 수 있을지, 히데요시 역시 노부나가 이상으로 고심하고 있었다.

"빠르군, 벌써 오다니."

노부나가는 가노 에이토쿠의 손으로 그린 화려한 화조도花鳥圖가 걸린 거실에 들어오자 고쇼인 란마루를 턱으로 부르며 지시했다.

"지쿠젠이 왔으므로 오노에게 술상을 가져오라고 전하라."

"알겠습니다."

"어떤가 지쿠젠, 우에스기와 모리를 이리 불러내어 꾸짖어주고 싶지 않은가?"

"대장님, 우에스기는 대관절 어느 정도의 병력을 거느리고 나왔습니까?"

"모르겠어."

"모르신다고 하지만 대장님에게는 승산이 있을 것 아닙니까?"

"하하하, 놀라지 말게. 모른다고는 했으나 전혀 모르는 것은 아닐세."

"아마도 그러실 줄 알았습니다. 이번에는 겐신도 심각한 것 같습니다."

"지금까지 확인된 정보로는 겐신이 직접 붓을 들어 고즈케, 에치고, 엣추, 노토, 가가 등 다섯 개 지방의 장수 팔십여 명에게 동원령을 내렸다는 거야."

"팔십여 명, 그러면 총병력은?"

"아마 오만 육칠천은 되겠지."

히데요시는 저도 모르게 숨을 죽였다.

"이 히데요시가 모리 군을 여름까지 저지하기만 하면 대장님이 그들을 무찔러주겠다는 말씀이신지?"

"아무도 그런 말은 하지 않았어."

"그러면, 여름까지 버틸 수 있느냐고 하신 것은 무슨 뜻입니까?"

노부나가는 빙긋이 웃고 때마침 들어오는 노히메를 돌아보았다.

"지쿠젠에게 이별의 잔을 건네도록. 이번에는 원숭이도 그만 겁에 질려 있어. 이렇게 되면 인간이란 틀림없이 목숨을 잃게 마련이야."

"어머, 불길한 말씀을. 지쿠젠 님이 섭섭해 하시겠어요."

노히메는 술병을 들고 먼저 노부나가의 잔에 따르고 나서 히데요시 앞에 앉았다. 히데요시는 계면쩍은 듯 요즘 들어 부쩍 이마가 벗겨진 머리를 긁으면서 말했다.

"대장님의 험담은 아마 고쳐지지 않을 겁니다."

"고쳐지지 않아도 좋아. 아무래도 나 역시 이번 여름까지밖에는 목숨이 붙어 있을 것 같지 않아."

"호호호, 주군도 역시 겁에 질리셨군요."

"맞장구를 치는 것뿐이지. 모처럼 지쿠젠이 겁을 먹었는데 내가 웃는다면 이별주가 되지 않을 테니까."

"대장님, 농담은 그만 하십시오. 제 수하에 있는 다케나카 한베에가 피를 토하는 바람에 무척 걱정이 됩니다."

"한베에 녀석, 폐병이 악화되고 있는 모양이군. 그 말을 들으니 이 노부나가도 점점 더 마음이 약해지는걸."

"제발 농담은 그만두십시오."

"하하하, 점점 더 재미있군. 원숭이 녀석이 정말 운이 다 한 모양이야."

"그럴 수밖에 없지 않습니까? 이쪽은 아무리 긁어모아도 겨우 이만. 상대는 모리, 고바야카와, 깃가와의 병력만으로도 4만 9천이나 되니까요."

"모리가 4만 9천, 우에스기가 5만 7천, 합하면 10만 6천. 이제 우리 두 사람은 죽을 때가 됐어, 지쿠젠."

"대장님, 그 5만 7천을 무찌를 방법을 안주로 삼아 우선 한 잔 드시지요."

"그럴 방법이 있다면 어찌 이별주를 나누겠나. 지쿠젠, 이것이 마지막 작별이라 생각하게."

노부나가는 익살스런 표정으로 잔을 비운 뒤 히데요시에게 정중하게 잔을 내밀었다.

히데요시도 드디어 웃음을 터뜨렸다. 이처럼 익살을 떤다면 상당한 자신이 있기 때문이다. 그렇다면 히데요시도 질 수 없다.

"그럼, 이 이별의 잔을 고맙게 받겠습니다."

"그래, 비우거든 잔을 돌리게."

노히메는 어이가 없다는 듯이 혀를 차고 다시 노부나가에게 술을 따랐다.

"자, 이것으로 이별주는 끝났어. 지쿠젠, 여한은 없겠지?"

"그렇습니다."

"가슴이 후련한가?"

"그렇다고 할 수 있습니다."

"사람이 죽음을 각오하고 나면 이렇게 기분이 좋아지게 마련인 모양이다."

"대장님, 이제 그런 말씀은."

"그만두라는 말인가? 그렇다면 아직 각오가 부족한 거야."

또 익살을 떤다고 히데요시는 생각했다.

"오노, 한 잔 더 따르도록. 원숭이는 아직 겁을 떨쳐버리지 못했어."

"아니, 그렇지 않습니다."

히데요시는 손을 내저었다.

"과연 죽음을 각오하니 마음이 후련해졌습니다."

"확실히 그런가? 그렇다면 하고 싶은 말이 있어."

"그럴 줄 알고 기다리고 있었습니다."

"지쿠젠!"

"예."

"실은 조금 전에 말 시장에서 뜻하지 않은 정보를 들었어."

"뜻하지 않은 정보?"

"그래. 첩자로 내보냈던 말 중개상 하나가 말이지, 겐신이 병으로 쓰러졌다는 거야."

"예? 그것이, 그것이 사실입니까?"

"기뻐하기에는 아직 일러!"

노부나가는 엄한 표정으로 일갈했다.

"그것이 사실이라면 곧 다음 정보가 들어올 거야. 어쨌든 다섯지방의 무장 팔십여 명을 동원하여 가스가 산 주위를 인마로 가득 메웠다고 한다."

히데요시는 숨을 죽이고 몸을 앞으로 내밀었다.

5만 7천이나 되는 병력이 집결되었다면 에치고의 골짜기는 당연히 인마로 메워졌을 것이다.

"지난해 내가 취한 태도가 겐신의 자존심을 무척 상하게 했을 거야. 눈이 녹기 전부터 간토의 자잘한 적들에게 각각 손을 써서 후환을 모두 없애고 평소와 다름없이 비샤몬도에서 출진을 끝냈다고 하더군."

"그런데도 아직 출진하지 않았다는 말씀이군요."

"그래. 단지 출진하지 않았을 뿐 아니라 각 진영의 대장들이 당황해서 성안의 작전 회의를 벌써 끝냈어. 그런데도 사자가 오지 않은 것으로 보아 간토의 정세는 변함이 없는 듯해. 그래서 첩자는 겐신의 발병으로 출진할 시기에 차질이 생겼음이 틀림없다고 생각하고, 뒷일을 감시케 하고 말 중개상으로 가장하여 달려왔다는 거야."

"만약 그것이 사실이라면······"

히데요시는 날카롭게 천장을 노려보며 말했다.

"천하는 이미 대장님의 것이나 마찬가지입니다."

"그것은 안이한 생각이야. 겐신은 보통 사나이가 아니야. 그렇지만 이제 와서 병을 가장한다고 무슨 이익이 있을까?"

노부나가가 목소리를 낮추고 말하자 노히메도 술병을 든 채 온몸이 긴장되었다.

입구에는 란마루가 이쪽에 등을 돌리고 서서 무섭게 주위를 감시하고 있다.

"혹시 그렇게 함으로서 대장님의 출진을 지연시키려고."

"그쪽에서도 일부러 출진을 지연시키려는 생각이라면 그것은 현명한 작전이 못 돼."

"우리를 엣추까지 유인하여 결전을 벌일 생각은 아닌지."

"노토와 가가를 탈환하는 것만으로도 상경이 두 달 정도 늦어질 테니 상대는 더욱 곤란해질 거야."

"그렇다면 정말 병에 걸렸는지도 모릅니다."

히데요시가 눈을 부릅뜨고 이렇게 말했을 때였다.

란마루의 형 나가요시의 목소리가 장지문 부근에서 들렸다.

"란마루, 북부에서 이노코 헤이타로猪子兵太郎가 방금 숨을 몰아쉬며 달려왔다고 아뢰거라."

"예."

란마루가 이쪽으로 몸을 돌렸을 때 노부나가는 이미 큰 소리로 명하고 있었다.

"알겠다. 이노코를 이리 데려오너라."

그리고 히데요시를 향해 귀띔해주었다.

"고가모노甲賀者°야. 두번째 소식이 들어왔어."

"저는?"

노히메는 자리를 피해야 하느냐고 물었다.

"바보 같은 것, 드디어 출동했다는 보고인지도 몰라. 당황하면 안돼."

이것은 노히메를 꾸짖는 말 같았으나 실은 노부나가가 자신의 흥분을 나무라는 소리였다.

순간 좌중에는 살기와도 같은 침묵이 흘렀다.

노부나가 자신도 아직 적을 철저히 섬멸할 대책이 없는 가운데 초조하게 기다리던 우에스기 군의 정보가 들어왔기 때문이다.

발소리가 가까워졌다.

"주군이 기다리고 계신다. 어서 그대로 들어가라."

란마루의 말에 이어, 급히 달려왔음을 한눈에 알 수 있는 이노코 헤이타로라는 젊은이가 창백한 얼굴로 들어와 머리를 조아렸다.

"이노코냐, 가스가 산의 소식을 가지고 왔을 테지?"

"예."

"란마루, 물을 주거라."

"알겠습니다."

그러나 젊은이는 물을 마실 생각도 않고 헐떡이며 외쳤다.

"우에스기 겐신…… 졸…… 졸…… 졸도한 끝에 숨…… 숨을 거두었습니다."

"뭣이, 겐신이 죽었어?"

"예."

이때 란마루가 물을 가지고 와서 젊은이에게 먹여주었다. 젊은이는 한 모금 마시고 심하게 기침을 해대자 란마루가 조용히 꾸짖었다.

"침착해라. 주군 앞이다."

"예."

"이노코, 그것을 어떻게 알았느냐, 증거가 있느냐?"

"예…… 예. 가스가 산 주위를 메웠던 군사가…… 각각…… 자기 영지로 철수하기 시작한 것이 무엇보다도 확실한 증거입니다."

"영지로…… 철수를?"

히데요시는 흘끗 노부나가를 바라보고 무릎에 얹었던 주먹을 꼭 쥐었다. 노부나가는 찢어질 듯 눈을 크게 뜨고 무엇부터 물어야 할지 망설이고 있는 모양이다.

"병이냐, 뇌졸중이냐?"

"평소에 너무 과음하셨다고 가키자키 님의 가신이 울면서 말했습니다."

"으음, 분명히 술이 과하다는 말은 들었지만."

"그날도 과음하시고 화장실에 갔다가 거기서 쓰러졌으나 근시가 얼른 깨닫지 못하고…… 얼마 후 화장실에서 업고 나왔을 때는 이미 돌아가신 거나 다름없는 중태였다고."

"그 말도 가키자키의 가신에게 들었느냐?"

"예. 이런 상태였기 때문의 그 뒷일에 대한 지시는 아무것도 받지 못했다고 합니다."

"들었겠지, 지쿠젠?"

"예."

"들었나, 오노?"

이렇게 말하고 노부나가는 다시 자신을 심히 꾸짖었다.

"믿을 수 없어. 이런 일을 쉽게 믿어서는 안 돼. 좋아, 란마루, 이노코를 데리고 나가 쉬도록 해주거라."

그러고는 무섭게 천장을 노려보며 숨을 죽였다.

천하 평정의 서막

겐신이 죽었다.

만약 그 소문이 사실이라면 히데요시의 말대로 천하의 일은 확실히 결정된 것이나 다름없다.

모리 군이 마구 긴키로 쳐들어오려고 하는 것도, 혼간 사가 끝까지 완강히 저항을 계속하고 있는 것도 따지고보면 우에스기 겐신의 상경이라는 큰 뒷받침이 있기 때문이었다.

그러기에 마쓰나가 히사히데까지도 "때는 왔다!"면서 노부나가에게 반기를 들었던 것이다.

배신을 일삼던 히사히데는 토벌했다. 그리고 히데요시로 하여금 모리 군의 진출을 막게 하고 노부나가 자신은 우에스기 군과 자웅을 결하려고 할 때 당사자가 죽어 우에스기 가문이 그의 양자 가게카쓰 景勝의 시대가 되었다고 하므로 우연이라고 하기에는 너무도 기이한 일이었다.

이 소식이 모리 군에게 전해지면 모리 군 또한 근본적으로 작전을 바꾸지 않을 수 없을 것이다. 아니, 모리 군만이 아니라 혼간 사도 앞서 다케다 신겐의 부음을 들었을 때만큼, 아니 그보다 더 낙담하여 완전히 사기를 잃게 될 것이다.

이에 비해 노부나가는 북쪽으로부터 배후를 찔릴 우려가 없어졌기 때문에 당당하게 모리 군과 대항할 수 있게 되고 혼간 사도 공격할 수 있게 되었다.

"주군."

숨죽이고 있던 노히메가 침묵을 참지 못하고 입을 열었다.

"드디어 전쟁의 신인 하치만八幡이 주군 편이 되어주었군요."

"무슨 소리를 하는 거야, 오노."

노부나가는 천장에 못을 박았던 시선을 히데요시에게 돌리면서 쓸쓸히 웃었다.

"모략인 것 같지는 않아. 인간의 수명이란 헤아릴 수 없는 것이어서……"

"그렇습니다."

"그렇다고 마냥 기뻐할 때가 아니야. 겐신이 살아 있건 죽었건 이 노부나가가 할 일은 오직 하나, 천하를 평정하는 일이니까."

"그렇습니다! 정말 옳으신 말씀입니다."

"그대는 즉시 반슈로 달려가 예정대로 미키 성三木城의 벳쇼 나가하루別所長治부터 공격하라."

"알겠습니다."

"처음 예정했던 대로 아라키 무라시게와 함께 2만의 병력으로 4만 9천의 적과 싸워야 한다."

"그러면 저는 겐신이 죽은 덕을 보지 못하겠군요."

"사실 여부가 판명될 때까지 원군은 없는 줄로 알거라."

"원, 이런."

"그 대신 우에스기 군이 움직이지 않는다는 것이 확실하면 5월 중에 2만 정도의 원군을 보내겠다."

노부나가는 여기서 어조를 바꾸었다.

"지쿠젠, 그대에게만 말해 줄 것이 있어."

"예? 그것이 무엇입니까?"

"겐신의 죽음이 확실하다면 즉시 시작해야 할 천하 평정의 순서 말이다."

"아, 그렇다면 삼가 말씀을 듣겠습니다."

"우선 주고쿠와 싸우면서 혼간 사의 보급로를 차단할 것, 이것이 첫번째 작전이야."

"모리 군을 괴롭히면서 혼간 사를 고립시키라는 말씀이군요."

"혼간 사가 고립되면 다음에는 혼간 사의 공략, 셋째는 이에야스를 재촉하여 다케다 가쓰요리를 토벌하는 일, 넷째는 주고쿠에서 산요山陽, 산인山陰의 두 가도를 따라 서쪽으로 진출하여 시코쿠의 분규를 수습한 뒤 혼간 사의 터에 오사카 성을 축성하는 일이 될 것이다."

"아니, 오사카에 축성을?"

"그래. 그때 이 아즈치는 동쪽을 대비하는 성이 되고, 오사카 성은 서쪽을 대비하는 동시에 이 노부나가의 본성이 될 게다."

"그러면 대장님은 교토에 거주하시는 게 아닙니까?"

"지쿠젠."

"예?"

"무슨 소리를 나는 게냐. 지금까지 쇼군의 거처가 교토에 있었기 때문에 조정도 서민도 얼마나 고통을 받았는지 모른다는 말이냐."

"예, 그것은."

"쇼군이 일을 저지를 때마다 궁전이 불타고 교토가 초토화된다면 어떻게 되겠느냐. 그러므로 천하를 평정하더라도 무장은 교토에 살아서는 안 돼. 그 옛날 요리토모賴朝가 가마쿠라鎌倉에 바쿠후를 개설한 것도 그 때문이었어. 마음에 깊이 새겨두거라."

"예. 사실 싸움이 있을 때마다 교토를 싸움터로 삼는다는 것은 황송한 일입니다. 그러나 대장님의 거처를 혼간 사의 터로 결정하신 이유는?"

"하하하."

노부나가는 장난기 있는 평소의 표정으로 돌아와서는 웃으면서 말했다.

"중들이 농성하고 있는 데도 이처럼 함락하기가 어렵지 않느냐. 그것은 바로 옆에 사카이堺 항구가 있고, 뱃길이 사방으로 뚫려 있을 뿐만 아니라 그곳이 야마자키 가도에서 서쪽으로 통하는 관문이기 때문이다. 가령……"

노부나가는 노히메를 흘끗 돌아보고 말을 이었다.

"살무사가 살아서 천하를 손에 넣었다 해도 그곳을 거성으로 삼았을 거야. 그곳과 아즈치에서 감시하면 말이다, 그 누가 교토를 점령하려 해도 비와 호와 요도 강을 통해서 완전히 봉쇄할 수 있어. 왓핫핫하."

그 말을 듣고 노히메보다도 히데요시의 눈이 더 날카롭게 빛났다. 아마 히데요시도 거기까지는 생각지 못했을 것이다.

그러고보면 정말 옳은 말이다.

지금까지 혼간 사가 오사카에서 버티고 있는 것은 사방이 강으로

둘러싸여 있어 모리의 수군으로부터 해상과 강으로 자유롭게 보급을 받을 수 있었기 때문이다.

"정말 놀랐습니다."

히데요시가 말했다.

"그럼, 오사카에 성을 쌓고 나서는?"

"드디어 규슈 정벌이다."

"그렇다면, 간토의 오다와라는 그 후에?"

"우에스기와 다케다의 대가 바뀌면 이에야스 혼자서도 충분히 제압할 수 있어. 그러면 일단 천하는 평정되는 거야, 알겠나?"

"따라서 동쪽의 총대장은 도쿠가와 님, 북쪽의 총대장은 시바타 님, 주고쿠의 총대장은 이 히데요시입니까?"

"홧핫핫하, 빈틈없는 녀석이로군. 주고쿠에는 산요와 산인의 두 곳이 있어."

"그럼 이 히데요시는 조선이나 명나라라도 차지할까요?"

"거짓말하지 마라. 네 얼굴에는 일본의 천하가 탐난다고 씌어 있어."

여기서 다시 노부나가의 얼굴에 긴장감이 나타났다.

'겐신의 죽음이 사실이라면…… 그렇다, 산인에도 군사를 보내 단바丹波 가도에서 다지마但馬, 이나바因幡, 이즈모出雲, 이와미石見로 나온 모리 군을 압박할 필요가 있을 것이다. 니와 나가히데는 긴키에 배치해야 하므로 역시 산인에는 미쓰히데를 총대장으로 삼아 즉시 손을 써야겠다.'

"지쿠젠!"

"예."

"그대에게는 더 이상 할 말이 없어. 곧 반슈로 출동하라. 주고쿠 방면은 그대의 재량에 맡기겠다."

"알겠습니다."

기쁜 낯으로 머리를 조아리는 히데요시 앞에 노히메가 다시 술잔
을 놓았다.

"그럼, 출진을 축하하여 한 잔 더."

사카모토 성의 환희

아즈치에서 겐신의 죽음을 확인하게 된 것은 그로부터 한 달쯤 지난 4월 중순의 일이었다.

이것으로 사정은 일변했다. 마쓰나가 히사히데한테까지 배신을 당하는 오랜 곤경에서 벗어나, 이번에야말로 대군을 활용하여 선수를 치면서 토벌 작전을 수행할 수 있다. 말하자면 이것은 노부나가에게 있어서 제3의 새벽이었다.

노부나가는 사카모토 성에 있던 미쓰히데를 급히 아즈치로 불러 근신들을 물러가게 하고 입을 열었다.

"대머리, 세상이 갑자기 어지럽게 돌아가기 시작하는 것 같아."

미쓰히데도 그때는 이미 조정으로부터 고레토 휴가노카미惟任日向守의 벼슬을 받아 그 근엄한 표정에 더욱 무게가 더해졌다.

"그렇습니다."

"겐신이 죽었으므로 그의 아들 가게카쓰도 당분간은 출병하기 어려울 거야. 또 출병한다 해도 시바타만으로도 충분히 맞설 수 있을 거야."

"이 미쓰히데도 곧 주군께서 명령을 내리실 거라 생각하고 있었습니다."

"하하하, 지쿠젠 녀석은 반슈에서 고전을 하고 있어. 아라키 무라시게와 함께 고즈키의 다카쿠라 산高倉山에 진을 치고 말이야. 그래서 노부타다를 대장으로 삼아 원군을 보낼 생각인데 그대의 의견은 어떤가?"

질문을 받고 미쓰히데는 심하게 눈을 깜박거렸다.

만약 히데요시를 도우러 가라고 하시면 어떡하나 하고 걱정하는 것을 한눈에 알 수 있었다.

"하하하, 그대는 지쿠젠 밑에 있기가 거북하겠지. 어떤가, 그대는 우선 어디로 갔으면 좋겠다고 생각하나?"

"황송합니다마는 오사카에는 사쿠마 님이 있으므로 저는 3년 전부터 틈틈이 공격하던 단바 가도부터 단고, 다지마, 호키伯耆, 이나바 등의 산인에 출동하게 해주시면 감사하겠습니다."

노부나가는 그 말을 듣고 웃으면서 노히메에게 술상을 준비하라고 일렀다.

"오노, 그대의 사촌 오빠도 나와 같은 의견이었어. 출진을 축하하려고 하니 속히 준비하도록. 그런데, 대머리?"

"예."

"지쿠젠은 그대에게 뒤지지 않으려고 주고쿠를 자기 손에 맡겨달라고 했어."

"과연 하시바 님다운 패기입니다."

"그러나 나는 웃으면서 말했어. 그대는 산요를 마음껏 짓밟아라,

48

산인은 미쓰히데에게 맡기겠다고. 대머리, 지쿠젠에게 지면 안 돼!"

미쓰히데도 그런 말을 듣게 된 것이 기뻤는지 보기 드물게 눈썹을 치켜올리고 분명하게 대답했다.

"지쿠젠 님처럼 젊지는 않으나 이 미쓰히데도 아직 늙지 않았습니다."

"그 말을 들으니 안심이 되는군. 이나바와 호키 앞에는 아직 이즈모도 있고 이와미도 있어. 산인에서 마음껏 실력을 발휘하여 모리의 영지를 빼앗는 거야."

"마음에 새기겠습니다."

"아, 그리고 휘하에 호소카와 후지타카 부자를 비롯하여 이케다 노부테루, 다카야마 우콘高山右近, 나카가와 기요히데中川淸秀, 시오카와 기치타유鹽川吉太夫 등을 딸려 보내줄 테니 각자 크게 공을 세우라고 하게."

"저어, 호소카와 님까지 제 휘하로?"

미쓰히데는 무엇보다도 히데요시 밑에서 일하라고 하지 않은 것이 기뻤는지 벗겨진 머리가 번들거릴 정도로 상기하여 저도 모르게 흥분한 목소리로 말했다.

"그래. 호소카와 후지타카는 그대와 오래된 사이, 시바타와 마에다처럼 그대와 호소카와도 호흡을 잘 맞춰보게."

"감사합니다."

노부나가도 미쓰히데가 즐거워하는 모습을 보자 정말로 기뻤다. 미쓰히데의 기량과 재능은 평소부터 충분히 인정해왔다. 그러나 왠지 모르게 오만한 사대주의적 보수성이 마음에 들지 않아 난폭한 말을 해대며 필요 이상으로 야유를 퍼부었지만 미쓰히데는 오늘날까지 노부나가를 위해 큰 힘이 되어왔다.

그러기에 노부나가도 미쓰히데를 중신으로 삼아 지금은 하야시 사도노카미나 시바타, 사쿠마 이상으로 중용하고 있다.

"대머리."

"예."

"그대에게는 아직 귀여운 딸이 남아 있지?"

"예. 한 아이는 주군의 조카인 오다 노부즈미信澄, 또 하나는 아라키 무라시게의 아들 신고로新五郎에게 출가했으나 아직 한 아이는."

"그럴 거야. 그대 가문의 문장인 도라지꽃을 오노가 그대로 이름으로 사용하여 도라지, 도라지라 부르던 딸이 있었는데 벌써 나이가 찼을 거야."

"예. 본명은 오타마お珠라고 하며 올해 열여섯 살입니다."

"그래서 말인데, 호소카와의 아들 요이치로 다다오키與一郎忠興도 열여섯 살로 이미 관례를 올렸을 거야. 어떤가, 딸을 요이치로에게 출가시키지 않겠나?"

"오타마를 요이치로에게?"

"요이치로는 분명히 무장 중의 무장이 될 사나이야. 이 노부나가의 눈은 정확해. 내가 중신을 서겠어. 승낙하게, 미쓰히데. 오노, 어울리는 한 쌍이라 생각지 않나?"

그러자 노히메도 무릎을 치며 찬성했다.

"참으로 찾기 어려운 훌륭한 배필입니다. 기량器量도 그렇고 성격도 그렇고 더할 나위 없는 좋은 부부가 될 거예요."

"오타마는……"

미쓰히데는 더더욱 기쁨을 감추지 못했다.

"저를 닮아 약간 고집이 강합니다마는 그 점만 감안해주신다면……"

"그럼, 결정했어! 좋아, 우선 혼례부터 올리도록. 그런 뒤 딸을 쇼류지 성勝龍寺城의 호소카와에게 보내고 곧바로 출전하여 올해 안으로 동부 단바를 평정해야 해. 그렇지 않으면 하시바 지쿠젠이 서부 단바에서 마구 쳐들어가 손을 댈 거야. 지면 안 돼, 미쓰히데. 자, 혼인과 출진 모두를 축하하는 잔이야. 단숨에 비우게."

미쓰히데는 마치 꿈을 꾸는 듯 도취되어 노히메가 술병을 들어 잔에 따를 때까지 마냥 두 손을 떨고 있었다.

인간 세상의 표리

　노부나가로서는 미쓰히데에게 선처한 것이, 인물 본위로 채용한 인재를 드디어 마음껏 활용할 수 있는 좋은 기회를 얻은 것에 지나지 않는다. 그러나 끊임없이 마음속으로 노부나가에게 두려움을 품어왔던 미쓰히데에게 있어서 이번 일은, 더할 나위 없는 기쁨이자 안도감을 주는 일이기도 했다.

　이미 미쓰히데의 딸 하나는 노부나가의 동생으로 형에게 살해된 노부유키信行의 아들 노부즈미에게 출가해 있다. 당시에는 이것으로 오다 가문의 일족과 인척이 되었다고 좋아했으나, 가만히 생각해보니 노부즈미는 노부나가의 생명을 노리다가 참살된 동생의 아들인 것이다. 그 때문에 공연히 의심이라도 받지 않을까 싶어 미쓰히데는 도리어 걱정하고 있었다.

　그런데 이번에는 노부나가가 미쓰히데에게 가문과 인물을 높이 평가하고 있는 호소카와 후지타카의 아들 다다오키를 사위로 삼고 또

한 호소카와를 자기 휘하에 두라고 한다.

'노부나가는 결코 나를 미워하지 않는다.'

히데요시 밑에 두기는커녕 호소카와 후지타카를 지휘하며 산인 가도를 마음껏 공략하라고 한다. 센고쿠의 무장으로서 이보다 더 큰 신임을 받을 수 있다는 말인가.

다다오키와 오타마(후의 가라시아 부인)의 혼례는 8월에 행해졌다.

미쓰히데가 우선 단바의 야가미 성八上城을 공략하고 이어서 노부타다를 따라 반슈의 간키 성神吉城을 공격하던 도중에 잠시 틈을 내어 쇼류지 성에서 혼례를 올렸다.

미쓰히데는 자신이 직접 딸을 데려다 줄 수가 없었다. 그래서 사카모토에서는 아케치 히데미쓰秀滿가 말고삐를 잡고 딸을 데려왔고, 호소카와 가문에서는 마쓰이 야스유키松井康之가 말을 타고 온 열여섯 살의 신랑을 야마자키 가도까지 나가 맞이했다.

"호소카와 가문과 사돈이 되었다."

미쓰히데도 다다오키의 사람됨을 잘 알고 있었기 때문에 마음으로부터 만족했고 호소카와 후지타카도 기뻐하는 기색이 역력했다.

그런데…….

딸을 시집보내고 안도하고 있었으나, 얼마 뒤 아라키 무라시게의 아들 신고로에게 시집갔던 둘째 딸 오쿄お京가 이혼을 당하고 사카모토 성에 돌아왔다.

"뭣이, 오쿄가 이혼을 당하고 돌아왔어?"

이날 미쓰히데는 하타노 히데하루波多野秀治의 야가미 성을 포위한 채 단바에 남기고 온 아케치 지자에몬次左衛門에게 지시하는 글을 쓰기 위해 붓을 들고 있었다.

"도대체 누가 데려왔다는 말이냐. 그 자를 데려오너라."

이혼을 당하고 돌아온 당사자보다 데리고 온 자가 사정을 더 잘 알 것이라 생각하고 명했던 것이다.

"그 자는 교토의 상인으로 단지 부탁을 받았을 뿐이어서 사정은 전혀 모른다고 합니다."

"사정도 모르고 부탁을 받았다? 그럼, 오쿄를 불러라."

열여덟 살인 오쿄는 미쓰히데가 생각했던 것보다 훨씬 밝은 표정으로 들어와서는 아버지 앞에 두 손을 짚고 말했다.

"아라키 가문과 인연을 끊고 돌아왔습니다. 용서해주십시오."

"무슨 까닭인지 그 이유를 말하거라."

"예. 아라키 무라시게 부자는 장차 아버님과는 적이 될 것이므로, 적의 딸을 성안에 둘 수 없다고 말했습니다."

"무…… 무…… 무슨 소리를 하는 게냐, 아라키 부자가 적이 되다니?"

"부득이 오다 님께 모반하게 되었다, 안타까운 일이지만 아이는 두고 떠나라…… 이런 말을 듣고 그대로 있을 수는 없었습니다."

미쓰히데는 자기 귀를 의심했다.

아라키 무라시게 부자가 노부나가에게 모반한다, 현재 히데요시와 함께 전력을 기울여 반슈의 미키 성을 공격하고 있을 거라 믿었던 무라시게가……

"대관절 그게 무슨 말이냐? 나는 도무지 이해할 수가 없다. 작년 정월에도 일부러 신년 인사를 하러 와서 나와 동석하여 노신들과 함께 술잔을 받고 선물도 받고 돌아간 무라시게인데."

그러자 오쿄는 담담하게 웃으면서 말했다.

"사정을 입 밖에 내고 싶지 않으나 물으시기에 말씀드리겠습니다."

"그래, 말하거라. 무라시게는 무엇이 부족하여 모반할 마음을 굳혔느냐?"

"제 생각을 그대로 말씀드린다면, 오다 님의 기질이 초래한 결과입니다."

"오다 님의 기질이?"

"예. 오다 님은 여느 때는 그렇지 않으나 일단 의혹을 품으시면 절대로 그 의혹을 풀려고 하지 않는 가혹한 분, 세상 사람들이 이렇게 믿고 있으므로 마음으로부터 두려워하고 있습니다."

"오쿄, 네가 하는 말을 이 아비는 잘 알아들을 수 없다. 좀더 소상히 말하거라. 그 강직한 무라시게가 주군을 두려워한다는 말이냐?"

"예. 사건의 발단은 다음과 같습니다. 작년에 오사카를 포위했을 때 시부님의 종제인 나카가와 기요히데中川淸秀 님의 부하 한 사람이 은밀히 작은 배에 쌀을 싣고 가서 굶주림에 시달리는 성안에다가 팔았습니다. 이것을 감찰관이 알고 아즈치의 오다 님에게 보고했습니다."

"뭐, 무라시게의 선봉이었던 나카가와의 부하가?"

"예. 병졸 사이에서는 흔히 있는 일, 그러나 감찰관은 그렇게 받아들이지 않고 시부님이 적과 내통했다고 보고한 모양입니다."

"그런 일은 없었을 것이다. 그런 일이 있었다면 주군도 내게 무슨 말을 했을 거야. 주군은 아무것도 모르고 계신다."

"하지만 이미 어쩔 수 없게 되었어요. 시부님은 저를 내보내는 동시에 아리오카 성有岡城에서 농성을 시작했습니다. 벌써 모반한다는 소문이 아즈치에 알려졌을 겁니다."

미쓰히데는 아직도 믿을 수 없다. 물론 지금 자기 눈앞에 이혼을 당하고 온 딸이 있기 때문에 아라키 무라시게의 농성은 사실일 테지만, 어째서 무라시게가 그런 조급한 결정을 내렸을까? 이 상황을 전혀 납득할 수 없었던 것이다.

"아버님, 시부님은 아시다시피 변명 같은 것은 죽어도 하시지 않는 분입니다. 그리고 오다 님은 일단 의혹을 품으면 절대로 그냥 두지 않을 분이라고 믿고 계십니다. 변명을 하지 않는 분과 남의 과오를 용서하지 않는 분, 이렇게 되면 어쩔 도리가 없습니다. 그래서 저도 깨끗이 헤어지고 돌아왔습니다."

강한 기질을 가지고 태어난 딸의 말은 미쓰히데의 가슴을 예리하게 찔렀다.

"그러니까 일단 의심을 받았으므로 결코 용서치 않을 것이다. 이렇게 생각하고 무라시게가 반기를 들었다는 말이냐?"

"그렇게 생각하도록 만든 것은 오다 님의 기질입니다. 저는 시부님을 탓하지 않겠습니다."

미쓰히데는 나직이 신음하고 입을 다물었다.

이때 사마노스케 히데미쓰가 황급하게 들어왔다.

"아룁니다. 방금 아즈치에서 급한 일로 아오야마 요소青山與總 님이 사자로 오셨습니다."

"뭣이, 아오야마가 왔다고."

미쓰히데는 잠시 동안 입술을 꼭 깨물었다가 명했다.

"예를 갖추고 객실로 모셔라."

그러고는 얼른 옷을 갈아입었다. 이미 물어볼 것까지도 없다. 아라키 무라시게의 모반이 알려져 미쓰히데한테도 토벌 명령이 내려졌을 것이다. 미쓰히데는 안도의 숨을 쉬었다.

'다행이야, 딸이 돌아와서.'

그러나저러나 딸 하나를 시집보내자 다른 하나가 돌아오다니 인생이란 얼마나 짓궂은 것인가? 미쓰히데는 애써 딸을 보지 않으려 외면하면서 거실을 나갔다.

무라시게의 모반

동쪽으로 비와 호의 전경이 바라보이는 객실에는 노부나가의 측근인 아오야마 요소가 평소와는 달리 굳은 자세로 미쓰히데가 나타나기만을 기다리고 있었다.

"사자로 오시느라 수고가 많았습니다."

어떤 경우에도 예의를 잊지 않는 미쓰히데의 태도에 상대도 정중히 인사를 되돌렸다.

"그런데 휴가노카미 님, 난처한 일이 생겼습니다."

"아라키 무라시게의 일 말이오?"

"이미 알고 계시는군요."

"예. 약 반각(30분) 전에 딸이 이혼을 당하고 돌아왔어요. 그래서 이쪽에서 곧 사자를 보내려던 참입니다."

"그러시면 대강 사정도 알고 계시겠군요."

"오사카를 공격할 때 병졸이 저지른 잘못이 발각되었다는 말을 들었습니다."

"바로 그 일입니다. 보고는 벌써 작년에 드렸습니다. 그러나 아라키 님이 그런 명을 내렸을 리도 없고, 알고도 용서했을 리가 없으므로 불문에 부치라며 주군은 전혀 문제삼지 않으셨습니다. 그것이 원인이라면 참으로 터무니없이 조급했다고 할 수밖에 없습니다."

"아니, 주군은 전부터 그 일을 아셨다는 말씀이오?"

"그렇습니다. 모든 것은 아라키 님의 지레짐작. 그래서 휴가노카미 님께서 곧 아리오카 성에 가셔서 내막을 알아보라고 분부하셨습니다."

"저더러 아리오카 성으로?"

"그렇습니다. 마쓰이 유칸 님과 만미 센치요万見仙千代 님이 별도로 가실 것이고 하시바 지쿠젠 님도 설득하러 가실 겁니다. 아무튼 사정이야 어떻든지 일단 성에서 농성하며 반기를 들었다면 불문에 부칠 수는 없는 일입니다. 그렇다고 어린아이 장난 같은 일로 아까운 용사를 잃을 수는 없으므로 누구든 인질을 바치고 무라시게 님과 신고로 님 부자가 한번 아즈치에 와서 해명을 하면 용서하시겠다……라는 것이 주군의 말씀입니다. 물론 그 뜻을 적은 서신도 가지고 왔습니다마는, 무라시게 님이 더 이상 일을 벌이기 전에 설득하라는 것이 주군의 지시입니다."

그 말을 듣고 미쓰히데는 되돌릴 말이 없었다.

반기를 들었다는 것을 알면서도 이를 문책하지 않고 부자의 해명과 인질을 보내는 것만으로 용서하겠다는 것이다.

"황송한 말씀이십니다."

미쓰히데는 정중히 고개를 숙였다.

"주군의 지시라면 이 미쓰히데는 물불을 가리지 않겠습니다. 나는 토벌하라는 지시인 줄로만 알았는데 이렇게까지 관대하게 대하시다니 반드시 설득해보겠습니다."

"그 말씀을 그대로 주군에게 보고하겠습니다."

"그런데 인질에 대해 주군은 어떤 신분의 누구여야 한다는 말씀은 없었는지요? 만약 말씀이 계셨다면 알고 싶습니다마는."

"거기에 대해서는 아무런 말씀도 없었습니다. 그러나 여기 오는 도중에 제가 생각해본 결과 아라키 님의 모친 한 사람이면 충분하지 않을까 싶습니다. 그러면 세상에 대한 주군의 체면도 서고 아라키 님에게도 다른 마음이 없다는 증거가 될 겁니다. 어떻습니까, 귀하의 생각은?"

"실은 이 미쓰히데도 그렇게 하는 편이 좋겠다고 여쭈어본 것입니다. 그럼, 그런 방향으로 이야기해보겠습니다."

"부디 용사勇士를 잃지 않도록 힘써주시기를."

이렇게 말하고 아오야마 요소는 목소리를 낮추어 덧붙였다.

"무사히 성사되면 따님의 이혼도 당연히 없었던 일이 될 테니, 마음으로부터 성공을 기원하겠습니다."

"감사합니다. 주군께 잘 말씀드려주십시오."

요소를 배까지 배웅하고 나서 미쓰히데도 즉시 길을 떠날 채비를 했다.

그러나 오쿄는 아버지의 그러한 설득에 전혀 기대하지 않는 듯 담담히 체념하고 있었다.

두 가지 성격

미쓰히데는 도중에 쇼류지 성으로 호소카와 후지타카를 찾아갔다. 후지타카 역시 분명히 이 일에 대해 걱정하며 나름대로 어떤 생각을 하고 있으리라고 믿었기 때문이다.

그런데 후지타카는 이날 자리에 없었고, 그 대신 노신인 마쓰이 야스유키가 맞이하여 미쓰히데를 보자 대뜸 이렇게 말했다.

"이미 늦었습니다. 모든 것이 끝났습니다."

"아니, 모든 것이 끝났다니?"

"아라키 부자는 하시바 님의 군사軍師 구로다 요시타카黑田孝高 님의 의견을 받아들여 아즈치로 갈 생각에서 이바라키茨木까지 갔으나 거기서 마음이 변하여 다시 아리오키로 되돌아갔습니다."

"뭣이, 그럼 이바라키까지 나왔다가? 그렇다면 아직 희망이 있소. 내가 아리오카 성에 직접 찾아가 설득해보겠소."

그러자 야스유키는 손을 내저었다.

"그러나 늦었습니다. 아라키 무라시게는 이미 지쿠젠의 군사 구로다 요시타카 님을 그대로 성에 감금하고 분명히 모반할 뜻을 표명했습니다."

"아니, 요시타카를 감금했다고?"

미쓰히데는 깜짝 놀라 그 다음 말을 잇지 못했다. 모리 군과의 대전 도중에 다케나카 한베에와 더불어 히데요시의 지혜주머니라 일컫는 중요한 군사를 감금했다면 더 이상 사죄하라고도 할 수 없고 설득할 방법도 없었다.

이는 노부나가가 용서하려고 하는데도 무라시게 쪽에서 뿌리친 것이 된다.

미쓰히데는 연달아 한숨을 쉬었다.

이제 와서 체념하고 있던 딸의 태도가 무엇을 의미하는지 확실히 알 수 있었다.

무라시게 부자는 처음부터 노부나가가 타협이나 해명을 용서치 않는 가혹한 성격이라 믿었던 것이 분명하다.

'말단에 있는 병졸이 고작 약간의 쌀을 적에게 팔았다는 잘못 때문에.'

더구나 무라시게 부자는 일단 아즈치에 가서 해명할 생각을 하고 나카가와 기요히데가 있는 이바라키 성까지 나왔던 모양이다.

그리고 여기서 기요히데와 다카야마 우콘 등과 이야기를 나누고는 도리어 반항할 생각을 굳히고 되돌아갔을 것이 틀림없다.

"그렇다면 나카가와 기요히데와 다카야마 우콘도 모두 주군의 관대한 태도를 믿지 않았다는 말이군."

"그렇습니다."

야스유키가 대답했다.

"주군은 일단 의심하기 시작하면 입으로는 무슨 말을 하건 결코 마음을 풀지 않는 분이다. 아즈치에 가면 즉시 부자를 처형할 것이다, 일부러 처형을 당하려고 가는 것은 어리석기 짝이 없는 일, 그보다는 차라리 모리 가문의 편이 되어 때를 기다리는 것이 상책이라고 결론을 내린 모양입니다."

"으음. 그래서 모리 쪽으로 돌아서는 선물로 하시바의 군사 구로다 간베에 요시타카를 포로로 잡은 거로군."

"그리고 일단 적으로 돌아서서 싸우게 되면 구로다의 지혜가 큰 방해가 된다는 계산도 있었을 것입니다마는, 아무튼 일이 여기까지 진행되었으므로 이제는 주군이 용서할 리 없어 만사가 끝나고 만 것입니다."

미쓰히데는 팔짱을 끼고 생각에 잠겼다. 과연 딸이 말한 대로 사태가 이토록 악화된 방향으로 흐른 것은 모두 노부나가의 그 격한 기질 때문이다. 일단 노하면 누구도 용서치 않는다, 이러한 공포감이 어느 틈에 사람들의 마음 깊이 뿌리내리게 된 것이다.

'어려운 게야, 인간의 미묘한 마음이란……'

미쓰히데는 역시 자신이 우려했던 노부나가의 결점이 나타나기 시작한 것이라 생각했다.

히에이잔의 방화.

나가시마 본당의 학살.

에치젠에서의 가차없는 잇코 종 신도들에 대한 처형.

이런 일들이 노부나가가 잔인하기 짝이 없는 무장이라는 인상을 사람들의 마음에 널리 심어주었던 것이다.

'이것이 바로 불교에서 말하는 천벌이 아닐까?'

"잘 알았소. 실은 내가 아리오카 성에 가서 무라시게 부자를 설득하면 해결의 길이 열릴 줄 알았는데."

"이제는 어쩔 도리가 없다고 생각합니다. 주군도 용서하시지 않고, 무라시게 부자를 받아들이지 않을 겁니다."

"아까운 일이군요, 마쓰이 님."

"예, 두 분 모두를 위해……"

"무라시게는 보기 드문 용장, 그러나 여기서 주군을 배신한다고 당장 어떻게 되는 것은 아니오. 급히 돌아가 이 일을 보고하고, 공격하기 위해 다시 나오겠소. 이 성에서도 충분히 대비해주시오."

"알겠습니다."

이리하여 미쓰히데는 얼른 아즈치로 돌아갔다.

그러자 아즈치에서는 미쓰히데를 크게 동요시키는 또 하나의 문제가 기다리고 있었다.

하마마쓰의 사자

미쓰히데가 찾아갔을 때 노부나가는 마침 하마마쓰 성에서 온 도쿠가와 이에야스의 중신 사카이 다다쓰구와 오쿠보 다다요 두 사람과 밀담을 나누고 있었다.

그래서 미쓰히데는 우선 사촌 여동생 노히메를 만나려고 얼굴을 내밀었다.

그러자 남자 못지않게 강한 기질을 가진 노히메가 그녀답지 않게 창백한 얼굴로 몹시 고민하고 있던 듯이 말을 걸었다.

"휴가노카미, 곤란한 일이 생겼어요. 좋은 방법이 없을까요? 이대로 두면 도쿠히메의 남편이 자결을 명령받게 될지도 몰라요."

"도쿠히메의 남편이라면 도쿠가와 가문의 적자인 노부야스 님 말인가요?"

"그 노부야스의 생모인 쓰키야마築山 부인이 다케다 가쓰요리와 내통하고 있었어요."

"뭐? 그, 그것이 사실인가요?"

"도쿠히메에게 딸려보냈던 시녀들의 보고가 있었어요. 틀림없는 증거와 함께. 그뿐 아니라 노부야스도 이를 알고 있으면서 어머니와 합심하여 사사건건 도쿠히메를 괴롭히고 있으니, 어떻게 하면 좋을지 상의하고 싶다는 거예요."

도쿠히메는 노부타다의 누나로서 노히메가 자기 딸로 삼아 아홉 살 때 도쿠가와 가문에 출가시켰다.

그 도쿠히메로부터 시어머니와 남편이 한마음이 되어 다케다 가문과 내통했다는 사실이 알려졌으므로 예사로운 일이 아니다.

"그럼, 오늘의 내객은 그 일로 도쿠가와의 중신을."

"그래요. 이에야스 님이 그 일을 안다면 용서할 리가 없으므로 일부러 중신들을 하마마쓰에서 불러 어젯밤부터 주군이 여러 가지 조사를 하고 있는 중이에요."

"설마 그럴 리가."

미쓰히데가 고개를 갸웃하자 노히메는 어깨를 축 늘어뜨리고 한숨을 쉬었다.

"사위는 그렇지 않은 듯하지만 어머니의 내통은 사실인 것 같아요."

"이에야스 님 부인이."

"그런데 쓰키야마 부인은 이마가와 요시모토 공의 조카, 이마가와 가문이 멸망한 뒤 이에야스 님과 사이가 나빠져 부부관계도 맺지 않았다고 해요. 부인은 이것을 원망하여 내통했다는데 확실한 증거도 있어요. 그렇지만 사위는 구하고 싶어요! 사위가 일을 당한다면 도쿠히메가 여간 불행해지지 않을 테니까."

"잠깐, 아까 노부야스는 모르는 일이라고 했지요?"

"사위는 모르는 것 같아요. 하지만 친어머니를 버릴 수는 없잖아요?"

"알겠소. 내가 주군을 만나 자세히 알아보도록 하지요. 내통했다는 확실한 증거가 있다면 부인은 어쩔 수 없는 일이지만, 노부야스 님은 구할 방법이 있을 거예요. 노부야스 님은 젊은 탓으로 난폭한 면이 없지 않으나 아버지 못지않은 용장이라는 소문이 난 분이오. 그런 사람을 잃는다면 도쿠가와 가문보다도 오다 가문의 손실이 더 크다고 말씀드리면 주군도 반드시 용서해주실 거요."

객실에서의 밀담은 그 뒤에도 한참 동안 계속되었다.

그리고 도쿠가와 가문의 중신 두 사람이 선물을 받아 가지고 물러간 것은 정오가 지났을 때였다.

그들이 물러가자 노부나가는 곧바로 미쓰히데를 불러들였다.

"미쓰히데, 무라시게에 관한 일은 이미 때가 늦었겠지?"

"주군에게까지 벌써 그 보고가……"

"모르고 있어서야 어디 될 말인가. 그대가 쇼류지 성에서 마쓰이 야스유키와 만나, 아리오카 성에 가도 소용없다는 점을 알고 되돌아왔다는 것까지 알고 있어."

"황송합니다. 너무도 안타까운 일이지만 달리 방법이 없다는 것을 알게 되어 도중에 생각을 바꾸고 돌아왔습니다."

"미쓰히데!"

"예."

"세상 사람들은 내가 너무 거칠기 때문에 아라키 부자를 결국 적으로 돌려놓았다고 말한다더군."

"그, 그럴 리가 있겠습니까."

"하하하, 그대도 똑같은 생각을 하고 있을 거야. 하지만 그런 것이 아닐세. 난세에 길을 열기에는 아직도 이 노부나가의 태도가 미지근한 거야. 그래서 무라시게 놈에게 우습게 보인 거야."

"그렇지 않습니다. 실제로 무라시게 부자는 이바라키 성까지."

"더 이상 말하지 말게. 우습게 본 것이 분명해. 그냥 내버려둘 수 없어. 무라시게 부자는 내가 직접 나가 처단하겠어. 우습게 여긴 결과가 어떻게 된다는 본보기를 보여주겠어!"

"주군, 그것은, 그것은 도리어 졸렬한 방법이라 생각합니다. 지금이야말로 주군의 관대하신 면모를 보여줄 절호의 기회라고."

"듣기 싫다. 그대 역시 딸이 이혼을 당하고 와서 화가 날 것 아닌가. 무라시게 놈, 내가 먼저 나가 다카쓰키 성高槻城의 다카야마 우콘을 함락하고 이바라키 성의 나카가와 기요히데를 치면 다리가 잘려나간 게처럼 될 게야."

이어서 노부나가는 사카이, 오쿠보 등 도쿠가와의 중신을 만나 밀담을 나눈 흥분이 아직 남아 있는 표정으로 말을 이었다.

"미쓰히데, 온정도 때를 가려 베풀어야 하는 거야. 아직은 온정으로 세상이 가라앉을 시기가 아니야. 실은 도쿠가와 가문에서도 내 온정이 바람직하지 못한 결과를 낳고 말았어."

"도쿠가와 가문에서도?"

"그래. 내가 사위를 지나치게 사랑했다는 말일세. 내 사위라고 해서 중신들이 모두 노부야스를 경원했어. 그것을 기화로 노부야스는 더욱 방자해져서 누구의 말도 듣지 않아 입장이 난처하다며 중신들이 호소하더군."

미쓰히데는 깜짝 놀랐다.

"그 일에 대해서는 마님한테 잠시 이야기를 들었습니다. 듣자 하니 쓰키야마 부인이 다케다 가문과 내통했다고."

"오노는 입이 가벼운 여자로군. 이미 그런 말을 그대에게 했다는 말이지."

"예. 그것은 모두 도쿠히메 님의 행복을 생각해서 하신 말씀입니다."

"아니, 도쿠히메는 아무래도 상관없어. 이 노부나가의 일관된 뜻은 천하 평정에 있어."

"그러나 쓰키야마 부인과 노부야스 님이 도쿠히메 님을 심하게 학대해서……"

"그런 것은 문제가 되지 않아. 내 딸이 아들을 낳지 못하니까 시어머니가 직접 소실을 들여놓은 거야. 있을 수 있는 일이지. 그걸 가지고 따진다면 도쿠히메의 질투에 지나지 않아. 그런 건 하찮은 일이지만."

노부나가는 이맛살을 찌푸린 채 혀를 찼다.

"다케다 쪽과 내통했다는 사실과 중신들의 반감에 대해서는 그냥 내버려둘 수가 없어."

"그냥 내버려두실 수 없다면 이미 처분을 명하셨습니까?"

"그래. 지금은 아직 유유히 세상을 바라보고만 있어도 좋을 때가 아니야. 종기가 생기면 지체없이 도려내야만 할 때라고."

"황송합니다마는, 어떤 처분을 명하셨습니까? 저와 후진들을 위해 말씀해주셨으면 합니다."

"뭣이, 후진을 위해?"

"예."

"거짓말하지 마라. 오노가 노부야스를 구하고 싶다고 했을 테지. 노부야스를 처단하면 도쿠히메가 불쌍하다면서. 하하하, 오노가 무슨 말을 했는지는 훤히 알고 있어."

"황송합니다."

미쓰히데는 솔직히 손을 들었다.

"사실 마님은 도쿠히메 님을 무척 염려하고 계십니다. 그런데 노부야스 님에 대한 처분은?"

미쓰히데가 겁먹은 표정으로 묻자 노부나가는 눈을 부릅뜨고 내뱉듯이 말했다.

"할복!"

"아니, 도쿠가와 가문의 적자를?"

"듣기 싫다. 노부야스는 이에야스의 적자인 동시에 노부나가의 사위이기도 해. 그 사위가 장인의 위광을 등에 업고 소중한 중신들을 무시하며 가문의 결속을 무너뜨린다면 도쿠가와 가문의 기틀을 흔드는 발칙한 행동을 한 거야. 이에야스도 지금은 나를 원망하겠지. 그러나 이 일을 거울로 삼아 앞으로 더욱 주의하면 도리어 번영의 초석이 될 수도 있어."

미쓰히데는 그만 등골이 오싹했다.

노부나가는 자신이 엄격한 것은 적에 대해서만이 아니라고 말하는 것일 테지만, 그 말을 듣는 미쓰히데의 마음은 정반대였다.

'자기 자식의 행복마저도 생각지 않는 잔인 무도한 기질을 가진 사람이 아닐까?'

"황송합니다마는 할복에 대해서만은."

"지나치게 가혹하다는 말일 테지. 하지만 그렇지 않아. 나의 위광을 등에 업고 가문을 문란케 했다는 말을 듣는다면 이 노부나가의 기강이 바로 서지 못해."

"그러나 노부야스 님은 아버지 못지않은 용장이라는 소문이."

"하하하, 아버지 못지않다니. 그런 헛소리는 하지 마라, 미쓰히데.

노부타다에 대해서도 세상 사람들은 그런 말을 하고 있어. 그것은 아부하기 위해 하는 소리야. 노부타다와 나는 비교가 안 돼. 마찬가지로 이에야스와 노부야스는 비교가 되지 않아. 그런 일은 염려치 마라. 노부야스가 살아 있는 것보다는 가문의 굳건한 결속을 위해 처단하는 것이 지금 일본에 더 도움이 되는 거야."

"그럼, 어떤 일이 있어도……"

"이미 할복을 명했어."

"그러면 쓰키야마 부인은?"

"남의 아내에 대한 지시까지 노부나가가 직접 할 줄 알았느냐. 적과 내통하고 적의 첩자인 줄도 모르고 정을 통한 발칙한 여자, 그런 여자는 이에야스가 알아서 처형할 것이다."

"그러니까 부인에 대해서는 지시하시지 않고 다케다 가문과의 내통에는 아무 관련이 없는 노부야스 님에 대한 처단만을 명하셨군요."

"그래. 보아하니 대머리의 생각과는 전혀 다른 모양이군. 그대라면 쓰키야마 부인의 처분만 명하고 노부야스는 살려둘 생각일 테지."

"예, 그렇습니다."

"그러기에 이 노부나가는 천하를 평정할 수 있지만 그대는 하지 못하는 거야. 알겠나. 미쓰히데?"

노부나가는 이렇게 말하고 다시 한 번 눈을 부릅뜨면서 천장을 노려보았다.

"내가 엄한 결단을 내리는 것은 노부야스에 한해서만이 아니야. 무라시게 놈도 이제 곧 내가 갈가리 찢어놓고야 말겠어."

미쓰히데는 망연자실하여 할 말을 잊었다.

피와 모래

'이에야스의 적자이자 자기 사위인 노부야스에게 할복을 명한다.'

미쓰히데라면 확실히 이런 일은 할 수 없다. 이처럼 할 수 없는 일을 태연히 해치우는 노부나가라는 인간은?

미쓰히데는 노부나가 앞에서 물러나 다시 노히메의 방에 들렀다.

"면목이 없습니다. 이미 주군은 노부야스 님의 처분을 내린 뒤였어요."

미쓰히데는 이렇게 말하며 바로 자기 일인 듯 가슴이 아팠다.

"역시 그렇군요."

"도쿠가와 중신들도 너무 지나칩니다. 어째서 좀더 간곡하게 구명을 청하지 않았는지……"

노히메는 대답 대신 가만히 천장을 바라보며 생각에 잠겨 있었다.

'마침내 도쿠히메도 남편을 시대에 빼앗긴 희생자가 되었구나.'

돌이켜보면 노히메 또한 그 아버지로부터 틈만 생기면 노부나가를 찌르라는 명령을 받고 오다 가문으로 시집온 슬픈 여인이었다.

그럴 기회는 몇 번 있었다. 처음에는 여러 가지 정보를 미노의 아버지에게 보냈다. 도쿠히메도 그런 의미에서는 노히메와 똑같은 일을 한 것에 불과하다. 쓰키야마 부인이 다케다 가문과 내통한다는 것은 도쿠가와 가문을 위해서라도 노부나가에게 알려야 하는 일이다. 그러나 아무것도 모르는 노부야스에 대한 불평은 아버지의 기질을 생각하여 하지 말았어야 했다.

응석을 부렸던 것이다. 시어머니인 쓰키야마 부인이 일부러 노부야스에게 자기 마음에 드는 소실을 들여보냈기 때문에 질투한 것이 분명하다. 여자가 질투한다는 것은 상대를 사랑한다는 증거가 아닌가. 그런 의미에서 어느 틈에 노부나가를 사랑하게 된 노히메 자신과 흡사하다.

그런데 도쿠히메의 이 하찮은 고자질 때문에 사랑하는 남편을 죽이는 결과를 초래하다니……

미쓰히데는 중신들이 좀더 강력하게 구명을 호소하지 않았다고 탓하고 있으나 노히메는 그 내막을 알 것 같았다.

도쿠가와 가문에서 온 사카이 다다쓰구, 오쿠보 다다요 두 중신 역시 노부나가의 기질을 깊이 알지는 못했던 것이다.

노부야스는 노부나가가 사랑하는 사위가 아닌가, 설마 그런 사위에게 자결을 명하지는 않을 것이다…… 이렇게 생각하고 어느 정도 낙관했음이 분명하다.

노부나가는 노부야스를 꾸짖는 정도로 끝낼 것이다, 이렇게 믿었지만, 실제로 노부나가는 정에 이끌리는 사람이 아니다. 싸움터에서 많은 사람을 죽인 만큼 육친에 대해서도 사정을 보아주지 않는다. 그러므로 중신들에게 험담을 들을 정도의 노부야스라면 도쿠가와 가문에도 도움이 안 된다고 여겨 '할복'을 명했을 것이다.

그런 의미에서는 도쿠히메도 아버지를 잘못 알고 사카이, 오쿠보 두 중신 역시 노부나가를 만만하게 보았던 것이다.

지금쯤 두 사람은 새파랗게 질려 서둘러 돌아가고 있을 것이다.

그들로서는 쓰키야마 부인이 다케다 가문과 내통했다는 것은 처음 듣는 이야기일 테고, 노부야스의 할복을 명한 것 역시 청천벽력과 같은 일일 것이다.

"도쿠가와 님에게는 다른 아들이 또 있지요?"

미쓰히데가 다시 말했다.

"있다고 해도 아직 어려서 아버지를 도울 수 있는 형편이 못 될 것 같은데."

"겨우 관례를 올렸을 뿐인 오기마루 님이라는 아들이 있다는 말은 들었어요."

"그렇다면 도쿠가와 님도 무척 놀라시겠군요."

"놀라는 정도로 끝나지는 않을 거예요."

"그럼, 주군을 원망하시게 될까요?"

"글쎄요. 주군은 워낙 그런 기질을 가진 분이라 도쿠가와 가문의 장래를 위해서라고 하시지만……"

미쓰히데는 숨이 막혀 더 이상 그 자리에 있을 수 없었다.

'굳이 할복까지는 명하지 않더라도……'

"그럼, 나는 이만 사카모토로 돌아가겠습니다. 아라키의 일로 즉시 출진해야 할 테니까."

그러나 노히메는 고개를 끄덕였을 뿐 다시 무언가를 골똘히 생각하고 있다.

미쓰히데는 그 자리에서 일어나 현관을 향해 힘없이 걷기 시작했다.

'무언가에 홀려 있어, 주군은……'

겨우 홀로 설 수 있게 된 적자가 죽는다면 이에야스도 노부나가를 원망하지 않을 리 없다.

어째서 일부러 이에야스를 적으로 돌리는 가혹한 일을 하려는 걸까?

늦더위가 한창인 망루를 나와 첫번째 마스가타枡形(성문 안의 네모진 빈터)를 지나 산 밑으로 돌아 나오다가 미쓰히데는 문득 가슴이 내려앉는 것 같아 걸음을 멈췄다.

할복을 명한 노부나가의 참뜻을 불현듯 깨달았던 것이다. 미쓰히데는 가만히 주위의 돌담을 둘러보았다.

"그렇다, 분명히 그렇다."

작은 소리로 중얼거리자 그만 온몸에 소름이 끼쳤다. 미쓰히데는 당황하며 고개를 크게 내젓고 다시 걷기 시작했다.

멀어져 가는 마음

인간이 지닌 성격의 차이가 때로는 불행의 문을 결정적으로 열어 놓게 된다.

원래 노부나가와 미쓰히데는 노부나가와 히데요시처럼 완벽하게 의사가 통하는 사이가 아니었다.

노부나가는 천재적인 혁명가인 것이다. 성급하고 직감적이며 때로는 섬세한 이성보다는 대번에 사물의 본질을 꿰뚫는 시인과도 같은 감성으로 일관한다.

그런데 미쓰히데는 이와 정반대였다. 그는 온갖 쓴맛 단맛을 다 맛보며 세상을 내다보고 많은 책을 읽어 이치를 추구하며 살아왔다.

그가 경험한 갖가지 인생은 거의 모두가 어리석고 추악했다. 더구나 그의 이성은 이런 추악한 세상에서 살아야 한다는 것을 잘 알고 있다.

따라서 노부나가가 미쓰히데의 고민을 보지 못하듯이 미쓰히데 역시 노부나가의 생활 방식을 근본적으로는 꿰뚫어보지 못했다.

정도가 지나친 난폭한 맹장.

잔인하기 짝이 없는 일면을 가진, 신불마저도 두려워하는 야성의 소유자.

더구나 노부나가의 피에는 인간의 비극적인 공리성功利性이 흐르고 있을 것이라고, 온갖 일을 다 경험해 온 미쓰히데는 생각하고 있다.

이런 생각을 하자 노부나가가 노부야스에게 할복을 명한 것 역시 그 가공할 야성의 공리성에서 나온 결단일 수밖에 없다.

미쓰히데가 걸어가면서 소름이 끼친 것은 그러한 미쓰히데 자신의 생각을 노부나가에게 적용해보았기 때문이다.

그 대답은 어디까지나 미쓰히데 자신의 그림자일 뿐 노부나가의 마음과는 거리가 먼 것인지도 모른다. 아니, 그것은 미쓰히데뿐만 아니라 모든 인간이 범하는 과오이다. 자신의 잣대로 남을 재는……

'그렇다, 틀림없이 그럴 것이다.'

미쓰히데는 사카모토 성에 도착할 때까지 그 일을 생각하고는 고개를 내젓고 내젓다가 다시 생각했다.

그의 생각으로는 노부나가의 적자인 노부타다보다 이에야스의 아들 노부야스가 훨씬 더 뛰어난 자질을 가진 듯이 보였다.

아니, 자식들을 비교할 때만 그런 것이 아니다. 그 아버지인 이에야스 역시 곰곰이 따져보면 노부나가 이상의 기량을 가진 인물로 보였다.

이러한 노부나가가 내심 이에야스를 경계하면서 지금까지 다케다, 우에스기, 호조 등의 강적을 제압하기 위해 교묘히 이에야스를 이용해왔다.

그 이에야스가 지금 차차 동쪽으로 세력을 확대하고 있다. 게다가 그 아들은 노부나가의 적자보다 뛰어나다.

이대로 방치하면 노부나가가 죽은 뒤 노부야스는 틀림없이 노부타다를 몰아내고 노부나가가 쌓아올린 오다 가문의 천하를 장악할 것이다. 노부나가의 사위라는 자리는 이를 위해 충분히 이용할 만한 지위인 것이다.

실제로 노부나가는 사이토 도산의 사위가 되어 깨끗이 미노 일대를 장악해버리지 않았던가.

그 노부나가가 노부야스의 뛰어난 자질을 간과했을 리 없다.

'아무래도 위험하다! 더 늦기 전에 할복케 하는 편이 좋겠다.'

겐신이 죽어 잠시 마음이 놓이는 동안 도쿠가와 가문의 세력을 약화시켜 놓는다.

이것은 어디까지나 미쓰히데의 억측에 지나지 않았으나, 일단 시작된 억측은 미쓰히데의 마음을 사로잡은 채 좀처럼 놓아주지 않았다.

그럴 수밖에 없었다. 그것이 미쓰히데의 성격과 지난날의 경험에 의한 인생관의 그림자였기 때문에……

미쓰히데는 잔물결이 치는 쾌청한 비와 호를 배로 건너 자기 성에 들어갔다. 그리고 정면의 현관에 들어서자 곧 마중 나온 고쇼에게 명했다.

"히데미쓰에게 할 이야기가 있으니 즉시 거실로 오도록 일러라."

그러고는 구로쇼인黑書院˚으로 들어갔다.

"부르셨습니까?"

"오오, 그래. 가까이 오너라."

아케치 사마노스케 히데미쓰明智左馬介秀滿는 미쓰히데가 신뢰하는 무예와 학문에 뛰어난 사촌 동생이었다.

"아즈치의 일은 잘 해결되었습니까?"

"주군은 무서운 분이야."

"또 우리에게 무슨 어려운 문제라도?"

"아니, 그렇지는 않아. 아라키 무라시게의 일에 대해서는 심한 증오심을 토로하는 정도였으나 도쿠가와 가문의 적자인……"

"도쿠가와 가문의 적자라면 오카자키 성주인 노부야스 님의 일로?"

"그래. 노부야스는 주군의 사위가 아닌가. 그 사위에게 주군은 할복을 명하셨어."

"예? 할복을?"

"노부야스의 생모가 다케다 가문과 내통했다는 거야. 어쨌든 그 이야기는 그만두세. 우리 집안과는 직접적인 관계가 없는 일이니까."

"그렇기는 합니다마는."

"히데미쓰, 나는 지금까지 딸들을 주군의 지시대로 시집보냈어."

"예. 언제나 주군이 배려하셔서……"

"자네는 주군의 배려였다고 생각하나?"

"그렇지 않다는 말씀입니까?"

"자기 사위마저도 자신의 이익을 위해서 할복을 명하시는 주군이야. 그렇다면 고맙게만 생각할 일이 아닌 것 같다."

"일리가 있는 말씀입니다."

"내가 좀 어리석었는지도 몰라. 내가 충성하는 것만으로도 모자라 딸까지 주군에게 바친 셈이 되었어."

"그러시면 주군에게 유리한 곳으로만 출가시켰다는 말씀입니까?"

"그렇다고 할 수 있지 않는가. 호소카와도 그렇고 아라키도 그렇고."

"말씀을 듣고보니 그렇기도 합니다."

"주군이 사위라고 하여 특별히 돌보아주신다면 그것은 분명히 고마운 일이지. 그러나 자기 딸만으로는 부족하여 내 딸까지 이용하려 드신다고 생각하면 소름이 끼쳐."

미쓰히데는고쇼가 가져온 촛대로 조용히 시선을 돌렸다.

"히데미쓰, 나는 이제부터 내 딸만은 우리 가문에 도움이 될 곳으로 출가시키려고 해. 딸까지 주군한테 이용당하게 할 수는 없어."

사마노스케 히데미쓰는 미쓰히데의 마음을 알 수 없어 고개를 갸웃했다. 젊음이 넘치는 혈색, 오뚝한 콧날에 의아해 하는 주름이 잡히자 히데미쓰는 젊은 날의 미쓰히데와 닮은 구석이 많아 보였다.

"어때, 자네는 반대인가?"

"아니, 별로 반대하는 것은 아닙니다마는 오타마 님은 호소카와 가문으로 가셨고, 그 언니는 오다 노부즈미의 부인이 되셨지요. 그 밖에는 아직 혼기가 된 따님이."

"반대하지 않는다는 말이지?"

"예, 별로 그런 것은."

"좋아, 오쿄를 이리 불러오게."

"아, 오쿄 님에 대한 말씀이셨군요."

히데미쓰는 고개를 끄덕이고 일어났다. 혼기가 된 딸이 없다고 생각한 것은 조금 전의 일이다. 과연 이 성에는 아라키 가문에서 이혼을 당하고 온 오쿄가 있었던 것이다.

오쿄도 아라키 무라시게가 분명히 적으로 돌아선 지금에 와서는 다시 결합할 가능성이 없다. 입으로는 아무렇지도 않다는 듯이 말하고 있으나 혼자 있을 때는 상심하고 있을 것이다. 더더구나 아직 젖먹이인 아들까지 남기고 왔으니……

얼마 후 히데미쓰가 오쿄를 데리고 미쓰히데의 방으로 돌아왔다.

"아버님, 무슨 하실 말씀이라도?"

미쓰히데는 고개를 끄덕였다.

"히데미쓰도 같이 앉게."

그러면서 잠시 두 사람을 조용히 비교해보았다.

"무슨 말씀입니까. 아버님?"

"오쿄, 너는 주군이 원망스럽지 않으냐?"

"원망한들 무슨 소용이 있겠습니까."

"주군의 지시에 따라 출가했다가 주군의 분노 때문에 아라키 가문에서 쫓겨났어."

"아닙니다. 시부님이 철저하시기 때문입니다."

"어느 쪽이건 마찬가지야. 네 의사가 아니었어. 출가하게 된 것도 이혼한 것도."

"아버님."

강한 기질의 오쿄는 몸을 앞으로 내밀듯이 하며 제 생각을 또박또박 말했다.

"새삼스럽게 이제 와서 그런 말씀을 무엇 때문에 하십니까? 저는 아버님의 동정은 받고 싶지 않아요."

"으음, 노히메와 성격이 많이 닮았구나."

"우선 하실 말씀을 듣고 싶습니다."

"서두르지 말거라. 나는 너희들에게 미안한 일을 했다고 생각한다."

"무슨 말씀인지 모르겠습니다."

"주군의 편의에 따라 세 사람을 모두 출가시켰어. 주군과 상대방의 관계가 나빠지면 세 사람 모두 쫓겨오거나 과부가 되니까 말이다."

"그것이, 그것이 이제 와서 어떻다는 말씀입니까?"

"그러기에 미안하다고 사과하는 거야. 하다못해 우리 가문을 위해 출가시킨 거라면 이 아비가 딸들을 위해 어떻게든 손을 썼을 텐데 주군의 편의를 위해서였으니 그럴 수가 없구나."

오쿄는 파릇한 양미간을 모으고 노려보듯 아버지를 바라보았다.

늘 그렇듯이 좀처럼 본론을 말하지 않는 것이 아버지의 버릇이었으나 때가 때인 만큼 오쿄는 더 이상 참고 있을 수 없었다.

"그런 말씀이라면 나중에 천천히 듣기로 하겠어요. 아마 저녁 진지가 나올 때가 되었어요. 그렇지 않습니까, 사마노스케 님?"

이렇게 말하면서 느닷없이 일어서려고 한다.

"기다리거라."

미쓰히데는 당황하여 큰 소리로 말했다.

공리功利적인 재혼

"그럼, 어서 하실 말씀을."

오쿄는 노골적으로 불쾌한 낯을 떠올리고 다시 앉았다. 이렇게 되자 미쓰히데는 더욱 말하기를 주저했다.

"오쿄, 너는 재혼할 생각이 없느냐?"

"재혼? 아버지, 아직 이혼한 지 보름도 안 되었어요. 그 말씀을 하시려 했다면 대답할 수 있을 때까지 기다려주십시오."

"허어, 단호한 대답이로구나. 그러나 아비가 이런 말을 꺼내는 것은 깊이 생각한 결과라고 생각지 않느냐?"

"아버지의 생각과 제 감정의 파도가 가라앉을 때와는 별개입니다."

"오쿄."

"아직 하실 말씀이 남았습니까?"

"사나이에게는 말이다, 싸움이라는 것이 있어."

"그것이 저의 재혼과 관계가 있습니까?"

"나는 곧 싸움터로 또 나가야 해. 단바의 싸움터, 셋쓰攝津의 싸움터, 주고쿠의 싸움터 등 아직 여러 곳에서 싸움이 계속되고 있다. 나가게 되면 주군의 명령 여하에 따라 언제 돌아올지 몰라."

"그 점은 잘 알고 있습니다."

"그것을 알고 있다면 네 혼담에 대해서도 그렇게 고집만 부려서는 안 될 것 아니냐?"

"대관절 말씀하시는 상대는 어디의 누구입니까?"

오쿄는 아버지가 할 말을 다 하지 않고는 그대로 넘어가지 않으리라는 것을 깨닫고 초조해 하면서 단도직입적으로 물었다.

"그 상대는 말이다, 이번에는 내가 우리 가문을 위해서라고 생각한 상대야."

"저는 그 사람의 이름을 물었습니다."

"너무 성급하구나. 아니, 성급한 것이 아니라 억척스러워. 억척도 정도가 지나치면 큰 결점이 되는 거야. 안타까운 일이야."

미쓰히데는 더욱더 자신의 성격을 드러냈다. 끈질기게 설득하듯 말하면서 히데미쓰에게 시선을 옮기고 쓴웃음을 짓는다. 미쓰히데는 자신이 신중하고 사려가 깊기 때문이라고 자부하고 있다.

"어떤가 히데미쓰, 자네가 오쿄를 아내로 삼지 않겠나?"

"예?"

비로소 미쓰히데가 무슨 생각을 하는지 깨닫고 히데미쓰는 눈이 휘둥그레졌다.

솔직히 말해서 히데미쓰는 오쿄보다도 호소카와 가문에 출가한 오타마를 더 좋아했다. 오타마를 자기에게…… 라고 말하려다 미처 기회를 얻지 못하던 사이에 노부나가가 호소카와 요이치로와의 혼담을 꺼냈기 때문에 히데미쓰는 그만 그녀를 호소카와 가문의 쇼류지 성에 데려다주어야 하는 입장에 놓이고 말았던 것이다.

"호호호."

갑자기 오쿄가 소리내어 웃었다.

"아버지는 혹시 아즈치에서 무언가 잘못 드시고 식중독에 걸리신 것은 아닌지 모르겠어요."

"그럼, 너는 히데미쓰가 마음에 내키지 않는다는 말이냐?"

"호호호, 마음에 내키지 않는다기보다도 이런 억센 성격을 가진 여자를 사마노스케 님이 받아들이실 리가 없어요. 사마노스케 님은 오타마를 좋아하셨어요."

그 말을 듣고 히데미쓰는 당황했다.

얼굴은 물론 목덜미까지 빨개져서는 천장만 쳐다보았다.

"히데미쓰, 그게 사실인가?"

"아닙니다. 그런 일은, 그런 일은 없습니다."

"그 말이 맞는 것 같다. 함부로 입을 가볍게 놀려서는 안 돼. 오쿄. 어떠냐, 출가할 마음이 있느냐 없느냐? 두 사람이 마음을 합친다면 우리 가문에 큰 힘이 될 것이다. 웃어도 좋아. 이 아비는 내 뜻대로 하겠어. 오늘 아즈치에 가서 주군이 멋대로 하시는 것을 보고 나도 그렇게 해야겠다고 결심했어."

"호호호, 아버지는 또."

"웃지 마라. 아니, 웃어도 좋아. 그런 주군이시라 내버려두면 다시 자기 형편에 따라 또 너를 출가시킬 거야. 그래서 이 아비가 선수를 치려는 거야. 주군이 무슨 말씀을 하시면, 오쿄는 이미 히데미쓰에게 출가시켰습니다. 이렇게 대답하고 거절할 생각이다. 어떤가 히데미쓰, 이의는 없겠지?"

또다시 대답을 강요하자 히데미쓰는 더욱 몸이 굳어져서 마음에 없는 대답을 하고 말았다.

"예. 저로서는 별로."

"이의가 없다는 말이지?"

"예. 오쿄 님만 괜찮다면."

"오쿄, 들었겠지. 히데미쓰는 너를 맞이해도 좋다고 했어. 너도 이 아비의 말을 듣도록 해라. 그렇지 않으면 또 주군의 형편에 따라 시집갈 수밖에 없다."

그러나 오쿄는 얼른 대답할 수 없었다.

"호호호, 이혼 당한 지 보름도 안 된 여자를 아무리 집안사람이라 해도 억지로 팔아넘기려 하시다니. 웃지 않을 수 없어요. 아버지도 연세 탓인지 좀 이상해지신 것 같아요. 호호호."

셋쓰 출진

아라키 무라시게의 모반이 노부나가의 성격을 더욱 과격하게 만든 것은 사실이었다.

몇 번이나 항복했다가 다시 배반한 마쓰나가 히데히사의 경우는, 노부나가도 처음부터 그를 믿지 않았기 때문에 별로 화가 나지 않았다.

그러나 무라시게의 경우는 달랐다. 노부나가는 무라시게를 뼈대 있는 용장으로 믿었다. 일단 믿으면 후다이譜代 건 새로 채용하는 가신이건 가리지 않는다. 히데요시와 미쓰히데, 또 가즈마스도 모두 그가 새로 발굴한 인재로 중신의 반열에 올라 있었다.

이러한 인재의 발굴과 등용이 바로 노부나가의 자랑이고 오다 가문이 강력해진 힘의 원천이었다. 아라키 무라시게 또한 노부나가가 그 가풍의 긍지와 신뢰를 걸고 등용한 사람 가운데 하나였다.

그러기에 미쓰히데의 딸을 그에게 출가시키고 아주 중요한 주고쿠 공격에 즈음하여 히데요시와 협력하도록 명했던 것이다.

'그런 무라시게가 모반했다.'

이것은 가신들에게 노부나가의 눈이 부정확하다는 인상을 주게 되어 노부나가의 얼굴에 침을 뱉은 것이라 볼 수 있다.

따라서 노부나가의 결단은 성격에서 오는 불 같은 분노와 함께 도자마外樣° 다이묘에게 본보기를 보여준다는 의미가 있었다.

이러한 이유 때문에 모반한 자를 그대로 방치한다면 도자마 다이묘들에 대한 통제가 어려워진다. 히데요시와 미쓰히데는 물론 가즈마스, 후지타카, 우지사토氏鄕, 잇테쓰, 나리마사, 준케이 등도 모두 후다이 가신이 아니다.

그들이 만약 아라키 무라시게처럼 쉽게 모반한다면 노부나가의 위업은 하루아침에 산산조각이 난다.

'그렇다면 이대로 둘 수 없다.'

이것이 노부나가의 감정에 분노와 함께 더해진 계산이었다. 그런 만큼 때를 같이하여 발생한 도쿠가와 가문의 문제도 노부나가는 필요 이상으로 준엄한 자세로 임했다.

천하를 다스리게 될 경우 후다이 가신은 그리 많지 않고 대부분이 도자마이다. 이들 다이묘에게 노부나가의 군율이 얼마나 엄한지를 뼈에 새기도록 해주지 않으면 무력 투쟁을 계속해온 악몽과 같은 난세는 사라지지 않는다.

이런 생각 끝에 도쿠가와 노부야스와 아라키 무라시게에 대해 조치를 단행한 것이다.

노부나가는 11월 2일에 다시 미쓰히데를 아즈치로 불렀다. 미쓰히데에게 즉시 니와 공격을 명하고, 아라키 무라시게에 대해서는 어디까지나 노부나가가 직접 응징하겠다고 선언했다.

"노부나가가 얼마나 무서운지 천하에 알리려 한다. 알고 있을 테지?"

"되도록 부드럽게 대하시기를 부탁드립니다."

'가혹한 복수는 도리어 반란을 격화시키는 원인이 될 것입니다.'

미쓰히데는 이렇게 말하고 싶은 것을 억지로 참고 대답했다.

두 사람의 생각은 완전히 어긋나고 있다.

"대머리, 대머리는 딸이 쫓겨왔는데도 아직 인척이었던 무라시게를 감쌀 생각인가?"

"아닙니다. 온정이야말로 천하를 다스리는 길이라 생각하기 때문입니다."

"현명한 체하지 마라. 그것은 천하가 안정된 다음에나 할 일이야. 지금은 아직 난세, 난세이기 때문에 무라시게 놈이 모리 쪽으로 돌아선 것이다. 난을 뿌리뽑으려면 우선 발칙한 짓을 꾀하는 자들부터 갈기갈기 찢어놓아야 해."

이렇게 말하고 나서 노부나가는 큰 소리로 웃었다.

아직 노부나가는 미쓰히데의 마음속에 있는 예사롭지 않은 '노부나가 공포'의 싹을 깨닫지 못하고 있다.

"대머리, 그대의 딸 문제는 참으로 미안하게 됐어. 돌아온 딸에게는 내가 조만간 새로운 혼처를 마련하겠어."

미쓰히데는 정중히 고개를 숙였다.

"그 일이라면 심려치 마십시오."

"그대에게 하는 말이 아니야. 그대보다도 딸이 가엾어서 하는 말이야. 아라키의 아들보다 더 좋은 배필을 내가 반드시 찾아줄 테니 그렇게 전하게."

"황송합니다마는, 딸에 대해서는."

"딸이 어쨌다는 말인가? 설마 자결시키려는 것은 아닐 테지."

"예. 사실은 이미 재혼시켰습니다."

"뭐, 벌써 재혼을?"

"예."

"그렇다면 잘된 일이군! 잘 생각했어. 그런데 사위는?"

"가신인 아케치 사마노스케 히데미쓰입니다."

"뭐, 다이묘가 아니라 가신에게?"

"딸이 그쪽을 선택했습니다. 다이묘의 아내가 되어 여러 가지로 마음을 쓰기보다는 심적 부담이 적은 가신의 아내가 되겠다고……"

"으음, 그런가. 그것도 괜찮겠지. 좋아, 머지않아 이 노부나가도 축하의 선물을 보내겠어. 오노도 기뻐할 거야."

노부나가는 미쓰히데가 선수를 쳐서 재혼시켰다는 것은 전혀 생각지 못하고 시원스럽게 대답했다. 그리고 이튿날인 11월 3일에는 아라키 무라시게에 대한 공격을 지휘하기 위해 군사를 이끌고 교토로 향했다.

용서하는 자, 공격하는 자

노부나가는 교토에 도착하자 우선 무라시게에게 호응한 다카쓰키 성의 다카야마 우콘을 공격하고, 이어서 이바라키 성의 나카가와 기요히데를 공략했다.

다카야마 우콘은 남들이 다 아는 기리시탄(기독교 신자) 다이묘로, 다도茶道에서는 노부나가와 마찬가지로 소에키宗易(후의 리큐利休 거사)의 제자였다.

그는 노부나가가 진두에 서서 나타났다는 것을 알자 사자를 보내 노부나가에게 의견을 타진했다.

"우다이진 님은 제가 무라시게의 편을 들기 때문에 공격하시는 겁니까, 아니면 모리 쪽에 가담한 줄 아시고 공격하시는 겁니까?"

노부나가는 그 사자를 접견하고 조롱했다.

"우콘은 남반 사南蠻寺의 건립을 허가한 노부나가에게 충성을 바쳐 천하의 화평을 도모할지, 아니면 무라시게·모리 무리의 편이 되어 난을 거듭할지, 기리시탄의 데우스(하나님)와 잘 상의하여 대답하라. 그때까지는 공격을 중단하겠다."

사자는 그대로 돌아갔다가 이튿날 다시 성 밖에 있는 노부나가의 본진에 찾아왔다.

"우다이진 님은 우리에게 항복하라는 겁니까, 아니면 회개하라는 말씀입니까?"

"멍청한 놈, 누가 항복하라고 했단 말이냐. 원래 우콘은 나의 가신이 아니냐. 나는 싸우러 온 것이 아니라 가신을 주벌하기 위해 왔어. 우콘에게 말하라, 무라시게에게 접근한 것은 우정 때문인가 아니면 반심이 있었기 때문인가. 반심이 없다면 즉시 성문을 열고 노부나가를 맞이하여 해명을 하라. 시각은 오늘 정오, 그때까지 성을 열지 않으면 반심이 있는 줄 알고 짓밟아버리겠다."

사자는 다시 서둘러 돌아갔다.

다카야마 우콘 역시 뼈대가 있고 약간 비뚤어진 데가 있었다. 아마도 그는 노부나가가 항복하라고 하면 자결할 생각이었음이 틀림없다. '항복'이라는 말은 이미 반기를 들었다는 것을 의미하고 그 죄를 묻겠다는 뜻이기 때문이다.

세번째 사자는 반각(1시간)도 되기 전에 나타났다.

"저의 주군은 우다이진 님의 마음을 착각하고 있었습니다. 사죄하는 뜻으로 차를 한 잔 올리고 싶다고 하십니다. 성안으로 들어오시기 바랍니다."

노부나가는 웃으면서 성안으로 들어가 다카야마 우콘을 용서했다.

아즈치를 떠난 지 8일째 되는 11월 11일.

나카가와 기요히데에게는 이미 히데요시가 항복을 권하는 사자를 보냈다. 사실 히데요시는 노부나가가 출진했다는 소식을 듣고 은밀히 다카야마 우콘에게도 사자를 보내 무모한 항전을 중지하라고 열심히 이면에서 설득했다.

그런 의미에서 보면 히데요시는 어디까지나 빈틈이 없다. 그들을 도와 은혜를 베풀어두면 자신을 공격하려는 주고쿠의 배후가 안전해지기 때문이기도 했으나……

나카가와 기요히데는 그래도 얼마 동안은 항복하지 않았다.

항복한다 해도 노부나가가 용서하지 않을 거라는 선입관, 공포감이 큰 원인이었다.

그러나 총공격을 당하면 잠시도 버틸 수 없다는 것은 너무나 잘 알기에, 그는 24일에 이르러 머리를 깎고 인질과 함께 노부나가의 진지에 항복했다.

노부나가는 그에 대해서도 별로 문책하지 않았다.

'잡어雜魚들이 나를 필요 이상으로 두려워하고 있다.'

미쓰히데의 충고도 있었기에 쓴웃음을 지으면서 아라키 무라시게의 본성인 아리오카 성(이타미 성伊丹城)으로 향했다.

덴쇼 6년(1578)이 거의 저물어 긴키 지방에도 두서너 번 눈이 내린 12월 8일이었다.

우다이진의 전략

　지금은 우다이진인 노부나가가 싸움터에서 신년을 맞이해도 좋을 때가 아니다. 이렇게 되면 공경이나 다이묘들이 노부나가의 실력을 의심하고 자리를 넘보게 될 것이다.

　노부나가는 12월에 접어들어 무라시게의 아리오카 성을 공격하기에 앞서 다키가와 가즈마스를 불러 물었다.

　"가즈마스, 그대는 어떻게 생각하나. 신년이 되기 전에 무라시게 놈을 정리하고 궁중 하례에 참석한 뒤 아즈치에서 장수들의 축하 인사를 받을 수 있는 방법이 없을까?"

　"그 점에 대해서는 항복한 다카야마 우콘과 나카가와 기요히데를 불러 무라시게도 항복하기만 하면 어떤 처벌도 하지 않고 용서할 것이라는 뜻을 전하는 편이 좋을 듯합니다."

　"그러니까 무라시게를 살려주자는 말이로군."

　가즈마스는 의미 있는 미소를 띠고 고개를 가로저었다.

"그 일과 처치하는 수단과는 다릅니다."

"으음, 그렇다면 책략을 가지고 무라시게를 속이자는 말인가?"

"그렇다고 확실하게 말씀드리는 것은 아니지만, 무라시게는 우콘이나 기요히데와는 다릅니다. 물론 공격받을 각오를 하고 농성을 준비하겠지요. 그리고 아마가사키尼ヶ崎, 하나쿠마花隈 등 그에게 딸린 성도 있기 때문에 올해 안으로 쉽게 처리하기란 어려우리라 생각합니다."

"알겠다. 그것으로 됐어."

"그러면, 두 사람을 불러 그 뜻을 제가 은밀히 지시해도 좋겠습니까?"

"닥쳐, 가즈마스!"

"예?"

"누가 무라시게 따위에게 책략을 써서 속이겠다고 했느냐."

"그러나 이것은 종종 사용하시던 책략이 아닙니까?"

"가즈마스!"

"예."

"그대는 이 노부나가가 오다 가즈사노스케였을 때와 우다이진이 된 후의 전략이 같아도 된다고 생각하느냐?"

"예?"

"오다 가즈사노스케는 언제나 목숨을 내던지고 힘겨운 대적과 맞서 싸웠어. 그러기 위해서는 어떤 책략을 써서라도 이기지 않으면 안 되었어. 그러나 지금은 우다이진이야. 천하를 호령하는 무장이 되었는데, 무라시게 따위를 속이는 전략이 과연 어울린다고 생각하느냐?"

"아, 과연."

"가령 그런 짓을 한다고 치자. 그러면 노부나가는 가신의 반란에까지 속임수를 쓴다, 노부나가의 말을 믿을 수 없다는 소문이 돌거야. 그래가지고 천하를 다스릴 수 있겠는가, 멍청한 녀석아."

"황송합니다. 과연 제 생각이 모자랐습니다. 그러면 무라시게를 용서하시렵니까?"

"안 돼! 마쓰나가 히사히데의 선례도 있어. 일단 나를 섬겼다가 배신한 자는 앞으로 어떤 일이 있어도 용서치 않겠다."

"그렇게 되면 싸움은 해를 넘기게 될 것입니다마는."

"그러기에 하는 말이야. 일단 아리오카 성을 공격하라. 그리고 모리와 연락하지 못하도록 포위한 채로 해를 넘기라는 말이다. 미쓰히데는 단바에서, 히데요시는 반슈에서, 그대는 셋쓰에서 해를 넘길 각오로 철저히 공격하라. 나도 일단 싸움터에 나가기는 하겠으나 신년 하례에 늦지 않도록 돌아갈 것이다."

여기까지 말하고 노부나가는 목소리를 낮추었다.

"가즈마스, 무라시게는 절대로 용서할 수 없어. 그 점을 깊이 명심하고 내가 돌아간 뒤의 싸움은 그대 재량껏 하라."

가즈마스는 노부나가를 빤히 쳐다보며 생각하다가 드디어 납득이 되었는지 웃으면서 대답했다.

"알겠습니다. 모리 쪽에서는 우선 주군을 무찌른 뒤 아라키 무라시게에게 네다섯 개의 지역을 할애하겠답니다. 무라시게 놈이 네다섯 개 지역을 얻는 대신, 어떻게 될지를 세상 사람들에게도 무라시게한테도 분명히 일깨워주겠습니다."

"그래, 차질 없이 추진해야 한다."

이리하여 노부나가는 섣달 25일까지 아리오카 성을 빈틈없이 포위해 모리 군과의 통로를 끊게 한 뒤 아즈치로 돌아갔다.

노부나가는 올해 안으로 이 문제를 정리하고 싶었다. 다카야마 우콘이나 나카가와 기요히데를 항복케 하여 용서한 방법을 사용하면 십중팔구는 가능했을 것이다. 그런데도 불구하고 포위한 채 해를 넘기기로 결정한 이면에는 노부나가의 전략이 종횡무진한 혁명가적 전략에서 차차 천하인으로서의 입지를 으뜸으로 여기는 전략으로 변했다는 것을 의미한다.

여기에는 단순히 이긴다는 것보다도 반역자에 대한 응징이라는 의미가 철저히 관철되어 있는 것이다.

덴쇼 7년(1579) 정월, 노부나가는 우선 구키 요시타카九鬼嘉隆를 아즈치로 불러 수군을 대대적으로 정비하게 하고 이어서 성 밖의 말터에 대규모의 말 시장을 열었다. 또한 아즈치에 있는 각처의 무사를 비롯하여 벼슬을 바라고 찾아온 낭인들까지 참석시켜 말타기 시합을 거행했다.

노부나가에게 있어 이것은 씨름 대회와 함께, 세상에 나올 기회를 얻지 못해 전전긍긍하는 유능한 인재를 발굴하기 위한 수단이었다.

이세의 수군 총수 구키 요시타카에게는 혼간 사에 식량을 운반해 올 모리의 수군을 격멸하기에 족한 대대적인 철선鐵船의 건조를 명령했으나 이것은 물론 극비였다.

당시 일본에 왔던 선교사들이 노부나가가 건조한 이 거대한 철선을 보고 어느 나라의 군함을 샀느냐고 눈이 휘둥그레졌다는 이야기가 전해온다. 노부나가는 그때 이미 대포를 갖춘 거대한 철선을 비밀리에 건조했던 것이다.

마장은 아즈치에 각종 시장이 한꺼번에 열린 정월 2일부터 10일까지 9일 동안에 걸쳐 열렸다.

멀리 오슈奧州 구석에서부터 이날을 위해 찾아오는 명마와 준마駿

馬의 수가 수천 마리에 달하여, 이 시가지에 떨어지는 돈은 막대한 양에 이르렀다.

그리고 또한 이 말들을 사기 위해 각지에서 무사와 낭인들이 모여든다. 관문은 열려 있고 매매의 세금도 면제된다. 따라서 당시의 아즈치는 사카이에 버금갈 정도로 국내 유일의 자유도시란 느낌이 들었다.

말타기 시합은 마장이 끝나고 돈을 호주머니에 넣은 중개인들이 신나서 거리를 떠난 뒤인 1월 11일, 성 밖의 서쪽 말터에서 열렸다.

오늘날의 관병식觀兵式과 비슷했는데, 그 내용은 어디까지나 노부나가 식이어서 그의 가신들만 참가하는 것이 아니었다.

하타모토의 대열뿐 아니라 여러 영지에서 온 다이묘들의 대열과 낭인, 노부시와 농부들까지 화려하게 차려입고 자랑하는 말에 올라 말터를 가득 메웠으므로 그야말로 장관이었다.

그런 가운데서 노부나가는 유유히 열병閱兵을 한다. 혹시 이 가운데 적의 자객이 섞여 있다면 어떤 사태가 발생할지 모른다.

그러나 이와 동시에 여기 모인 사람들 중에는 각자 노부나가의 눈에 들어 출세할 기회를 얻고 싶다는 희망을 품은 사람들이 수십 배, 수백 배 더 많으므로, 만약 수상한 자가 있다면 많은 이들이 그 자를 놓칠 리 없어 도리어 노부나가가 안전하다고도 볼 수 있다.

물론 노부나가는 이러한 사정을 면밀하게 계산했기에, 이를 볼거리로 만들고 있는 것이다.

노부나가의 차림새 또한 특이한 정도를 넘어 사람들의 상식을 뒤엎기에 충분했다.

흰 바탕에 얼룩무늬가 있는 살찐 말에 눈부신 주홍빛 융단 장식을 하고, 옻칠을 한 남만식南蠻式 안장을 놓았으며, 그 자신은 화려한 사냥 복장을 하고 있었다.

더구나 머리에는 공작의 아름다운 깃털을 꽂은 남만식 모자를 썼고, 무카바키行縢°는 금빛으로 빛나는 얼룩무늬 호랑이 모피였다. 가느다란 칼은 허리에 차고 손에는 채찍 하나를 들었을 뿐 그 외의 무기는 가지고 있지 않았다.

노부나가는 군중 속의 적 따위는 안중에도 없다는 듯이 바로 뒤에서 활을 들고 있는 시동 란마루와 철포를 멘 무사 두 사람만을 거느리고 유유히 열병을 한다.

"저 철포가 대단한 거야."

"대단하다니 탄환이 창이 되기라도 한다는 말인가?"

"헛소리 하지 말게, 창이 탄환이 될 수 있겠는가. 화승火繩을 사용하지 않고도 언제나 발사할 수 있는 놀라운 무기라는 말일세."

"뭣이, 화승도 사용하지 않고?"

"그렇다니까. 따라서 적의 첩자가 숨어 있다 해도 꼼짝못하는 거야."

구경꾼들이 말터 밖에 구름처럼 모여, 오늘은 어떤 승마의 명인이 노부나가의 눈에 들 것인지 수군거렸다.

열병이 끝나면 말터에서는 여러 가지 마술馬術의 경연競演이 벌어진다.

달리는 말에서 창을 던져 과녁을 꿰뚫는 경기, 이누오모노犬追者°에서 창안한 토끼 쏘기 시합, 말과 말을 접근시켜 놓고 말 위에서 하는 씨름, 죽도竹刀로 겨누는 시합, 솜을 창끝에 감고 찌르는 창 겨루기, 달리기, 장애물 넘기, 말을 타고 하는 갖가지 격투 등이 벌어지므로 구경꾼들이 흥분하는 것은 당연한 일이다.

이리하여 노부나가가 정렬해 있는 기마대, 가신들, 각지의 무사들을 열병하고 드디어 일반 벼슬 지망자의 대열 앞으로 가려고 했을 때였다.

갑자기 구경꾼이 있는 남쪽 한 모서리에서 때아닌 함성이 일어났다. 긴장하고 정렬해 있을 때인 만큼 사람보다도 말이 더 놀라 개중에는 울부짖기도 하고 달려나가려는 말도 있었다.

이렇게 되면 구경꾼들도 무슨 일인가 싶어 그쪽을 바라보게 되고, 말터를 경비하고 있던 병졸도 가만히 있을 리 없다.

"무슨 일이야? 어째서 말이 날뛰기 시작했지?"

"서남쪽 가도에서 수상한 자들이 오고 있어."

"가서 확인해봐. 적이 나타났을 리는 없으나 대장님의 신상에 만일의 경우라도 생기면……"

군중의 긴장이란 순간적인 계기로도 때로는 수습할 수 없는 혼란을 일으키기 마련이다. 아직 그 정도로 심하지는 않았으나 경비하는 자들이 막사 안에서 달려나오게 됨으로써 술렁거림은 파도처럼 말터에 퍼져 나갔다.

열병하고 있던 노부나가의 이마에서 힘줄이 불끈 솟아오른 것은 말할 나위도 없다.

'어떤 놈이 이런 때에……'

란마루도 시선을 다른 쪽으로 돌리는 창을 가진 자를 무섭게 질타했다.

"열병 중이다. 떠들지 마라!"

돌아온 미쓰히데

떠들지 말라고 하면 도리어 소동은 커지기 마련이다.

"누구 없느냐, 가서 확인하고 오너라."

란마루는 열병을 끝내자 훌쩍 말에서 뛰어내려 직접 노부나가의 말고삐를 잡았다.

노부나가는 심기가 불편했다. 아마도 그를 따르고 있는 자가 총애하는 란마루가 아니었다면 분노가 폭발했을 것이다.

란마루는 또 한 사람의 경비병을 다그치듯 남쪽 해변으로 달려가게 하고 정중히 노부나가를 향해 고개를 숙였다.

"누군가 이쪽으로 오는 자가 있습니다. 다행히 열병도 일단 끝났으므로 직접 심문하시기 바랍니다."

이것은 불쾌히 여기고 있는 노부나가에게 고함을 지르도록 하여 더 이상 이 자리를 혼란스럽지 않게 하려는 란마루의 재치였다.

"그래. 어떤 놈인지 끌고오너라."

노부나가도 군중이 보는 앞에서 거친 욕설은 퍼붓고 싶지 않았다. 그래서 얼굴의 근육을 실룩거리면서 확인하러 간 자가 돌아오기를 기다렸다.

"아뢰겠습니다."

"어떤 놈이더냐, 시도 때도 가리지 않고 남쪽에서 나타난 놈이?"

"예, 고레토 휴가노카미 님과 그 군사입니다."

"뭣이, 미쓰히데라고?"

노부나가가 얼굴에 노기를 떠올리자 다시 란마루가 교묘히 받아넘겼다.

"휴가노카미라면 단바의 야가미 성을 포위하고 싸우고 있어야 할 터, 그렇다면 승리를 거두고 돌아왔을 것이 분명하다. 주군이 초조해하고 계시다. 속히 달려가 그 뜻을 알려라."

"예."

"잠깐, 란마루."

노부나가는 쯧쯧 혀를 찼다.

"미쓰히데라면 오늘의 행사를 알고 있었을 것이다. 어째서 소란을 떤다는 말이냐. 이 자리에는 나타나지 말라고 전하라."

"그러나 승리하고 개선하는 것이라면……"

"닥쳐! 싸움에는 승리가 따르는 법이야. 성에 들어와 근신하며 기다리라고 하라."

이렇게 말하고 노부나가는 다시 말 머리를 돌려 마스가타로 돌아갔다.

군중도 사정을 깨닫고 차차 조용해지기 시작했다.

"아케치 님이 개선한 모양이야."

"그럼, 곧바로 이 행사에 참가하기 위해 급히 돌아온 거로군."

"그럴지도 몰라. 적의 대장을 포로로 잡아왔다는 이야기가 있어."

"뭣이, 야가미 성의 하타노 히데하루를 말인가?"

"그래. 히데하루만이 아니라 그 동생인 히데나오까지. 그러기에 포로를 주군에게 보이고 싶었던 것일 테지."

"그렇다면 먼저 누군가 한 사람을 보내 주군의 허락을 받고 나서 왔더라면 좋았을 텐데."

"공을 세우고 기뻐하며 돌아올 때는 미처 그럴 여유가 없는 거야. 신이 난 나머지 그만 깜빡한 거지."

사람들의 화제는 다시 오늘 행사의 볼거리로 돌아왔다.

그리고 싸움에 이기고 돌아온 미쓰히데가 뜻밖에도 노부나가의 분노를 사서 어떤 기분으로 성에 들어와 기다리고 있을지를 생각하는 사람은 별로 없었다.

오늘의 행사가 모두 끝난 것은 그로부터 2각(4시간) 가량 지난 여덟 점(오후 2시) 무렵이었다. 그 후 상을 내리거나 채용을 결정하거나 하여 노부나가가 성에 돌아왔을 때는 벌써 해가 지기 시작할 무렵이었다.

더구나 노부나가는 곧 주연을 베풀고 미쓰히데에 대해서는 잊어버리기라도 한 듯 한마디도 하지 않았다.

"고레토 휴가노카미 님이 뵙기를 청하고 있습니다마는."

겁먹은 표정으로 근시가 말했을 때 노부나가는 벌써 거나하게 취해 있었다.

"뭐, 미쓰히데가 와서 기다린다고?"

노부나가는 짐짓 시치미를 뗐다.

"몰랐어. 란마루, 이리 불러오너라. 마침 좋은 날에 돌아왔군."

란마루는 겨우 안도했다. 역시 낮의 일에 대해 화를 내서 미안하다는 생각을 하고 저렇게 시치미를 떼고 계신다고 느꼈기 때문이다.

란마루는 얼른 미쓰히데를 불러오기 위해 복도로 달려나갔다.

꾸중 들은 전략

미쓰히데는 납빛과도 같은 안색이었다.

싸움터에서 햇볕에 탔기 때문만은 아니었다. 오랫동안의 포위 작전으로 수척해진 데다 참기 어려운 굴욕감에 화가 났기 때문이다.

"오오, 미쓰히데, 언제 돌아왔나?"

노부나가는 천연덕스러운 표정으로 미쓰히데를 맞았다.

"그대가 돌아온 줄 알았다면 처음부터 이 자리에 불렀을 텐데."

"주군, 무슨 불만이 계시기에 그런 말씀을 하십니까? 저는 원망스럽습니다."

"뭐, 무슨 불만이냐고?"

"예. 저는 반년 가까이 싸움터에 있으면서 어떻게 하면 하타노 형제의 야가미 성을 함락할 수 있을지 그것만 생각해왔습니다."

"알고 있네. 참으로 수고가 많았어. 그러나 미쓰히데, 나는 이십 년 이상이나 어떻게 하면 천하를 평정할 수 있을까 하고 골몰해왔어. 아무튼 좋아. 그래, 야가미 성은 함락하고 왔겠지?"

"예. 하타노 형제를 체포해 데려왔습니다. 그리고 이들을 오늘 행사의 선물로 바치려고 밤낮을 가리지 않고 달려왔으나 지금까지 뵙지 못하고 주연에서도 외면을 당했습니다."

"미안하게 됐네. 그러나 대머리, 자네 말에는 납득하지 못할 점이 있어. 자네는 하타노 형제를 사로잡아왔다고 했지?"

"예. 분명히 사로잡아왔습니다."

"으음, 어떻게 잡았나?"

"성을 포위하고 계속 공격했으나 좀처럼 항복하지 않았습니다."

"그것은 앞서의 보고로 알고 있어. 그 후의 일을 묻는 거야."

"그래서 보통 방법으로는 성을 함락할 수 없을 것 같아 제 어머니를 인질로 들여보내는 대신 두 사람을 체포하여 끌고왔습니다."

자못 의기양양하게 말하는 미쓰히데를 노부나가는 싸늘하게 제지했다.

"미쓰히데, 자네는 어머니를 어디서 구했나? 자네한테는 어머니가 없을 텐데."

"그렇습니다. 이것이 고심 끝에 짜낸 책략입니다."

"허어, 그러니까 없는 어머니를 있는 것처럼 속이고 성을 함락했군."

"그렇습니다. 그렇지 않고는 좀처럼 성을 함락할 수 없었기 때문입니다."

"그렇게 해서 성을 빼앗고 곧바로 형제를 죽이려 했을 테지."

이 말을 듣고 미쓰히데는 가슴이 섬뜩하여 말문이 막혔다.

"설마 그토록 비겁한 책략을 써서 체포한 형제를 일부러 아즈치까지 데려왔을 리는 만무하니까."

"그, 그것은……"

"결국 이 노부나가가 그런 비겁한 책략을 자네에게 명한 것이 되지 않나. 노부나가는 미쓰히데에게 어머니를 인질로 바치게 하고 하타노 형제를 아즈치에 불렀다. 그렇게 되면 형제의 뒤처리는 어떻게 해야 한다고 생각하나? 어쨌든 좋아, 남달리 생각이 깊은 자네가 한 일이니 빈틈은 없었겠지. 그리고 나는 자네가 돌아온 것을 전혀 모르고 있었어. 수고가 많았어, 잔을 건네겠네."

미쓰히데는 와들와들 떨기 시작했다.

아마도 노부나가는 미쓰히데가 하타노 형제를 끌고왔다는 것을 알고 일부러 행사에 참가시키지 않은 모양이다.

그러나저러나 오늘의 노부나가는 얼마나 빈정대고 있는가.

"자, 야가미 성을 함락하여 큰 공을 세우고 돌아온 미쓰히데일세. 넘치도록 술을 따르거라."

시녀에게 명하면서 노부나가는 자기도 대번에 큰 잔을 비웠다.

"미쓰히데."

"예…… 예."

"내가 자네에게 어머니를 인질로 들여보내 하타노 형제를 항복시키라고 명했다고 가정해보세."

"예."

"그렇다면 자네도 하타노 형제를 죽일 수 없을 것 아닌가?"

"하지만 이것은 책략입니다."

"대관절 자네 어머니란 사람은 어디의 누구인가?"

"제가 오래전부터 데리고 있던 미노 태생의 로조老女입니다."

"자네는 인연을 내세워 로조를 보냈을 테지만 그래도 좋다고 생각하나? 이쪽에서 형제를 죽이면 그쪽에서도 의당 로조를 죽일 테지."

"죽을 각오로 간 로조입니다."

"그것만을 말하고 있는 것이 아니야. 자네는 그 여자가 가짜였다고 천하에 말하고 다닐 생각인가?"

"그런 것은 별로."

"말할 필요가 없다는 거로군."

"그렇다고 생각합니다."

"못난 것!"

"예?"

"자네는 그것으로 좋을 테지. 그러나 이 노부나가는 어떻게 된다는 말인가. 미쓰히데의 어머니를 죽게 만든 잔인한 놈, 이기기 위해서는 가신의 어머니까지 죽이는 인간도 아닌 자라는 비난을 받을 뿐 아니라 후세에까지 그 오명이 남을 것 아닌가. 그런 불명예와 하찮은 야가미 성 중에 어떤 것이 더 중요한지 대답해 보게."

미쓰히데는 입술을 꼭 깨물고 잔을 놓았다.

그는 이것을 뜻하지 않은 사태로 받아들였다.

주고쿠 방면의 싸움, 혼간 사 주변의 포위 작전, 또 최근에는 다시 다케다 가쓰요리가 세력을 만회하고 계속 도쿠가와의 영지를 노리고 있다. 이런 시기에 단바의 싸움을 오래 끌면 안 된다고 보아 미쓰히데는 조금이라도 빨리 노부나가의 짐을 덜어주려고 했던 것이다. 그런데 노부나가는 냉담하게 대하고 있다. 더구나 그의 말은 어디까지나 이치에만 치우쳐 있고 싸늘히 비웃기만 할 뿐이다.

'혹시 노부나가는 이미 나를 배척하는 것이 아닐까?'

"어떤가 미쓰히데, 내 말이 틀렸나?"

"예. 아니, 지당하신 말씀입니다."

"그래, 알겠다는 말이지. 책략이란 어떤 짓을 해도 좋다는 의미가 아니야. 지금 나는 우다이진의 몸이야."

"예…… 예."

"인륜을 저버리는 일, 만에 하나라도 부모를 죽였다는 따위의 악명을 남길 추악한 책모를 꾀해서는 안 돼."

"예. 저는 단지 주군의 부담을 조금이라도 덜어드리기 위해 빨리 마무리 지으려는 생각에서……"

"알고 있네. 그러기에 다른 때처럼 노하지 않는 거야."

"예."

"세상 사람들은 비록 자네가 그런 고충 끝에 야가미 성을 손에 넣었다고 해도 고충을 있는 그대로 받아들이지 않아. 고레토 휴가노카미는 하시바 지쿠젠과 공을 다투기 위해 어머니까지 인질로 보내 살해했다고 이렇게 평한다면 자네도 마음이 편치 않을 걸세."

미쓰히데는 되돌릴 말이 없었다. 표면적인 이치를 따져 힐문한다면 분명히 이번 일은 상책이 아니었다.

'그렇다고 그 바탕에 흐르는 이 미쓰히데의 고충을……'

이런 불만을 입 밖으로 낼 수 없기에 더욱 비참한 기분이었다.

"좋아, 그건 그렇고 전공은 전공일세. 수고가 많았어. 오늘은 실컷 마시도록 하게."

벌어지는 틈

미쓰히데가 단바를 평정하기까지의 고심은 여간한 것이 아니었다. 사위인 호소카와 다다오키와 그 아버지 후지타카의 마음을 아프게 하고, 다른 싸움터로 달려가는 동안에도 틈을 내어 작전을 짰다.

그사이에 하타노 히데하루는 여러 번 태도를 바꾸었다. 아군으로 돌아서는 체하다가는 모반하고, 공격하면 다시 복종하는 자세를 보였다.

더구나 그는 토착 호족들 사이에서 무시할 수 없는 잠재 세력을 가지고 있기 때문에 회유할 것인지 무찌를 것인지 고민하면서 항상 망설였다.

이런 고심 끝이었으므로 미쓰히데는 결국 히데하루, 히데나오 형제를 아즈치에 끌고 올 수 있었던 것을 큰 공이라 생각했다.

그런데 노부나가는 수단으로서의 책략을 나무라고 그 둘을 데려온 공에 대해서는 아무 말도 꺼내지 않았다.

이렇게 되자 미쓰히데는 점점 더 노부나가가 무슨 생각을 하고 있는지 알 수 없게 되었다.

세번째 잔에 술이 채워졌을 때 미쓰히데는 더 이상 참지 못하고 입을 열었다.

"황송합니다마는, 단바에서 끌고온 하타노 형제는 어떻게 처분하면 좋겠습니까?"

"뭐, 하타노 형제를?"

"예. 히데하루와 히데나오 말씀입니다."

"가짜 어머니를 미끼로 삼아 낚아온 자에 대해서라면 아까 이미 말했지 않은가."

"아까, 이미?"

"그래. 그리고 자네도 납득했잖아."

미쓰히데는 깜짝 놀라 노부나가를 똑바로 바라보았다. 어리석은 일이다, 비겁하다, 추하다는 질책은 받았으나 하타노 형제를 어떻게 처분하라는 말은 한마디도 하지 않았다.

"미쓰히데!"

"예…… 예."

"그 표정은 아직 아무것도 모르겠다는 얼굴이군."

"황송합니다만 아직 주군은 그들의 처분에 대해서는 아무 말씀도 없으셨습니다."

이 말은 점점 더 취기가 오르는 노부나가의 비위를 크게 건드렸다.

"뭣이, 이 노부나가가 아무 말도 하지 않았다고?"

"예. 주군께서 착각하신 것 같습니다."

"란마루!"

드디어 노부나가의 호통이 작렬했다.

"미쓰히데의 대머리를 그 부채로 때려라."

"휴가노카미 님을 때리다니……"

"어서 때려! 미쓰히데의 머리는 털이 빠졌을 뿐 아니라 속까지 썩었어. 정신이 들게 하란 말이다."

"그런 일을…… 하지만 그것은."

"네가 때리지 않으면 이 노부나가가 때리겠다."

이미 란마루는 주저할 수 없었다. 여기서 란마루가 머뭇거린다면 아마도 노부나가는 화를 못 이겨 칼을 뽑을지도 모른다.

"휴가노카미 님, 주군의 명령입니다. 실례."

탁, 하고 란마루가 부채로 미쓰히데의 머리를 때렸다.

"아……"

미쓰히데는 고개를 떨군 채 두 손을 부르르 떨었다.

그 자리에 있던 여자들은 물론 아오야마 요소, 다케이 세키안, 카나모리 나가치카, 무라이 사다카쓰 등도 얼굴을 돌리고 마른침을 삼켰다.

납빛으로 빛나는 미쓰히데의 벗겨진 이마에 피가 맺혔다.

란마루는 공손히 머리를 숙이고 제자리로 돌아왔으나 그 역시 시선을 둘 곳을 찾지 못하는 표정이었다.

"왓핫핫하."

노부나가는 별안간 예의 그 터질 듯한 소리로 웃었다.

"어떤가 미쓰히데, 이제 눈을 떴느냐?"

미쓰히데는 돌처럼 굳어져 아무 대답도 하지 않았다.

"자네는 이 노부나가의 말을 듣지 못한 거야."

"……"

"물론 말로는 하지 않았어. 그러나 들을 생각을 했다면 이심전심으로 알아들었어야 해. 그것이 주종主從인 거야."

"……"

"보아하니 말로는 납득했다고 하면서도 마음으로는 이 노부나가 또 억지를 부린다며 듣지 않은 것 같아. 그러니 이렇게 매를 맞을 수밖에 없었어."

"황송합니다마는."

미쓰히데는 불끈 치솟는 반감을 억제하고 말했다.

"미련한 이 미쓰히데, 지금도 주군의 말을 듣지 못했습니다. 죄송하오나 다시 한 번 말씀해주시면……"

"왓핫하, 아직 눈을 뜨지 못한 것 같군. 좋아, 마음의 말을 알아듣지 못하겠다면 입으로 말하겠다."

"예, 말씀을."

"미쓰히데, 나는 자네에게 그 어머니는 가짜였다고 세상에 소문을 퍼뜨리겠느냐고 물었어."

"예. 그 말씀이라면 분명히 들었습니다."

"어떤가, 그렇게 할 수 있겠나?"

"어려운 일입니다."

"그렇다면 가짜가 아니라고 할 수밖에 없지. 세상 사람들은 그렇게 받아들일 거야."

"과연, 그럴까요?"

"그때마다 자네가 변명을 하면 세상 사람들은 더욱 의심하게 돼. 자기 어머니를 구할 수 없게 되자 이번에는 미쓰히데가 가짜 어머니라고 한다, 얼마나 인륜을 모르는 불효자, 몰인정한 자냐고."

"예…… 예."

"이렇게 되면 자네도 난처한 처지에 빠지게 될 걸세. 그래서 내가 자네를 도우려고 한 거야. 그것을 모르겠다는 말인가?"

"예."

"이전의 미쓰히데였다면 어째서 내가 하타노 형제의 처분을 말하지 않는지를 민감하게 깨닫고 진정 고마움을 느낄 터인데, 이것을 모른다면 자네 마음이 나에게서 떠나 헛된 망상에 잠긴 것이라 해도 변명할 여지가 없을 걸세."

"……"

"그러므로 매를 가해 눈을 뜨게 한 것이야. 어떤가, 여기까지 말하면 알아듣겠나?"

그러나 미쓰히데는 아직도 노부나가의 뜻을 납득할 수 없다. 억울하고 원망스러운 마음으로 격앙된 감정이 냉정한 추리와 계산을 철저히 거부하였기 때문이다.

어쨌든 이 얼마나 무서운 노부나가의 예리함인가. 그는 두 사람의 마음이 맞지 않는 것을 정확히 지적하고 있지 않는가.

"어때, 알겠나?"

"황송합니다마는, 그 일에 대해 좀더 구체적으로 지시해주십시오."

"아직도 모르겠다는 말이군, 자네는."

노부나가가 또다시 크게 혀를 찼다.

미쓰히데의 어깨가 꿈틀 움직였다. 아직 부족하다, 한 번 더 때려라, 하고 노부나가가 란마루에게 소리칠 것만 같은 예감이 들었던 것이다.

그러나 노부나가는 말하지 않았다.

길게 한숨을 쉬고 미쓰히데를 잔뜩 노려보았다. 어쩌면 이렇게까지 말하는데도 알아듣지 못할까, 오히려 노부나가 쪽에서 놀랐는지도 모른다.

확실히 이전에 없었던 일이다. 한때는 미쓰히데 쪽에서 노부나가에게 여러 가지 암시와 책략을 먼저 제공했던 것이다.

"대머리, 자네도 늙었군."

"어리석은 제 자신이 부끄럽기만 합니다."

"부끄러워할 것 없어. 화가 나서 마음의 문이 열리지 않는 것뿐이야. 그럼, 자네가 싸움터에서 애쓴 노고를 생각해서 말해주겠어."

"예."

"말을 할 테니 지금부터는 마음의 응어리를 풀도록 하게."

"예."

"하타노 형제는 내가 맡아 감옥에 넣어두겠어."

"그들을 처형하지 않으실 겁니까?"

"처형하는 데도 시기가 있어. 그러므로 자네는 두 사람과는 상관없이 단바를 다스리며 로조를 돌려보내라고 담판하게."

"하지만 그것은……"

"물론 돌려보내지 않을 거야. 어쩌면 자네가 가만히 있어도 저쪽에서 로조가 가짜 어머니라는 사실을 깨달을지도 몰라. 그러면 화가 나서라도 로조를 죽일 거야."

"아……"

미쓰히데는 이때 비로소 가만히 신음했다. 여기까지 듣고도 깨닫지 못할 미쓰히데가 아니었다.

"이제야 안 모양이군."

"예. 황송합니다. 저쪽에서 미쓰히데의 어머니를 죽였다, 그러므로 하타노 형제도 살려둘 수 없다고."

"그때가 바로 처형할 시기라는 것을 알겠는가? 따라서 그때까지 모른 체하고 내버려두는 것이 자네를 위한 일일세."

"황, 황송합니다."

"그 시기는 봄이 아니면 여름이 될 테지만, 어쨌든 자네 어머니를 죽인 보복이라는 명목으로 처형하겠어. 형제를 지온 사慈恩寺 부근에 끌어내어 책형磔刑에 처할 예정이야."

미쓰히데는 다시 숨을 죽이고 노부나가를 쳐다보았다. 화는 아직 가라앉지 않았다. 그러나 이런 상황에서 순간적으로 해결책을 떠올리고, 그것이 통하지 않았다고 하여 란마루를 시켜 때리게 하는 노부나가가 마음속으로부터 두려워졌다.

"이제는 모두 알겠지?"

"예…… 예"

"잘 기억해두게. 두 번 다시 이런 가짜 어머니라는, 노부시도 쓰지 않을 잔재주를 부려서는 안 돼."

"예."

"그렇지 않으면 고레토 휴가노카미라는 이름이 부끄러워질 거야. 아직 노망이 나기에는 이르니까. 핫핫하하."

동석했던 사람들은 비로소 안도한 표정으로 각자 자기 술잔을 들었다.

참혹한 올가미

하타노 형제는 그해 6월 4일, 노부나가가 말했던 대로 아즈치의 지온 사 부근에서 책형을 당했다.

물론 그때는 이미 야가미 성안에 남아 있던 미쓰히데의 가짜 어머니가 살해된 뒤였다.

그 일로 인해 세상에는 갖가지 소문이 난무했다. 어떤 사람은 미쓰히데의 불효를 규탄하고, 또 어떤 사람은 노부나가와 미쓰히데의 사이가 벌어졌다는 말을 퍼뜨렸다.

이에 따르면 미쓰히데는 어머니를 인질로 잡히고 하타노 형제를 아즈치로 연행하여 구명을 호소했다.

"어머니를 구해야 하므로 부디 형제의 모반을 용서해주십시오."

그러나 노부나가가 끝내 이를 허락하지 않았다. 그 결과 어머니가 죽게 되었으므로 미쓰히데는 노부나가를 깊이 원망하고 있다는 것이다.

그 소문을 듣고 노부나가는 씁쓸히 웃으면서 미쓰히데에게 말했다.

"이것 보게. 그렇게 했는데도 세상 사람들은 당치도 않은 말을 하고 있어. 어리석은 책략이었다는 의미를 이제는 알았겠지?"

그러면서도 별로 미쓰히데를 나무라지는 않았으나, 일단 미쓰히데의 마음에 싹튼 '노부나가 공포'는 사라지지 않았다.

더구나 이런 '공포심'을 품고 노부나가를 바라보면 그해(1579) 이후의 노부나가는 점점 더 무서운 폭군의 모습을 드러내고 있다는 느낌이 들었다.

지금까지 노부나가는 대항해오는 적에 대해서만 가혹했으나, 이 무렵부터는 내부에 대해서도 그의 잔인성이 드러나기 시작하는 것처럼 보였다.

그 첫째는 사위인 도쿠가와 노부야스에게 무조건 할복을 명한 일이었다. 도쿠가와 쪽에서는 이에야스가 직접 구명을 호소하지는 않았지만 노신들이 몇 번이나 아즈치에 드나들었다. 그러나 노부나가는 용서하지 않았다.

"이전의 노부나가라면 모르지만 지금은 천하를 다스리는 입장에 놓였다. 먼저 안에서부터 엄히 바로잡아나가지 않으면 제후들이 복종하지 않을 것이다."

'천하를 다스리게 되자 점점 더 오만해졌다.'

미쓰히데는 노부나가의 처분을 이렇게 받아들였다.

다음으로 미쓰히데가 차마 눈 뜨고 볼 수 없었던 것은 아라키 무라시게 일가에 대한 처형이었다.

다키가와 가즈마스에게 포위된 채 아리오카 성에서 해를 넘긴 아라키 무라시게는 그해 9월 2일, 아녀자들을 그대로 성에 남기고 근신

네다섯 명과 함께 아마가사키 성으로 도주했다.

세상 사람들은 이 무라시게의 행동에 깜짝 놀라 온갖 비난을 다 퍼부었다.

"아무리 목숨이 아깝다 해도 처자와 권속을 버리고 도망치다니 어찌 그럴 수가 있단 말인가."

"그리고 보면 용장이기는커녕 형편없는 다이묘였어."

무라시게에게 어떤 계략이 있어 도주했는지는 모르나, 호소카와 후지타카도 이를 알고 어이가 없었는지 다음과 같은 시를 지었다.

주군에게 당기는 아라키의 빗나간 활시위
쏘려고 해도 쏘지 못할 아리오카의 성

성을 포위하고 있던 다키가와 가즈마스는 곧바로 성 밖 마을을 불태워 성을 고립시키고 투항할 것을 재촉했다.

대장이 없는 성.

무라시게를 위시하여 중신들의 아녀자들만이 농성하고 있는 성.

성주 대리인 중신 아라키 히사에몬 荒木久右衛門은 적장 가즈마스에게 만나기를 청했다.

"항복하도록 무라시게 님을 설득할 테니 저를 아마가사키 성으로 보내주십시오."

이렇게 말하고 그 자신도 처자를 인질로 잡히고 아마가사키 성으로 향했다. 그러나 아마가사키 성에 들어간 무라시게는 전혀 히사에몬을 만나려 하지 않았다. 히사에몬은 돌아오려 해도 돌아올 수 없고 아무런 대책도 떠오르지 않아 그 역시 처자를 내버린 채 종적을 감추고 말았다.

이렇게 되면 이미 모든 것이 지리멸렬해진다. 성안에 있던 남자 124명과 아녀자 510명의 인질은 모두 오다 군의 포로가 되었고 성은 어이없이 함락되었다.

노부나가는 그 보고를 듣고 노발대발했다.

"도저히 용서할 수 없는 아라키의 비열한 행위. 좋아, 인질을 하나도 남기지 말고 모두 처형하라."

그리하여 우선 무라시게의 첩과 시녀, 중신들의 처자 등 122명을 아마가사키 부근의 시치본마쓰七本松에서 처형했고, 이어서 나머지 512명은 네 군데의 집에 나누어 가두고는 불태워 죽였다.

미쓰히데는 신년 준비를 위해 단바에서 사카모토 성으로 돌아오는 도중에 이 소식을 들었다.

12월 18일의 일이었다.

"저는 이 눈으로 처형 장면을 직접 목격하고 왔습니다. 지금도 그때의 일을 생각하면 구토가 나서 밥이 목구멍으로 넘어가질 않습니다."

여행 중인 상인으로부터 그 말을 들었을 때 미쓰히데는 고개만 끄덕였을 뿐 말이 나오지 않았다.

'역시 노부나가는 보통 인간이 아니다.'

혹시 무라시게는 노부나가가 그런 잔인무도한 인간이라는 사실을 세상에 알리기 위해 일부러 혼자 도주한 것이 아닐까?

'만약에 그렇다면 노부나가는 무라시게가 교묘히 쳐놓은 올가마에 걸린 꼴이 된다.'

이런 생각을 하자 전신에 소름이 끼쳤다.

무라시게가 만약 미쓰히데의 상상대로 아녀자들을 모두 죽게 함으로써 노부나가의 잔인성을 현재 살아 있는 사람들에게만이 아니라 후세에까지 널리 알리려 했다 해도, 과연 노부나가가 여기에 구애받을 사나이인가?

노부나가의 신경은 매우 날카로웠다. 따라서 그것이 무라시게의 올가미였다는 것을 알지 못했을 리 없다. 알고 있으면서도 코웃음을 치며 능히 살육을 감행할 수 있는 노부나가가 아닌가. 이것을 깨닫게 되자 전신의 피가 한꺼번에 얼어붙는 듯했다.

이리하여 노부나가에 대한 미쓰히데의 공포감이 심화되고 있는 가운데 여기에 다시 가속도를 더하는 두 가지 사건이 잇따라 발생했다.

그 하나는 지난 십년 동안 완강히 저항했던 오사카의 이시야마 혼간 사가 성을 열고 항복한 뒤 이를 포위하고 있던 사쿠마 노부모리 부자가 징계를 받고 추방된 일이고, 또 하나는 대대로 내려오면서 오다 가문의 중신으로 있던 하야시 사도노카미와 안도 이가노카미 부자가 추방당한 일이었다.

노부나가의 숙청은 드디어 후다이 중신한테까지도 파급되기 시작했다.

여자의 숙명

"어머님, 저는 아버님 낯을 대하기가 괴롭습니다."

덴쇼 9년(1581) 정월 2일이었다.

노히메 앞에는 신년을 축하하는 세 벌의 술잔받침과 안주가 담긴 큰 쟁반이 놓여 있다. 그 너머에 앉아 있는 사람은 머리를 내린 젊은 미망인 도쿠히메였다.

도쿠히메는 남편인 도쿠가와 노부야스가 자결한 뒤 두 딸과 헤어져 이 성에 돌아와 있었다.

"이곳에 있으면서도 저는 대관절 도쿠가와 쪽 사람인지 아니면 오다 쪽 사람인지 갈피를 잡을 수가 없어요. 이럴 때 아버님을 대하면 가슴이 아파 견딜 수 없어요."

노히메는 일부러 고개를 돌린 채 기세토黃瀨戶° 접시에 안주를 덜어놓고 있다.

"탈상하는 날이므로 좌우간 한 잔 들도록 하거라."

"예. 그러나 제가 남편을 죽인 것만 같은 생각이 들어……"

"그런 말은 하는 게 아니야. 내가 아버님에게 부탁한 교토의 집이 거의 완성되었을 거야. 완성되면 그리 옮겨 조용히 노부야스의 명복을 빌도록 하거라."

"예."

순순히 대답하기는 했으나 아직 도쿠히메는 잔을 들려고 하지 않는다.

당연한 일이었다. 노부야스가 할복한 뒤에도 두 딸이 있기 때문에 그대로 도쿠가와 집안에 눌러 있고 싶었으나 억지로 이곳으로 쫓겨온 도쿠히메이다.

"위험해, 위험한 일이야. 그런 사람이 남아 있으면 또 어떤 어려운 문제가 생길지 몰라."

오카자키 성의 가신들은 이런 험담을 했지만 도쿠히메는 그대로 참고 견딜 생각이었다.

그런데 시아버지인 이에야스가 성에 머무는 것을 허락하지 않았다.

"노부야스의 가신들은 모두 혈기가 넘치고 거친 자들이므로 만에 하나라도 네게 위해를 가하는 일이 생기면 도쿠가와와 오다 가문 사이에는 더욱 틈이 생길 것이다. 이 점을 이해하고 돌아가기 바란다."

소중한 적자를 할복하게 만들고 정실인 쓰키야마 부인을 죽일 수밖에 없었던 이에야스의 고충을 생각하니 도쿠히메도 더 이상 버티고 있을 수 없었다.

그러나 시일이 지남에 따라 아버지에 대한 자신의 지나친 응석이 남편을 죽게 만들었다는 자책감만 더욱 강해질 뿐이었다.

그뿐만 아니라 노부야스가 죽고 나서 다케다 가쓰요리가 별안간 공세를 취하는 바람에 상심에 빠진 이에야스가 스루가로 진출한 가쓰요리와 다카텐진 성高天神城에서 싸우는 중이다.

'남편이 살아 있었다면 시아버지는 얼마나 믿음직스러웠을까.'

생각하지 않으려 해도 자꾸 도쿠가와 가문이 걱정되어 요즘에는 잠 못 이루는 밤이 계속되었다.

"자, 내가 따라주겠다. 잔을 들거라."

"예…… 예."

"세상에는 여자의 힘으로 할 수 없는 일이 얼마나 많은지 모른다. 노부야스의 일만 해도 결코 네 죄만은 아니야. 도쿠가와 가문의 가신들이 조심성 없이 불평을 호소한 것이 잘못이었어."

"어머님."

"어떠냐, 술맛을 알 수 있겠느냐?"

"저어, 부탁이 있습니다."

"새삼스럽게 부탁이라니."

"스루가에 원병을 보내시도록 어머님이 아버님께 부탁해주실 수 없을까요?"

"아니, 그런 생각을 하고 있었느냐?"

"예. 남편이 없으므로 시부님은 싸움터에 나가셔도 한쪽 팔을 잃으신 심정일 거예요. 그러니 조금이라도 도와드리고 싶어요."

"하지만 그런 일은 여자들이 할 말이 아니지 않느냐."

"부탁입니다. 혼간 사의 일은 작년에 정리되었고 단바, 호키로부터 주고쿠에 이르는 싸움도 순조롭게 진행되고 있다 하니, 부디 아버님에게 부탁하여 시부님의 짐을 덜어드리도록."

진지한 표정으로 부탁하는 도쿠히메를 보고 노히메는 눈시울을 붉혔다.

'이것이 애절한 여자의 모습이다.'

질투하고 증오하며 다투었으면서도 죽은 노부야스를 잊지 못해 시집에서 쫓겨났는데도 집념을 가지고 있다. 생각해보면 모순 투성이의 언동이지만 그 밑바닥에는 가냘픈 한 포기 풀의 탄식이 있다.

노부나가의 맏딸로 태어났다고는 하나 아홉 살 때 벌써 도쿠가와 집안으로 출가한 도쿠히메였다. 그리고 노부야스와 소꿉장난 같은 생활을 계속하다가 어느 틈에 부부가 되어 자식도 둘이나 낳았다.

그런 도쿠히메가 노부야스를 잃고 돌아왔으므로 오다 가문이 자기 집인지, 여러 가지 추억과 딸들을 남겨놓고 온 도쿠가와 가문이 자기 집인지 모르게 되는 것도 무리가 아니다.

어쩌면 양쪽 모두 자기 집이 아니라, 문자 그대로 천지에 머물 곳이 없는 게 여자의 숙명인지도 모른다.

"어머님, 그렇지 않으면 저는 교토에 집을 마련해주신다 해도 편히 옮겨갈 수 없을 것 같아요. 현재의 사정으로는 충분히 원군을 보낼 여유가 있는 듯해 부탁드리는 거예요."

이때 복도에서 시녀의 목소리가 들렸다.

"주군께서 오십니다."

"오, 때마침 오시는구나. 좋아, 내가 부탁해보겠다."

노히메는 도쿠히메를 그대로 앉아 있게 하고 자기가 일어나 맞이했다.

또 한 사람의 노부나가

란마루 한 사람만을 데리고 온 노부나가는 오늘 아침에도 라쿠이치樂市°를 돌아보고 온 듯, 얼굴에 아침바람의 냉기가 그대로 불그레하게 떠올라 있었다.

"오, 도쿠히메도 와 있었구나."

노부나가는 노히메가 마련한 보료 위에 털썩 앉았다.

"금년에는 예년과는 다른 규모로 승마 대회를 15일에 열 예정이야, 오노."

노부나가는 즐거운 표정으로 말을 꺼냈다.

"15일에 말씀입니까?"

"그래. 말터를 훨씬 더 넓히려고 해. 장수들도 많이 올라와 있으므로 말의 수도 작년의 몇 배가 될 거야."

"반가운 일이군요. 사실 정월에 이렇게 많은 우리 가문의 장수들이 아즈치에 모인 것은 이번이 처음인 것 같군요."

"그래. 지금은 주고쿠 방면에서만 싸움이 벌어지고 있어. 그래서 이번 2월 28일에는 승마 대회를 교토로 옮겨 거행할 생각이야."

"교토로 옮긴다고요?"

"응. 교토에서의 규모는 아즈치의 것과는 비교도 되지 않아. 전국의 작은 다이묘들에게도 포고를 내려 각각 상경하도록 명해놓았어."

노히메는 가만히 도쿠히메와 얼굴을 마주보았다.

두 사람 모두 노부나가가 무엇을 생각하는지 잘 알고 있었다.

혼간 사가 오사카 성을 내놓은 뒤 교토 부근에서의 싸움은 종지부를 찍었다. 그것을 축하하기 위해 노부나가는 천황에게 대대적인 승마 대회를 보여주려는 생각임이 틀림없다.

"궁궐 동쪽에 남북으로 길게 말터를 마련하고 높이 여덟 장이 기둥을 세워 울타리를 치도록 명령했어. 그날 이 기둥에는 모두 융단을 감을 거야."

"아니, 울타리 기둥까지 융단을?"

"물론이지. 그리고 천자의 좌석으로는 궁궐 동쪽 담 밖에 행궁行宮을 세우라고 오늘 지시했어. 이것은 세이료덴淸凉殿을 그대로 본떠 지으라고 말이지. 내부는 금과 은을 사용해서 고금에 유례가 없을 정도로 화려하게 장식할 거야. 아마 거기서 같이 관람하는 공경들도 깜짝 놀랄 테지. 노부나가가 천하를 평정한 위무威武를 상감에게 보이기 위해서야. 노부나가의 위무威武는 다름 아닌 천자의 위광, 이것으로 일본은 치국治國의 기둥이 서게 되는 거야."

"어머나."

"구경꾼도 십삼만 명 가량 들어올 수 있는 규모야. 여기에 약 이만 기騎, 제1진에서 제8진까지의 준마駿馬가 각각 거리를 누비며 여기에 들어오게 돼. 구경꾼들은 모두 천자의 모습을 직접 보고 이것이

진정한 일본의 모습이라고 감격의 눈물을 흘리게 될 거야. 어떤가, 두 사람도 보러 가지 않겠나?"

노부나가의 꿈이 한없이 계속될 것이라 여기고 노히메는 여기서 슬쩍 말을 꺼냈다.

"물론 보고 싶어요. 그 행사가 2월 28일에 열린다고 하셨지요?"

"그래. 그때까지는 모든 준비가 끝날 테니까. 원래 병력은 예로부터 모두 조정에 속하는 것, 이 행사로 일본의 참모습이 드러날 거야."

"주군, 죄송합니다마는 그 전에 부탁이 있습니다."

"뭐, 그 전에 부탁이라고?"

"예, 도쿠히메와 함께 둘이서 부탁드리려 합니다."

"도쿠히메와 함께? 하하하, 그날 입을 복장 말인가?"

"아닙니다. 옷은 충분히 가지고 있습니다. 실은 이 큰 행사에 참석할 수 없는 분을 위해 부탁하려는 것입니다."

"행사에 참석하지 못하다니 누구 말인가? 눈을 휘둥그레지게 만들 명마를 가진 자라도 있다는 말인가?"

"아니, 다케다 군의 출격으로 영지를 떠나지 못하는 도쿠가와 님 말씀입니다."

노히메가 이렇게 말하자 노부나가는 흘끗 도쿠히메를 바라보고 조용히 웃었다.

"도쿠히메, 네가 어머니한테 무언가를 부탁했구나."

"예…… 예. 노부야스 님이 싸움터에 서지 못해 시부님이 무척 고생하실 것을 생각하니 여간 가슴이 아프지 않습니다."

"그러냐. 너는 역시 그 일이 마음에 걸리느냐?"

"예. 부탁입니다. 원병을 보내주십시오. 성대한 행사에 참석하지 못하는 시부님과 노부야스 님을 위해서."

"하하하."

무슨 생각을 했는지 노부나가는 웃음으로 그녀의 말을 막았다.

"더 이상 말하지 마라. 그러나 내가 여기서 원군을 약간 보낸다고 해도 행사 이전에 다케다 문제를 해결할 수는 없다."

"그렇기는 합니다마는……"

"다케다를 치는 것은 그 후의 일이야. 행사가 끝난 뒤에 할 일이야."

"하지만 그때까지 고전이 계속되면……"

노히메가 끼여들려 하자 노부나가는 다시 입을 막았다.

"잠깐, 그 행사에 참석하지 못할 사람이, 그대들이 알고 있는 자 가운데 또 한 사람 있다. 누구인지 알겠나?"

"행사에 참석하지 못할 사람이?"

"그래. 당연히 참석해야 하는데도 그럴 수 없는 자가 한 사람 있어."

"주고쿠에 출진하신 하시바 님?"

"하시바는 당연히 참석할 수 없지. 처음부터 그는 제외해놓았어."

"그럼 누구일까요?"

도쿠히메가 이렇게 말하면서 노히메를 바라보자 노히메는 깜짝 놀라 노부나가에게 머리를 숙였다.

"감사합니다. 알겠습니다."

"허어, 오노는 알 수 있는 것 같군. 도쿠히메, 너는 어떠냐?"

"글쎄요."

"오노, 그대가 설명해주도록. 노부타다는 말이지, 내일 아침 일찍 아즈치를 떠나 기요스 성에 가게 되었어."

"어머!"

노히메는 다시 노부나가에게 고개를 숙이고 나서 도쿠히메에게 말했다.

"도쿠히메, 너와 나는 걱정할 필요가 없었어. 주군은 이미 오다 가문의 후계자인 노부타다를 노부야스 대신 이에야스 님을 돕도록 기요스 성에 보내시는 거야. 그것도 아직 정초인 3일에. 이제는 알 수 있겠지. 그래서 노부타다도 그 화려한 행사에 참석하지 못하게 되었어."

노히메의 설명을 듣고 도쿠히메의 눈은 순식간에 눈물로 가득 찼다.

아니, 노부나가의 눈도 또한 붉어졌다.

이것이 노부야스를 할복케 하고 아라키 무라시게의 일족을 모두 살해한 노부나가의 또 다른 일면이었다.

샛별이 빛나는 해

덴쇼 9년(1581)은 마흔여덟 살이 된 노부나가에게 있어 행운 그 자체의 해였다.

2월 28일에 교토에서 열리는 승마 대회는 그의 위업이 흔들리지 않는 초석으로 깊이 대지에 뿌리내렸다는 증거로 보였다.

세이료덴을 본뜬 행궁에서 하루 종일 이것을 바라본 천황이 3월 5일에 그 행사를 잊지 못해 다시 소규모의 승마 대회를 열기 원했던 것만 보아도 알 수 있다.

2월 28일의 대대적인 행사는 진시辰時(오전 8시)에 시작되어 신시申時(오후 4시)까지 계속되었다. 동원된 기마의 수는 무려 이만이 넘어 십삼여 만의 많은 군중 앞에서 갖가지 마술馬術의 정수를 선보였다.

혼노 사本能寺에 머물고 있던 노부나가도 천지가 진동하는 환호를 받으며 준마를 몰고 말터를 종횡무진으로 누벼 과녁에 창을 던지곤

했다.

이미 교토 사람들 중에는 노부나가의 천하를 의심하는 자가 한 사람도 없었다.

지금까지 황폐한 채로 방치되었던 궁성도 지금은 완벽하게 재건되었고, 한때 교토에서 모습을 감췄던 공경과 백관들도 친황 주위에 기라성같이 모여들었다.

시체 썩는 냄새로 가득했던 거리는 훌륭한 시가지로 변했고, 고급 직물을 위시하여 갖가지 산업과 공예가 활발하게 새로운 기술을 구사하며 부富를 쌓기 시작했다.

"그야말로 노부나가 공은 수도를 구하신 큰 은인일세."

"후세까지 근왕勤王을 제일로 삼은 분이었다는 칭찬을 들으실 거야."

"아무렴. 그분이 안 계셨다면 벌써 궁성은 흔적도 없이 사라졌을 텐데."

지난날의 쇠퇴를 알고 있는 노인들은 행궁行宮의 눈부신 장식만 보고도 감동의 눈물을 흘렸다.

"듣자 하니 본인은 혼노 사를 손질해서 숙소로 삼으셨다고 하더군."

"그렇다니까. 교토에 큰 저택을 지었다가 혹시 이곳이 싸움터로 변하기라도 하면 황송하다며 그렇게 하셨다고 해."

"그러면 언제까지라도 아즈치에 머무시려는 것일까. 아즈치는 너무 먼 듯한 생각이 드는데 말일세."

"그 일에 대해서는 내가 들은 이야기가 있어. 주고쿠 문제가 해결되면 거성을 오사카로 옮기실 생각이라는 거야."

"오사카? 그래서 혼간 사를 기슈로 몰아내신 모양이군."

"그렇지는 않아. 혼간 사와의 오랜 싸움을 통해 경험한 일인데, 그곳의 하구가 막히면 교토로의 식량 수송이 끊어진다, 교토의 안태를 계속 유지하려면 자신이 오사카에 거주하면서 요도 강을 지켜 적의 손에 넘어가지 않도록 해야 한다. 이렇게 노부나가 님은 모든 일을 교토의 안태만을 우려하는 마음에서 하신다고 들었어."

"허어! 그것 역시 천황을 위해서란 말이지. 감격하지 않을 수 없는 일이야."

삼십 년 전에는 구제할 수 없는 오와리의 큰 멍청이라는 별명을 듣던 킷포시 노부나가였다. 그러나 그의 피나는 노고가 보답을 받아, 오닌應仁의 난 때부터 이어져 온 난세에 천하포무의 새로운 길을 확실히 닦은 것이다.

만약 히라테 마사히데가 살아 있어서 그날의 행사를 보고 교토 사람들이 감격하는 말을 들었더라면 얼마나 기뻐했을까.

"도련님! 드디어 해내셨군요. 이 늙은이는 오늘이 올 줄 알고 간언을 드렸던 것입니다."

아마도 눈물을 흘리며 춤을 추었을 것이 분명하다.

한때는 사방에서 적을 만나 이미 끝장이 났다고 여긴 적도 종종 있었으나, 노부나가는 언제나 이것을 극복하고 힘차게 이겨냈던 것이다.

지금도 서쪽에 모리, 동쪽에 다케다의 준동이 있지만 한쪽은 히데요시, 다른 한쪽은 이에야스에게 맡기고 노부나가 자신은 그들을 잔뜩 노려보기만 해도 될 정도로 사태가 호전되었다.

3월 말에는 노부타다를 기요스에 보내 대비하고 있던 이에야스와 함께 다카텐진 성을 함락했고, 7월에 이르러 서쪽의 히데요시는 모리 일족인 깃가와 쓰네이에吉川經家가 농성하는 돗토리 성鳥取城으로 진격하여 이를 완전히 포위했다.

9월에는 차남인 노부오信雄를 이가로 보내 평정시켰으며, 10월에 접어들자 히데요시가 돗토리 성을 공략하여 깃가와 쓰네이에를 할복케 하고 이나바因幡 일대를 평정했다는 보고가 들어왔다.

싸우면 승리하고 승리하면 전진한다.

낭보에 이은 낭보의 행운은 지난날의 킷포시를 요지부동한 천하인으로 만들었다.

해가 바뀌면 덴쇼 10년(1582).

오랜만에 노부나가는 연말부터 아즈치에 돌아와 느긋하게 신년을 맞으면서 그 후의 계략을 짜기 시작했다.

기소木曾의 내응

"아룁니다."

아즈치 성의 3층에 있는 거실에서 다케이 세키안과 함께 새로 그린 일본 지도를 노려보는 노부나가 앞에, 예의 바른 동작으로 들어와 입구에 머리를 조아린 사람은 모리 란마루였다.

"무슨 일이냐, 란마루?"

노부나가는 고개도 들지 않고 말했다.

"사쿠마에 관한 일이라면 잘못을 용서할 테니 아들인 진쿠로甚九郎에게 나오라고 일렀지 않느냐."

"아니, 사쿠마 님에 관한 일이 아닙니다."

"사쿠마에 관한 일이 아니라고?"

노부나가는 의아한 듯 고개를 들었다. 오사카 공략이 미온적이었던 데 대해 책임을 물어 일단 추방했던 사쿠마 노부모리가 기슈의 구마노熊野에서 병사했으므로, 그 아들 진쿠로는 용서하라고 란마루가 여러 차례 부탁한 일이 있었기 때문이다.

"사쿠마에 관한 일이 아니라면, 무엇이냐?"

"정문 앞에서 서성거리는 수상한 삿갓 장수를 체포했더니, 기소 요시마사木曾義昌의 가신이라고 자백하였는데 이런 서신을 가지고 있었습니다."

"기소 요시마사의 가신? 좋아, 이리 내놓아라."

노부나가는 작게 접어 풀로 붙인 서신을 받아 그대로 세키안 앞으로 던졌다.

"화압花押이 틀림없는 기소의 것인지 확인해보게."

"알겠습니다."

세키안은 선반에서 제후들의 화압을 베껴놓은 서류철을 가져온 뒤 서신을 개봉했다.

"틀림없습니다. 분명히 요시마사의 화압입니다."

"가짜가 아니란 말이지. 그렇다면 읽어보게. 요시마사는 다케다 신겐의 사위. 기소 가도에 버티고 있으면서 우리가 다케다를 공격할 때 방해했던 자야."

"알겠습니다. 원 이런, 아주 조심스럽습니다. 씌어 있는 것은 겨우 한 줄뿐입니다."

"무어라고 씌어 있나?"

"이 서신을 가져가는 자의 말씀을 들어보시라고."

"삿갓 장수라고 했지, 란마루?"

"예."

"나이는?"

"서른두세 살 정도. 좌우의 팔이 굵기가 다른 것으로 보아 활의 명인, 또 창과 기마에도 뛰어난 자라는 인상을 받았습니다."

이 말을 듣고 노부나가는 빙긋이 웃었다.

"세키안, 란마루."

"예."

"드디어 정세의 흐름이 방향을 바꿨어. 신겐의 사위까지도 이 노부나가를 천하의 주인으로 인정하게 되었어. 모두 싸움에 싫증을 느끼고 노부나가 밑에 들어가도 좋다, 평화가 그립다는 생각을 하게 된 거야."

"밀사에게 뭐라고 전할까요?"

"만날 필요도 없겠다. 이렇게 전하라. 요시마사의 동생을 인질로 보내라고."

"요시마사의 동생을?"

"그래. 그렇게 말하면 상대는 알아들을 것이다."

노부나가는 아무렇게나 말하고 웃으면서 란마루를 바라보았다.

"저쪽은 알아도 너는 알 수 없는 모양이로구나."

"예, 내응하겠다는 것은 알 수 있으나, 어떤 조건인지 일단 확인하는 편이……"

"그렇다면 네가 물어보거라. 상대는 이렇게 대답할 것이다. 저는 신겐의 사위이기는 하나 현재 다케다 가문의 주인인 가쓰요리에게는 실망했다고."

"예?"

"가쓰요리는 무모한 싸움을 하고 있다. 주위에는 호조, 도쿠가와, 오다 등 모두 가쓰요리로서 감당할 수 없는 강적들뿐. 그러므로 수세守勢를 취하고 있으면 또 모르지만, 아버지만 못하다는 말을 듣는 것이 싫어 이기지 못할 싸움을 도발하여 인명과 물자의 손실을 초래하고 있다. 이 때문에 가문은 더욱 어려움이 가중되어 머지않아 멸망할 것이 분명하므로 우리는 우다이진 님에게 항복하여 기소 가도에서 다케다를 공격하는 길을 안내하겠다…… 이렇게 말할 것이다."

그 말에 란마루보다 먼저 다케이 세키안이 무릎을 탁 쳤다.

"드디어 다케다를 공격할 기회가 무르익은 것 같습니다."

"그래, 그래서 동생을 인질로 잡고 요시마사에게 길 안내를 시키려는 거야."

"과연 정세가 변했습니다. 이것은 모두 주군이 만드신 시대의 흐름입니다."

노부나가는 란마루에게 덧붙여 말했다.

"란마루, 내 말이 틀릴 경우에는 이 애검愛劍을 네게 주겠다. 그리고 삿갓 장수의 말이 내가 한 말과 같을 때는 즉시 이가모노伊賀者°의 책임자인 가토 헤이자에몬加藤平左衛門을 불러오너라."

"예."

란마루는 다시 왕방울같이 눈을 크게 뜨고 노부나가의 말을 반추했다.

고후 공격을 위한 훈계

"세키안."

란마루가 나가자 노부나가는 실눈을 뜨고 툇마루에 내리쬐는 화창한 봄볕을 바라보았다.

"원숭이 녀석도 지금쯤은 히메지姬路를 떠나 오카야마 성으로 향했을 거야."

"그렇습니다. 연말에는 이나바에서 방향을 바꾸어 아와지淡路를 손에 넣으시고 오랜만에 히메지 성으로 돌아와 느긋하게 휴양하셨으므로 이번에는 산요山陽 일대를 일거에 공격하실 겁니다."

"우키타 나오이에宇喜多直家가 병사하고 그 아들 히데이에秀家가 뒤를 이었다고 하더군."

"그 편이 지쿠젠 님에게는 도리어……"

"그러나 지쿠젠에게 없어서는 안 될 군사인 다케나카 한베에가 죽었어. 이렇게 되면 싸움에 지장이 생긴다고 생각지 않나?"

"예, 다케나카 님은 좀처럼 얻기 어려운 지장智將, 그러나 구로다 간베에黑田官兵衛, 하치스카 히코에몬蜂須賀彦右衛門 등이 측근에 있으므로."

"참, 그대는 한베에가 죽을 때 술회했다는 말을 들었나?"

"예, 들었습니다."

"돌이켜 보면 가엾기도 해. 한베에는 지혜가 너무 많아서 내가 끝내 대군을 맡기지 않았거든."

"본인도 그런 말을 하면서 죽었다고 하더군요. 내가 조금만 더 어리석게 태어났더라면 삼십만 석이나 오십만 석의 다이묘가 되었을 텐데, 주군이 이 지혜를 경계하시는 바람에 평생을 지쿠젠 님의 군사로 끝마치게 되었다고."

"하하하, 세상이란 참으로 묘하지. 지혜가 모자라 출세를 못하는 자가 있는가 하면 너무 지나쳐 도리어 출세를 못하는 자도 있으니 말이야."

"저는 그렇게 생각하지 않습니다. 역시 주군에 비해 다케나카 님의 지혜가 부족했던 것입니다."

노부나가는 배를 끌어안고 웃었다.

"세키안, 아부를 하려다가 꼬리가 잡혔구나. 왓핫핫하, 나와 한베에는 지혜 면에서는 월등한 차이가 있었어."

"그러므로……"

"잠깐. 내가 월등한 것이 아니라 한베에가 훨씬 더 월등했다는 말이다. 단지 나는 한베에가 갖지 못한 두 가지를 가진 것뿐이야."

"한베에가 갖지 못한 두 가지?"

"그래. 하나는 앞뒤를 가리지 않는다는 것, 또 하나는 운이야. 인간이 너무 지혜가 뛰어나 앞을 내다보게 되면 무모한 일을 하지 못하게 돼. 따라서 그만큼 약해지기 마련이지. 그것뿐이야. 인생이란 간단한 거야."

이렇게 말하고 노부나가는 무슨 생각을 했는지 갑자기 목소리를 낮추었다.

"세키안, 내게 만일의 경우가 생기면."

"아니, 무슨 말씀이십니까?"

"아마도 나의 뜻을 계승할 자는 한 사람밖에 없을 터, 그에게 이렇게 전하게. 주고쿠와 시코쿠가 평정되면 오사카에 성을 쌓으라고 말이야. 그런 다음에는 규슈를 평정하라고."

"주군, 무엇 때문에 그런 말씀을 하십니까? 노부타다 님이라는 훌륭한 후계자가 계신데 달리 뜻을 계승할 자가 있으시다니."

"어쨌든 좋아. 나는 문득 떠오르는 생각을 곧바로 말하는 버릇이 있어. 이것도 앞뒤를 가리지 않는 성격이란 증거일 테지. 어째서 규슈를 먼저 공격하라는 것인가 하면 규슈가 동북 지방보다는 외국에서 노리기 쉽기 때문이야. 남만이나 명나라 사람의 출입이 빈번하므로 일찌감치 방비를 굳히지 않으면 후회하게 될 거라고 전하게."

이렇게 말하고 스스로도 이상한지, 노부나가는 약간 겸연쩍은 표정으로 쓴웃음을 지었다.

"하하하, 이것은 마치 환자가 유언을 하는 것 같군, 세키안."

세키안은 대답하지 않았다. 그 역시 문득 불길한 예감이 들어 소름이 끼쳤기 때문이다. 이때 란마루가 아름다운 얼굴에 홍조를 띠고 돌아왔으므로 세키안은 안도의 숨을 쉬었다.

"어떠냐, 삿갓 장수의 말이 내 이야기와 다르더냐?"

노부나가도 태연하게 평소와 같은 어조로 물었다. 란마루는 숨을 몰아쉬면서 머리를 조아렸다.

"놀랐습니다. 밀사의 말은 주군의 말씀과 조금도 다름이 없었습니다."

"하하하, 잘 기억하거라. 수원水源의 고지에 서면 흐르기 시작한 물줄기가 정확하게 보이는 거야."

"그래서 요시마사의 동생을 인질로 보내라고 했더니, 기다리고 있었다는 듯이 즉석에서 받아들였습니다."

"가쓰요리는 어지간히 인심을 잃고 있는 모양이군. 그리고 이가모노의 책임자인 가토 헤이자에몬도 불러왔느냐?"

"예. 이미 여기 와 계십니다."

말을 듣고보니 닌자忍者°인 헤이자에몬이 상인 차림을 하고 입구에 가만히 앉아 있었다.

노부나가는 기분이 좋은 듯했다.

"으음, 재빠른 녀석이로군. 헤이자에몬, 가까이 오너라."

"예. 그러나 여기서도 충분히 말씀은."

"그렇군. 네 귀는 보통 귀가 아니지. 좋아, 그 위치에서 듣거라. 네가 가야 할 곳은……"

"하마마쓰가 아니겠습니까?"

노부나가가 입을 열자 헤이자에몬이 천연덕스럽게 대답했다.

"하하하, 그래, 이에야스에게 가라는 말이다. 이에야스에게 가서 요시마사는 내응하고 가이甲斐는 지금 꽃이 만발했다고 전하라."

"알겠습니다."

"내가 2월 초에 꽃놀이를 할 것이므로 이에야스도 가쓰요리의 중신들에게 권하여 함께 참가하라고. 그 밖의 것은 서신으로 전하겠다. 알겠나, 가이에는 꽃이 만발했다고."

그렇게 말하고 노부나가는 세키안이 내미는 종이와 벼루를 끌어당겨 무언가를 적어내려갔다.

이 역시 아주 짧은 글이었으나 두 사람은 이미 다케다를 공격할 시기를 노리고 있었기 때문에 충분히 의사가 전해질 것이다.

서신을 공손히 받아든 가토 헤이자에몬은 어느 틈에 발소리도 내지 않고 그 자리에서 사라졌다.

"주군!"

아직 흥분이 가시지 않은 표정으로 다시 란마루가 물었다.

"조금 전에 주군께서는 가쓰요리의 중신들에게 권하여, 라고 하셨습니다. 그것은 무엇을 의미합니까?"

"란마루, 좋은 질문을 했다고 칭찬하고 싶으나, 그 의미를 깨닫지 못했다니 뜻밖이로구나."

"죄송합니다."

"기소 요시마사의 내응이 무엇을 의미한다고 생각하느냐. 요시마사가 가쓰요리를 버릴 정도라면 다케다의 가신 중에는 가쓰요리에게 등을 돌릴 자가 무수히 많을 거라는 생각이 들지 않느냐. 그러므로 이에야스도 내응자를 만들어 출병하라고 한 것이다."

"알겠습니다. 그렇다면 주군께서도 머지않아 가이로 출진하시겠군요?"

"그래. 요시마사로부터 인질이 도착하는 즉시. 내로라하는 다케다 가문도 멸망할 때가 왔어. 이에야스는 아마 전력을 다해 싸울 것이고, 나 역시 다케다 가문의 영지를 몰수해 다스리기에 부족함이 없는 인원을 확보하고 있다. 하하하, 이 노부나가는 이 날이 오기를 초조하게 기다리고 있었어."

란마루는 자세를 바로 한 채 온몸의 신경을 귀에 집중하고 노부나가의 말을 한마디도 놓치지 않고 열심히 듣고 있었다.

쌓이는 의심

다케다를 공격하기 위한 노부나가의 출동 명령은 2월 3일에 내려졌다.

기소 요시마사가 인질을 보낸 것은 이틀 전인 2월 1일이었으므로 노부나가가 '가이에는 꽃이 만발'이라고 한 말의 의미도 어렴풋이 알 수 있다.

아마 꽃이 만발해질 3월 중순까지 가쓰요리를 무찔러 싸움을 종결하겠다는 것이 분명하다.

사카모토 성에 있는 고레토 휴가노카미 미쓰히데에게도 동원령을 내렸다. 그러나 이것은 즉시 가이에 선발대로 나가라는 것이 아니라, 거의 승리가 확정되었을 때 노부나가가 아즈치에서 출발할 테니 이 노부나가의 본진을 따라 출진하라는 은밀한 명령이었다.

이 명령을 받은 미쓰히데는 즉시 사위인 사마노스케 히데미쓰를 거실로 불렀다.

"히데미쓰, 이번 주군의 명령을 어떻게 생각하느냐?"

히데미쓰는 의아하다는 듯 고개를 갸웃하며 대답했다.

"그것은 주군의 배려라고 생각합니다마는."

"뭐, 주군이 나를 배려해서라고?"

"예. 지난번 하타노 형제 문제가 발생했을 때 너무 가혹하게 대하신 것을 후회하고 계시리라 생각합니다."

"그래서 나를 위험한 선봉에 내세우지 않고 본진에 배치했다고 생각한다는 말이지."

"그때는 과음하신 탓, 주군도 나중에 뉘우치셨을 겁니다."

"히데미쓰, 자네는 너무 순진한 것 같아."

"무슨 말씀이신지?"

"나는 그렇게 받아들이지 않아."

미쓰히데는 조심스럽게 주위를 둘러보고 말을 이었다.

"이것은 나에 대한 증오 때문이라 생각해. 왜냐하면 내가 이번 싸움에 참가해도 아무런 이익도 돌아오지 않을 테니까."

"아무런 이익도 돌아오지 않는다는 말씀은 이해되지 않습니다. 주군의 측근에 계신다는 것은 존중받고 있다는 증거가 아니겠습니까?"

"그렇지 않아, 히데미쓰. 내가 이제야 겨우 고레토 휴가노카미로 임명된 것도 따지고 보면 나에 대한 증오 때문이 아닌가 의심할 정도일세."

인간의 마음에 자리잡기 시작한 공포와 의혹의 먹구름처럼 무서운 것은 없다. 지금은 그 먹구름이 사방으로 퍼져 미쓰히데를 괴롭히고 있다.

"당치도 않습니다. 그것은 지나친 생각이십니다."

히데미쓰는 밝게 웃었다.

"고레토 휴가노카미에 임명하신 것은 앞으로 전국을 평정했을 때 규슈 일대를 다스릴 진수부鎭守府 장군을 맡기시려는 주군의 꿈, 역시 주군은 우리 가문을 충분히 존중하시고 또 기대하신다는 증거입니다."

그러나 미쓰히데는 이 말을 듣고 있지 않았다.

"내가 산인山陰에 나가려고 할 때 히데요시 놈을 대신 보내 공격하도록 했어. 이번에도 나를 단바에 먼저 보내지 않겠다는 책략인 것 같아. 알겠나, 이번에는 틀림없이 가쓰요리가 망한다. 가쓰요리가 망하면 남겨질 다케다 가문의 영지는 아주 광대해."

"물론 스루가, 가이에서 시나노, 고즈케에 걸쳐 있으므로 분명히 광대합니다마는."

"산인에 나가지 못한다면 하다못해 그 영지라도. 아니, 탐낸다는 뜻이 아니야. 그러나 도쿠가와에게 건네려는 것은 고작 스루가 정도일 테지. 그렇다면 가이, 시나노, 고즈케 등의 광대한 땅은……"

미쓰히데는 여기까지 말하고 스스로 깜짝 놀라 입을 다물었다.

차마 그 이상은 말하기가 어려웠다.

아마도 노부나가는 동부를 제압하기 위해 다키가와 가즈마스를 등용할 생각인 모양이다. 그러므로 미쓰히데를 선봉에 내세워 공을 세우게 하면 안 된다고 여겨 늦게 출동시켜서 노부나가 곁에 두려는 것이 아닌가 하는 의심을 씻을 수 없다.

'무엇 때문에?'

미쓰히데를 산인으로 보내 히데요시의 공을 빼앗지 못하도록 하기 위해서?

"주군은 무서운 분이야."

미쓰히데는 화제를 돌렸다.

"주군의 생각은 언제나 범인凡人의 생각이 미치지 못하는 곳에 있어. 일단 눈 밖에 나면 누구도 용서하지 않으셔. 아사이와 아사쿠라는 예외지만 그 밖에 아라키, 마쓰나가, 혼간 사, 사쿠마, 하야시 사도 등 그 예는 무수히 많지 않으냐."

"그러면 주군은 어르신도 점 찍었다는 말씀입니까?"

"히데미쓰, 어쩌면 내가 잘못 보고 있는지도 몰라. 그러나 유심히 살펴보게. 틀림없이 내 말을 납득할 수 있을 거야."

"그것은 무서운 추측이 아닐까요. 생각하기에 따라서는 시든 억새 풀도 유령으로 보인다는 말이 있습니다. 그보다는 이쪽에서 먼저 다케다 가문은 숙적이므로 반드시 선봉으로 나가 공을 세우겠다고 주군에게 청하는 편이 좋을 듯합니다."

히데미쓰가 열심히 권하자 미쓰히데는 싸늘하게 웃으면서 작은 소리로 대답했다.

"자네가 그토록 주군을 믿는다면 자네가 부탁하도록 하게."

퍼지는 구름

　히데미쓰는 주인이기도 하고 사촌 형이자 장인이기도 한 미쓰히데를 마음으로부터 존경해왔다. 그러나 요즘에 와서 부쩍 의심이 많아진 미쓰히데의 생각에는 동의할 수 없는 점이 있었다.

　어떤 일에나 반드시 양면성이 있기 마련이다. 미쓰히데의 말처럼 노부나가는 잔인하고 음험하며 방심할 수 없는 폭군이라고 할 수도 있으나, 그 반대 입장에서 보면 정실인 노히메의 인척이라 하여 아케치 가문을 충분히 존중하고 또 비호하고 있는 듯이 여겨지기도 한다.

　최근의 미쓰히데는 고레토 휴가노카미라는 벼슬까지도 아무 실속이 없는 것이라고 의심을 품기 시작했으나 노부나가의 뜻은 어디까지나 천하에 있는 것이다. 앞으로 전국을 평정하면 규슈를 미쓰히데에게 맡기겠다고 생각한 것은 결코 경시하거나 증오한다는 증거가 되지 않는다.

　'어르신은 주고쿠 방면의 싸움에서 눈부신 활약을 보인 히데요시

에게 압도되어 고민하고 계신다.'

사실 히데요시는 미쓰히데가 출진하려는 곳마다 먼저 달려나가 여봐란듯이 공을 세우곤 했다.

미쓰히데에게 있어 히데요시는 시바타 가쓰이에, 다키가와 가즈마스와 더불어 오다 가문의 사천왕四天王 가운데 한 사람으로 불리는 경쟁 상대다. 이들 중 가쓰이에는 북부 지방을 담당하는 총대장으로 결정되고, 히데요시는 실력으로 주고쿠 방면의 총대장이 될 것이 확실하다.

그리고 이번의 고슈 공격만 성공하면 다키가와 가즈마스 역시 간토의 총대장이 될 것이다. 따라서 미쓰히데만 고레토 휴가노카미라는 허울 좋은 벼슬만 가진 채 그들에게 한발 뒤처질 것이다.

아마도 그러한 고민이 신경질적인 미쓰히데를 자못 초조감 속으로 몰아넣고 있을 것이 분명하다.

이에 사마노스케 히데미쓰는 중신인 쓰마키 가즈에노카미妻木主計頭를 아즈치에 보내, 아케치 가문에 종종 사자로 오는 아오야마 요소를 통해 노부나가에게 청원토록 했다.

"다케다 군은 숙적이므로 부디 저희 주군에게 선봉을 맡기시도록 주선해주십시오."

노부나가가 얼른 이 청을 받아들인다면 미쓰히데의 의혹이 풀릴 줄 알고 추진한 일이었으나 결과는 뜻밖에도 실패로 돌아갔다.

아오야마 요소는 이번에도 일부러 사카모토 성까지 와서 히데미쓰를 만나 찌푸린 얼굴로 고개를 저었다.

"당치도 않으니 쓸데없는 소리를 입에 올리지 말라고 하시면서 저까지 꾸짖으셨습니다."

"아니, 아오야마 님이 꾸중을 들으셨다는 말씀입니까?"

"무척 화를 내셨습니다. 노부나가의 용병用兵까지 참견하다니 무엄하다. 사람에게는 저마다 장단점이 있기 마련이다. 그것을 꿰뚫어 보는 사람이 노부나가야, 물러가라!…… 이렇게 일갈하셨습니다."

히데미쓰는 이 말을 큰 의심없이 납득했다.

'무리가 아니다.'

노부나가는 이번 싸움에서 다키가와 가즈마스는 별도로 하고, 도쿠가와 이에야스나 조노스케 노부타다城介信忠에게 전공을 세우게 하려는 생각임이 분명하다.

'내가 도리어 괜한 부탁을 했는지도 모른다. 주고쿠 방면과는 달리 충분히 승산이 있는 싸움이다.'

"공연히 큰 폐를 끼쳤습니다. 저희 주군께서는 단지 조금이라도 더 오다 가문에 도움이 됐으면 하는 마음에서…… 앞으로 더욱 건강하시기 바랍니다."

쓰마키가 아오야마 요소를 선착장까지 배웅하고 돌아오자 미쓰히데는 거실 문을 활짝 열어놓고 호수를 내려다보면서 초조한 얼굴로 기다리고 있었다.

"어떻더냐, 내 말이 틀림없지?"

"예, 허락하지 않으셨다고 합니다."

"처음부터 알고 있었던 일이야. 그러기에 내가 공연한 수고라고 하지 않았느냐."

"그러나 어르신이 생각하시는 바와 같은 일은……"

"더 이상 아무 말도 하지 말게, 두고 보면 알 수 있을 테니."

"예."

"히데미쓰, 나는 말이다, 이번 출진 중에 무슨 불길한 일이 일어날 것만 같은 생각을 지울 수 없다."

"피로하셔서 그럴 겁니다."

"아니야. 내가 역학易學을 배워 점을 칠 수 있다는 것은 자네도 알고 있겠지?"

"예. 그것은 이미."

"몇 번이나 반복했지만 똑같은 점괘가 나왔어. 혹시 주군이 진중陣中에서 내게 칼을 들이대는 일이 생길지도 몰라."

"예? 칼을? 그, 그것이 무슨 말씀입니까?"

"주군은 술 끝이 좋지 않은 분이야. 심중에 나에 대한 증오가 있으면 그것이 어떤 자리에서 어떤 형태로 폭발할지 몰라."

미쓰히데의 역학은 그 방면의 대가도 인정할 정도로 수준이 높다. 이것을 알고 있는 만큼 히데미쓰도 차차 불안해졌다.

"만약에 그런 일이 생기면……"

"참을 수밖에 없지. 이를 악물고 참지 않으면 우리 일족에게 불행한 일이 닥칠지도 몰라, 히데미쓰."

히데미쓰는 그만 대답할 말을 찾지 못했다.

'노부나가가 정말 미쓰히데를 미워한다.'

있을 수 없는 일이다, 단지 노부나가는 성급할 뿐이다, 그 자리에서 감정을 드러내지 않고는 못 참는 성격이다, 이렇게 생각하면서도 불안의 날개가 잔뜩 히데미쓰를 감싸려들고 있다.

강한 부인이 차차 자신감을 잃고, '혹시 그런 일이 가능할지도 모른다'는 생각이 들었던 것이다.

"히데미쓰, 만일에…… 아니, 이것은 무인으로서의 조심성에서 하는 말이다. 결코 있어서는 안 될 일이지만, 내가 출진했을 때는 성을 굳건히 지켜야 한다."

"예."

"만일의 경우 미쓰히데가 가쓰요리와 내통하고 선봉을 자원했다, 이런 말이 나온다면 자네 생각에 따라 일을 결정하도록 하게."

히데미쓰는 숨이 막힐 것만 같았다.

미쓰히데의 불안은 히데미쓰가 상상조차 할 수 없는 데까지 미치고 있다. 이것이 과연 사실일까, 아니면 피로에서 오는 망상일까? 이런 생각만 해도 오싹해진다.

그때 중신 가운데 한 사람인 무라카미 이즈미村上和泉가 바삐 들어왔다.

"엔슈遠州에 내보냈던 첩자가 방금 보낸 보고로는 도쿠가와 님이 드디어 다케다의 일족인 아나야마 바이세쓰 뉴도穴山梅雪入道를 포섭했다고 합니다."

"뭐, 아나야마가 도쿠가와에게 내응했다고?"

"예. 나가사카 지야리쿠로를 보내 설득했다고 합니다. 다케다 가문의 사위 두 사람이 배신할 정도이므로 이미 앞날이 뻔합니다. 이제는 드디어 다케다 가문도 멸망…… 이번 싸움은 출진하기 전부터 벌써 아군의 승리가 확실히 결정되었습니다."

"으음. 가쓰요리가 그토록 싸움을 즐기더니 결국 이렇게까지 가신들의 인심을 잃게 되었다는 말이군."

미쓰히데는 땅이 꺼질 듯 한숨을 쉬고 나서 쓸쓸히 히데미쓰에게 시선을 옮겼다.

다케다 가문의 멸망

나가시노 싸움에서 신겐 때부터 자랑하던 노장과 용장을 대부분 잃었을 뿐만 아니라 "아버지보다 못한 분"이란 말을 들으면 눈빛이 변하여 날뛰던 가쓰요리의 마지막 싸움은 비참함 그 자체였다.

싸우기 전부터 사기면에서 승패는 결정되어 있었다. 명장이라 불렸던 신겐의 명성이 지닌 무게가 그를 짓눌렀다고도 할 수 있다.

3월 5일에 노부나가가 직접 대군을 거느리고 아즈치를 떠나 시나노의 이와무라巖村에 도착했을 때 가쓰요리의 주위에는 모두 적들뿐이었다.

이에야스는 아나야마 바이세쓰의 항복을 받고 나서 스루가에서 침입했고, 가나모리 나가치카는 히다에서 진격했다.

노부타다는 벌써 다카토 성高遠城을 함락하고, 고후로 향하고 있었으며, 다키가와 가즈마스는 체면을 위해서라도 가쓰요리의 목은 자기가 베어야겠다며 책략 짜기에 여념이 없었다.

가쓰요리는 처음에 요시마사의 변심에 격노하여 요시마사를 치기 위해 기소로 향했다. 그리고 여기서 일족인 아나야마 바이세쓰의 배신을 알게 되었던 것이다.

아나야마의 배신은 가쓰요리에게 있어 요시마사의 변심 따위와는 비교도 안 될 중대한 사건이었다. 바이세쓰가 항복했다…… 고 하면 아마도 다케다의 가신들은 더 이상 싸울 기력도 없어질 것이다.

할 수 없이 가쓰요리는 고슈로 돌아오고 말았다.

그러니 이때 벌써 가쓰요리에게 정나미가 떨어진 다케다의 장병은 한 사람이 줄고 두 사람이 줄어들어 겨우 천여 명이 남아 있을 뿐이었다……

고후甲府의 저택은 원래 요새로 지은 것이 아니라 천여 명의 병력만으로 세 방향에서 몰려오는 대적을 방비하기가 힘들다.

가쓰요리는 신푸新府의 성으로 피신한 뒤, 그곳에서 농성할 생각을 했다. 그러나 이 성은 아직 완성되지 않았다. 가쓰요리의 비참한 말로는 여기서부터 시작된다.

아버지 신겐을 섬기는 측근 6인방 가운데 하나였던 조슈의 누마다沼田 성주 사나다 기베에 마사유카眞田喜兵衛昌幸가 "일단 제 성으로 오십시오."라며 다행히도 구원의 사자를 보냈으므로 그리로 가는 도중에, 옛 가신이던 고슈 쓰루 군都留郡의 이와토노岩殿 성주 오야마다 노부시게小山田信茂에게 속아 도리어 사사고笹子 고개에서 공격을 당해 쫓겨나고 말았다.

오야마다 노부시게는 이때 벌써 다키가와 가즈마스의 편이 되어 있었던 것이다.

이렇게 되면 병력이 줄어들기만 할 뿐…… 겨우 위기를 벗어나 야쓰시로 군八代郡의 덴모쿠 산天目山에 이르렀을 때 그 총수는 오다와라의 호조 가문에서 시집온 젊은 부인과 맏아들인 다로 노부카쓰太郎信勝 그리고 여자들 오십 명과 측근을 합쳐 겨우 구십여 명 정도 되었다.

남자는 가쓰요리와 노부카쓰 부자 외에 나가사카 조칸長坂釣閑, 쓰치야 마사쓰구土屋昌次와 그의 동생 마사쓰네昌恒, 아키야마 기이노카미秋山紀伊守, 오하라 시모우사노카미小原下總守 등 불과 마흔한 명뿐이었다. 이렇게 되자 여자들 오십 명을 데리고 싸운다는 것은 생각조차 하지 못할 일이었다. 공격해오는 다키가와 군의 눈을 피하고 추격하는 잡병들을 막아내면서 덴모쿠 산자락의 다노田野 풀밭으로 나왔을 때, 이미 가쓰요리 일행에게 남겨진 일은 자결뿐이었다.

노부카쓰의 생모는 앞서 노부나가가 양녀로 삼아 출가시킨 유키히메雪姬였기 때문에 현재 가쓰요리 부인은 물론 다로 노부카쓰의 생모가 아니다.

그녀는 이때 열아홉 살로 오다와라에서 제일간다는 미인이었다.

그 부인이 오다와라의 친정으로 돌아가기를 거부하고 피로에 지친 표정으로 풀밭에 주저앉은 모습을 보자 그만 가쓰요리도 목이 메어 말이 나오지 않았다.

가쓰요리는 이때 서른아홉 살이고, 장남인 노부카쓰는 열여섯 살이었다.

이들이 꽃과 같은 열아홉 살의 부인을 사이에 두고 달빛 아래서 이슬로 사라져야 할 운명에 놓이고 만 것이다.

덴쇼 10년(1582) 3월 11일.

달은 구름에 가려 몽롱한데

156

내가 가야 할 곳은 서쪽의 산기슭

가쓰요리가 사세구辭世句°를 읊고 칼을 뽑자 가이샤쿠를 맡은 쓰치야 마사쓰구가 회답했다.

님 곁을 떠나지 않는 달이거늘
뜨는 곳도 지는 곳도 다 같은 산기슭

'함께 죽겠습니다.'
끝까지 곁에서 떠나지 않겠다는 의미였다.
눈물 젖은 가쓰요리의 얼굴에 미소가 떠올랐다. 그리고 봄날 달빛 아래에서 검이 애처롭게 번뜩이는 순간 가쓰요리의 생은 끝났다.
아버지의 죽음을 확인하고 다로 노부카쓰 또한 칼을 뽑고 마사쓰구의 동생 마사쓰네를 돌아보았다.
"가이샤쿠는 네게 부탁하겠다."
"예."
노부카쓰 역시 맑은 목소리로 미리 준비했던 사세구를 읊었다.

인간은 누구나 폭풍 속의 벚꽃
피었다가 지는 것은 봄날 밤의 꿈과 같은 것

열여섯인 노부카쓰의 살갗은 희미한 달빛을 흡수하여 흰 구름처럼 아름답게 빛났다.
부인이 칼을 들자 주위에 있던 여자들이 흐느끼는 소리가 봇물처럼 터져 나왔다.

봄날 밤에 가을의 벌레 소리를 듣는 것보다 더 처량했다.

남김없이 사라지는 늦봄이라 하건만
가지 끝의 꽃이 먼저 가는 이 슬픔

돌아가는 기러기야 부탁하노라, 이 한마디를
사가미相模의 땅에 가져다 떨구어주렴.

가쓰요리의 나이 어린 부인이 멀리 오다와라를 그리며 읊은 이 사세구는 듣는 사람의 가슴에 한층 슬픔을 더해주었다.

이번에도 역시 쓰치야 마사쓰구가 가이샤쿠했다.

그리고 나머지 사람들도 추격대의 발소리에 쫓기듯 각각 자결하여, 이윽고 다키가와 가즈마스가 이들을 발견했을 때 주위는 싸늘한 이슬과 피비린내로 가득했다.

스와의 벚꽃

노부나가는 12일에 가쓰요리가 자결했다는 보고를 받고, 이틀 뒤 목을 확인하고 나서 스와諏訪의 호요 사法養寺에 들어가 본진으로 삼았다.

목을 점검하면서 노부나가는 뜻밖에도 가쓰요리를 칭찬했다.

"다케다 가쓰요리는 명성이 자자한 무장이었으나 운이 다해 이런 모습이 되었군. 무인의 생애란 처참한 것이야."

그러나 이런 칭찬과 처분은 별도의 문제였다.

"이 목을 즉시 이다飯田에 가져다가 효수하라."

그 무렵부터 측근에 있으면서 조심스럽게 노부나가의 행위를 관찰하고 있던 미쓰히데는 문득 또 하나의 의문에 부딪혔다.

'지금까지 나는 잘못 생각하고 있었던 것일까?'

이기는 싸움이라고 생각했기 때문인지는 모르지만, 아무튼 이번의 노부나가는 사람이 달라진 듯 신중했다.

상을 주거나 벌을 내리는 데 있어서도 예전과 같은 사납고 거친 면이 사라진 대신 그 언동에 듬직한 무게가 더해졌다.

스와의 호요 사에 도착한 뒤부터는 더욱더 그랬다.

아마도 노부나가는 여기서 서정庶政을 쇄신하고 나서 새로운 영지에 대한 처분을 결정할 것이 분명하다.

"미쓰히데, 인간의 운명이란 참으로 알 수 없는 거야."

"예? 그것은……"

"스와 가문과 다케다 가문의 인연 말일세."

"아, 그 일이라면 말씀드린 그대로입니다."

"다케다 신겐은 여자를 무척 좋아했어."

"그렇습니다."

"그래서 승리할 때마다 점령한 성의 딸을 소실로 삼았는데 가쓰요리의 어머니 또한 이곳의 성을 빼앗았을 때 사로잡은 스와 가문의 딸이었다고 하더군."

"사실입니다. 처음에는 신겐 공을 몹시 증오했습니다."

"바로 그 말일세, 알 수 없다고 한 것은."

"예…… 예."

"그 증오하던 여자의 배에서 태어난 자식이 드디어 수십 대를 이어온 겐지源氏의 명문인 다케다 가문을 멸망시켰어. 말하자면 이것으로 스와 가문의 원한이 풀렸다고 해석할 수도 있겠지."

"참으로 인연이란 무서운 것입니다."

"그런데, 이곳 백성들은 어떻게 생각하고 있을까?"

"예?"

"내가 들어왔는데도 별로 싫어하는 기색이 없어. 그들의 표정에는 깊은 증오의 그림자가 없다는 말일세. 모두 웃고들 있어. 어쩌면 내가 스와 가문의 원수를 갚아주었다고 내심 기뻐할지도 모른다고 생각하는데 어떤가?"

싸움에 이기고 길을 떠났기에 때는 늦봄이었다. 사원의 뒤뜰에는 때늦은 벚꽃이 만발해 있었다. 호수의 수면은 기름을 부은 듯이 고요하고, 수없이 많은 예물이 본진에 들어와 있었다.

미쓰히데도 그만 이런 분위기 때문에 방심했는지 별 생각없이 대답했다.

"맞습니다. 인간의 운은 그 당대만으로는 내다볼 수 없습니다. 3대, 4대를 통해 내다보면 인연의 실이 무서울 정도로 그 일족을 얽어매고 있습니다. 그러므로 항상 자비와 선정이 첫째라고……"

여기까지 말하다가 미쓰히데는 그만 섬뜩했다.

노부나가가 물은 술회와 자신의 설교조인 대답이 상당히 어긋나 있었던 것이다.

노부나가는 들고 있던 부채로 탁, 하고 팔걸이를 때렸다.

"누가 그런 부처 냄새 나는 헛소리를 하라고 했느냐! 3대, 4대를 통해 내다보라니. 못난 녀석, 누가 3대나 4대를 살 수 있다는 말이냐! 그대가 보고 있는 것은 망상이야. 지난 일에 빗대어 건방지게도 앞날에 대해서까지 지껄이다니. 그 따위 설교를 이 노부나가에게 할 생각이란 말이냐! 멍청이는 역시 멍청이로군."

꽃을 꺾는 바람

격한 소리로 꾸짖는 바람에 미쓰히데의 표정은 순식간에 핏기가 사라졌다.

'이번 여행에는 무언가 불길한 일이 생길 것만 같다.'

그런 생각을 하고 경계를 게을리하지 않았던 미쓰히데가 드디어 노부나가의 술회에 말려들어 해서는 안 될 말을 하고 말았다.

불교 냄새가 나는 인연 이야기는 멸망한 다케다 가문에 대해서라면 또 몰라도 모든 싸움에서 가차없이 잔인한 수단을 동원한 노부나가의 예를 들어서는 안 되었던 것이다.

"그대는 이 노부나가도 무자비한 짓을 계속했기 때문에 다케다의 전철을 밟을 거라는 말을 하고 싶었을 테지. 못난 놈, 너는 끝내 이 노부나가의 비원을 알지 못할 녀석이야!"

"용서해주십시오."

미쓰히데는 머리를 조아린 채 사죄했다.

"장소도 가리지 못하고 불길한 실언을 했습니다. 어리석음을 부디 용서해주십시오."

"대머리!"

"예…… 예."

"너는 어째서 가쓰요리와 나를 이 자리에서 비교하려 하느냐? 네 놈의 근성에 참을 수 없는 어리석음이 숨어 있다는 것을 깨닫지 못하느냐!"

"널리, 널리…… 헤아려주십시오."

"듣기 싫다! 사과로 끝날 일이 아니야."

노부나가의 분노는 더욱 격렬해져 얼굴도 들 수 없을 정도였다.

"세상에는 벌레 한 마리를 죽여도 용서할 수 없는 경우와 백만의 적을 죽여도 그것이 선善이 될 경우가 있다."

"예…… 예."

"나는 백년 동안이나 계속된 난세에 태평을 가져오겠다는 비원을 품고 내 몸과 일족을 모두 바치면서 가시밭길을 헤쳐 왔어. 아무나 이 노부나가의 흉내를 내고 사람을 죽이며 다녀서는 안 되는 거야. 그 따위 설교는 네놈이 굳이 하지 않아도 어렸을 적부터 뼛속 깊이 새기고 있었어."

"예…… 예."

"알고 있으면서도 휘두르지 않을 수 없는 비원이 담긴 검! 전쟁의 뿌리, 난세의 뿌리를 자르려고 휘두르는 검의 슬픔을 모르기 때문에 네놈이 그 따위 설교를 하는 거야. 우매한 것은 적이야! 자, 어서 칼을 뽑아라!"

노부나가는 말하기가 바쁘게 등 뒤에 있는 칼걸이에서 칼을 집어 쑥 뽑았다.

미쓰히데는 반쯤 고개를 쳐든 채 '아' 하고 외치며 뒷걸음질쳤다.

취한 것이 아니다. 술상이 나왔지만 아직 한 모금도 마시지 않았다. 그런데도 무섭게 들이댄 아오에 지키치青江次吉가 만든 명검의 칼끝은 폐부를 찌르고 뼈를 끊어놓을 듯이 살기를 띠고 있다.

"뽑지 못하겠느냐, 대머리!"

노부나가가 다시 소리 질렀다.

"노부나가의 무武와 가쓰요리의 무도 구별 못하는 어리석은 놈. 그 따위 설교는 아무 필요도 없는 무지한 망언, 너도 가쓰요리와 같은 자가 될지 모르므로 베어버리겠다. 뽑아라!"

미쓰히데는 순간 마음속으로 계산했다. 겨눈다 해도 이길 수 있는 상대가 아니다. 혹시 상대를 쓰러뜨린다 해도 무사히 이 자리를 빠져나갈 수 없다.

"제가 실언을 했습니다. 진노하신 것은 당연한 일이오니 대적하지 않겠습니다. 부디 원하시는 대로 처단해주십시오."

그러면서 다시 그 자리에 엎드렸다.

"뭣이, 칼을 뽑지 않을 테니 처단하라고?"

"예. 그렇게 하면 더더욱 이 미쓰히데의 의義가 서지 않습니다."

"으음."

노부나가는 나직이 신음했다. 그러나 아직 칼을 거두려 하지 않고, 독수리처럼 매서운 눈길로 미쓰히데를 잔뜩 노려보았다.

그 자리에 있던 사람들도 숨을 죽였다.

설마 여기서 미쓰히데를 죽이지는 않을 것이다, 이렇게 생각했으나 섣불리 입을 열었다가 더 이상 사태를 악화시켜서는 안 된다고 생각했기 때문이다.

잠시 동안 숨막히는 침묵이 이어졌다.

누가 보아도 미쓰히데의 설교는 잘못된 것이었다.

노부나가는 불세출의 혁명아인 것이다. 그러나 천하포무의 비원을 품고, 방해하는 자들을 무자비하게 죽였다. 그런 사람 앞에서 자비가 제일이고 선정이 어떻고 하는 말을 꺼내다니……

가령 그럴만한 그릇이 되지 못하는 미쓰히데가 홧김에 에이잔을 불태웠다면 그것은 단순한 폭거暴擧에 지나지 않는다. 그러나 노부나가는 경우가 달랐다. 그는 진실로 일본의 평정을 한 걸음 전진시켰으니까……

경전에도 '사람을 보고 설법하라' 는 말이 있다. 미쓰히데의 설교는 보통 사람의 상식으로는 옳아도 이단아異端兒인 노부나가에게는 적용되는 말이 아니었다.

미쓰히데는 섣불리 그런 과오를 범했던 것이다. 그리고 이 과오에 대해 좀더 깊이 파고들면 미쓰히데의 눈은 범인凡人과 노부나가를 구별하지 못했다는 것이 되고, 노부나가의 노고를 구석구석까지는 이해하지 못했다는 대답이 나온다.

아마도 노부나가는 '미쓰히데만은 나를 이해해줄 것이다' 라고 생각했는데 그 기대가 어긋난 것도 모자라 모욕까지 당했다고 느꼈음이 분명하다.

한참 동안 칼을 들이대고 있던 노부나가가 별안간 호탕하게 웃은 것은 그로부터 5분 정도 지나서였다.

"왓핫핫하, 대머리가 떨고 있군. 정말인 줄 알고 떨고 있어. 왓핫핫하, 이제 끝났어, 마음이 가라앉았어. 여봐라, 대머리에게 술을 따르거라."

사람들의 입에서 안도의 숨소리가 흘러나왔다.

나를 알아주는 자

"주군, 오늘은 정말로 화가 나셨더군요."

그날 밤이었다. 다케다의 영지 지도를 펴놓고, 노부나가가 부르는 대로 어느 성에는 누구를 배치하고 어디에는 누구를 보내 다스리게 할지를 써내려가던 다케이 세키안이 말을 걸었다.

"음, 좀 화가 났었지. 왜 화가 났었는지 그대는 알 수 있겠나?"

"예, 알고 있습니다."

세키안은 붓을 움직이면서 대답했다.

"정말 미쓰히데를 베시려는 줄 알고 간담이 서늘해졌습니다."

"하하하, 죽일 생각은 없었어. 그러나 화가 나더군. 노부나가와 가쓰요리를 구별하지 못하는 놈은 마쓰나가 히사히데처럼 자기 분수도 모르고 천하를 뺏으려는 병에 걸린 자야. 나는 미쓰히데를 높이 평가하고 있었어. 언젠가는 해외로의 출입구가 될 규슈의 총대장이 될 녀석이라고 생각했던 만큼 부아가 치밀었어."

"아무튼 잘 참으셨습니다. 그러나 이 인내의 뜻을 미쓰히데가 깨달았는지 모르겠습니다."

"그대는 깨닫지 못했을 거라고 생각하나?"

"예. 용서를 받고 안도하는 표정을 보면……"

"어쨌든 좋아. 깨닫지 못했다면 그에 맞게 다루면 되는 거야. 더 이상 미쓰히데 이야기는 꺼내지 말게."

세키안은 그만 입을 다물었다.

노부나가도 왠지 개운치 않은 듯한 표정이었으나 이윽고 그 불쾌감을 씻어줄 사람이 이곳 본진에 도착했다.

한 사람은 선교사인 와리야니가 헌납한 흑인 노예이고, 또 한 사람은 도쿠가와 이에야스였다.

와리야니가 헌납한 흑인은 키가 칠 척에 가까웠다. '몸 전체는 검기가 소와 같고, 그 힘은 열 사람보다 강하다'라는 기록이 남아 있을 정도의 괴물이었다.

노부나가가 처음 흑인을 보게 된 것은 셋쓰에 출전했을 때였는데, 그때 같이 있던 장남 노부타다는 너무도 몸집이 크고 검은 데에 깜짝 놀라 가만히 흑인의 피부를 만져보는 바람에 옆에 있던 사람들이 폭소를 터뜨렸을 정도였다.

장난을 좋아하는 노부나가는 그 흑인이 마음에 들어 술을 주거나 화가에게 그를 그리게 했다.이것을 안 와리야니가 그 흑인보다 더 거대한 노예 하나를 아즈치에 데려와 헌납한 것이 '검둥이'라 불리는 이 흑인이었다.

노부나가는 그 검둥이에게 손잡이의 길이가 3간間인 자기 창을 메고 행렬의 선두에서 걷게 하여 세상을 놀라게 하겠다는 생각을 가지고 있었다.

그리하여 아즈치에서 은밀히 훈련을 시켜왔는데 훈련이 끝나자 얼굴을 가리고 스와의 본진에 데려오도록 했던 것이다.

노부나가는 검둥이가 도착하자 악동 시절의 킷포시처럼 기뻐했다.

계절은 한창 봄이 무르익어 춥지 않다. 가쓰요리를 멸망시키고 돌아오는 도카이東海 가도에서 아직 아무도 본 일이 없는 거구의 검둥이에게 창을 메여 선두에서 걷게 하는 광경은 상상만 해도 유쾌하기 짝이 없었다.

"좋아, 검둥이는 되도록 남의 눈에 띄지 않게 숨겨두거라. 그리고 귀로에 올랐을 때 옷을 벗기고 호랑이 가죽으로 만든 훈도시°만 입혀 선두에서 걷게 하라. 아마 검둥이로서도 일생일대의 멋진 여행이 될 것이다."

신기한 것을 좋아하는 노부나가가 이렇게 해서 검둥이를 절에 숨겨놓았을 때, 도쿠가와 이에야스가 다케다 가문의 유일한 생존자이며 옛 영지를 그대로 소유하게 한 아나야마 바이세쓰 뉴도를 데려왔다.

아나야마 바이세쓰 또한 다케다 가문의 인척이었다. 신겐의 누나를 아내로 삼았으므로 가쓰요리에게는 고모부가 된다.

그러한 바이세쓰가 이에야스의 가신인 나가사카 지야리쿠로의 설득으로 마침내 이에야스에게 항복했던 것이다.

"뭐, 하마마쓰의 사돈이 왔다고. 좋아, 홋케 사法華寺 경내에서 만날 터이니 안내해 오너라."

노부나가는 이에야스의 적자 노부야스를 할복하게 만들고 딸인 도쿠히메가 돌아온 뒤에도 여전히 이에야스를 '하마마쓰의 사돈'이라 부른다.

이 말 가운데는 다분히 이에야스에 대한 신뢰가 담겨 있다. 만약 노부나가를 원망해야 할 사람이 있다면 그자는 결코 아케치 미쓰히데가 아니라 도쿠가와 이에야스일 것이다.

사소한 잘못을 트집잡아 단호하게 그의 후계자에게 할복을 명했으므로 당연한 일이다.

"세키안, 오늘도 또 씁쓸한 생각을 떠올릴 수밖에 없게 될지도 모르겠어."

대면할 장소로 향하기 전에 노부나가는 문득 이런 말을 내비쳤다. 지난번 미쓰히데와의 사건이 뇌리에 떠올랐기 때문일 것이다.

노부나가의 비원은 미쓰히데에게조차 확실히 전해지지 않고 있었다. 그렇다면 이에야스가 은밀히 노부나가를 원망한다고 해서 전혀 이상할 것도 없다.

그날도 태양은 따뜻하게 빛나고 산간의 봄은 훈훈한 바람 속에 꽃잎을 흩날리고 있었다.

홋케 사의 경내에 둘러친 장막에는 오동나무 잎과 다섯 개의 모과가 그려져 있었다. 노부나가가 장막 안으로 들어가 의자에 앉았을 무렵 경내에는 각지에서 보내온 선물로 여간 붐비지 않았다.

쌀을 보내온 자, 말을 보내온 자, 말먹이를 보내온 자, 주효를 보내온 자……

"이에야스 님이 도착하셨습니다."

노부나가는 의자에서 일어나 밖에까지 나가 맞이하려다 생각을 바꾸었다. 자기가 먼저 자세를 낮추고 맞이했다가 앞서 미쓰히데가 말했듯이 상대가 자신을 이해하지 못하는 이야기라도 듣는다면 견딜 수 없다는 생각이 들었기 때문이다.

이에야스는 아나야마 바이세쓰와 함께 예나 다름없이 둔중한 표정으로 들어왔다.

"우선 전승을 축하드립니다."

이에야스가 전혀 표정을 바꾸지 않고 인사하자 노부나가도 얼른 되받았다.

"이번에는 수고가 많았네. 덕분에 이 노부나가는 드디어 주고쿠의 평정에 전력을 기울이게 되었어."

그 말을 상대가 어떻게 받아들일 것인가? 노부나가의 눈이 번쩍 빛났으나 이에야스의 표정에는 아무런 변화도 없다. 단지, 근엄하게 아나야마 바이세쓰를 돌아보고 그를 노부나가에게 소개하려 한다.

노부나가는 선수를 쳐서 근시인 하세가와 무네히토長谷川宗仁에게 말했다.

"기소 요시마사가 왔다고 했지? 이리 안내하라."

짓궂은 일이었다. 요시마사가 먼저 다케다 가문을 배신하고 이어서 바이세쓰가 항복했던 것이다. 배신자끼리 여기서 만나게 할 생각인 모양이다.

"알겠습니다."

무네히토는 나갔다가 곧바로 요시마사를 데리고 돌아왔다. 요시마사는 무심코 들어왔다가 여기서 바이세쓰의 모습을 발견하고 깜짝 놀랐다.

물론 인사할 틈도 없다. 목례조차 하지 못하고 노부나가 앞에 머리를 조아렸다.

"전승하신 것을 삼가 축하드립니다."

"오오, 모두 그대가 수고한 덕일세."

"부족하나마 승마에 도움이 되실까 하여 오슈의 말 두 필을 가져왔습니다. 받아주시면 감사하겠습니다."

"그래, 말을 주겠다니 고맙네. 무네히토, 기소 님에게 드릴 선물을 가져오게.”

“예.”

하세가와 무네히토는 미리 준비했던 칼 한 벌과 황금 백 장을 가지고 와서 요시마사에게 건넸다.

“여러 가지 할 말이 있으나 보다시피 손님이 계시네. 다시 기회를 갖도록 하세.”

“예.”

기소 요시마사가 물러가자 이에야스가 다시 무겁게 입을 열었다.

“아나야마 바이세쓰 뉴도를 동반하고 왔습니다. 한 말씀 해주시기 바랍니다.”

“아, 그런가.”

노부나가는 완전히 바이세쓰를 무시하고 짓궂게 말했다.

“하마마쓰 님의 가신 중에 나가사카 지야리쿠로라는 사람이 있다면서? 그는 적의 중신을 7일 동안이나 붙잡고 설득하여 결국 항복을 받았다고 하는데 오늘 그를 동반했는지, 동반했다면 이 자리에 불러 상을 내리고 싶은데……”

노부나가는 이렇게 말하고서 이에야스의 대답을 기다렸다.

'과연 이에야스가 무어라 대답할 것인가?'

바로 곁에는 이에야스가 항복시킨 바이세쓰 뉴도가 깊이 고개를 떨구고 대령해 있다.

이에야스는 가볍게 머리를 숙이고 말했다.

“공교롭게도 오늘은 같이 오지 않았습니다. 그리고.”

“그리고 무슨 이유라도 있나?”

“그는 오다 님이 상을 주신다고 하면 황송하여 받지 않을 겁니다.”

“아니, 그것은 또 어째서?”

"지야리쿠로의 공이 아니다, 아나야마 님은 지야리쿠로 같은 자에게 항복할 분이 아니라고."

"허어, 그럼 왜 항복했다는 말인가?"

"오다 님의 뜻 그 배후에 있는 후광後光 때문입니다."

"아니, 이 노부나가의 후광 때문에?"

"예. 일본 통일이라는 커다란 후광, 이를 위해서는 되도록 싸움으로 인한 피는 흘리지 않고 모두가 무익한 무기는 거두어야 할 때라고 했습니다."

"으음, 그렇게 설득했다는 말이지."

"그렇지 않다면 아나야마 님이 승낙했을 까닭이 없습니다."

노부가나는 가슴에 북받치는 기쁨을 억누를 수 없었다.

미쓰히데는 이해하지 못했으나 이에야스는 노부나가의 큰 뜻을 완벽하게 받아들이고 있다.

"으음, 지야리쿠로는 그런 사나이로군."

"예. 그러므로 상을 내리겠다고 하시면, 이것은 모두 오다 님의 덕일 뿐이라면서 사양하리라 생각합니다."

"훌륭하군. 그렇게 말했다면 같이 왔어도 만나려 하지 않았겠지. 이에야스는 참으로 좋은 부하를 가졌어."

그러고 나서야 비로소 노부나가의 시선이 아나야마 바이세쓰에게로 향했다.

사람과 사람의 차이

노부야스를 할복시켰기 때문에 원한을 품지 않았을까 생각했던 이에야스로부터 뜻밖의 말을 전해 들은 노부나가는 기분이 좋아져 그 뒤부터는 계속 웃는 낯을 지우지 않았다.

다만 호조 우지마사가 마지못해 약간의 병력만을 스루가에 보내면서 이를 변명하기 위해 하야마 다이젠타유 모로하루端山大膳太夫師治를 사자로 삼아 에도江戶의 명주銘酒인 하쿠초白鳥와 말의 사료라면서 쌀 천 섬을 보낸 것이 불쾌하기는 했으나 이때에도 별로 화는 내지 않았다.

"홍, 우지마사는 다케다가 이길지도 모른다고 생각한 거야. 그 역시 천하를 내다보지 못하는 삼류, 오류의 인간에 불과해."

이렇게 말했을 뿐, 새로운 영지 중에서 스루가는 이에야스에게 주고 가이는 가와지리 히젠노카미河尻肥前守, 고즈케는 다키가와 가즈마스에게 맡긴 채 4월 중순 귀로에 올랐다.

이 특이한 개선 여행은 고슈와 신슈 사람들은 물론 스루가, 도토미, 미카와, 오와리 사람들의 시선을 빼앗고 그들을 놀래주기에 충분했다.

고쇼나 우마마와리馬廻り°들은 이에야스에게 모두 돌려보내고 그 후부터는 활과 철포를 가진 자들로만 행렬을 이루게 했던 것이다.

모두 새로운 양식의 철포용 갑옷을 입고, 몇 천 자루나 되는 검은 총포를 맨 보병의 행렬은 전술 전법의 변화와 함께 새 시대의 도래를 선언하는 놀라운 위풍으로 가득 차 있었다.

더구나 그 맨 앞에는 와리야니가 헌납한 그 거대한 검둥이가 붉은 칠을 한 창을 들고 걸어갔다.

노부나가의 장난기가 발동했다고도 할 수 있으나, 바로 이런 점에 혁명아 노부나가의 진면목이 여실히 드러난다는 것을 간과해서는 안 된다.

더구나 이 여행에서 보인 이에야스의 태도 또한 노부나가를 만족시키기에 충분했다.

스루가 일대를 영지로 받은 이에야스는 자기 영내의 도로를 완전히 정비하고 역참마다 찻집과 마구간은 물론 화장실까지 새로 설치하여 얄미울 정도로 호의를 표시했다.

노부나가가 어디서 공복을 호소하더라도 각 지역의 특산물로 상을 차리기 위해 일부러 교토와 사카이에 사람을 보내 식사 재료까지 새로 마련했다.

행렬이 하마마쓰를 출발하여 이마키레今切의 나루터를 건널 때의 배도 새로 만든 데다 홍백紅白의 휘장을 쳐 화려했고, 오하라 강大原川, 무쓰다 강むつ田川, 야하기 강矢作川 등에서는 싸움을 하면서도 어느 틈에 노부나가의 귀로를 위해 새로운 다리를 놓았다.

아니, 그보다도 더욱 놀라운 것은 덴류 강天龍川의 배다리였다.

어디서 어떻게 운반해왔는지 그 넓은 강폭에 배를 가득히 줄지어 놓고 그 위에 두꺼운 판자를 덮어 물에 젖지 않고 당당히 인마가 건널 수 있도록 해놓았던 것이다.

이때만은 노부나가도 탄성을 질렀다.

"과연 이에야스답다, 얄미울 정도인 사나이다."

노부야스를 할복하게 만들어 자신에게 원한을 품었을 줄 알았던 이에야스…… 노부나가는 완전히 허를 찔린 기분이었다.

노부나가의 만족스러운 기분은 아즈치에 돌아와서도 계속되었다.

히데요시로부터는 주고쿠의 다카마쓰 성을 공격하고 있으나 좀처럼 함락되지 않을 뿐 아니라, 차차 모리의 원군이 도착하고 있으므로 노부나가가 직접 출진하여 도와달라는 요청이 계속 들어왔지만 노부나가는 별로 귀담아듣지 않았다.

"그렇다, 지금이 아니고는 별로 기회가 없을 것이다. 가쓰요리를 토벌한 기념으로 이에야스를 아즈치에 불러 교토와 오사카, 사카이 등을 구경시키도록 해야겠다."

이렇게 말하면서 함께 아즈치에 와 있는 미쓰히데를 불렀다.

미쓰히데는 스와에서의 사건 이후 완전히 위축되어 언제나 노부나가의 눈을 피하며 침묵으로 일관했다.

기분이 좋은 상태에 있는 노부나가는 이런 미쓰히데가 가엾다는 생각이 들었다.

이에야스와 미쓰히데는 국량에서 큰 차이가 있었던 것이다. 그런데도 두 사람을 똑같이 보고 똑같이 큰 기대를 걸었던 것은 노부나가 자신의 불찰이었다. 이렇게 반성하고 이에야스를 초청하는 기회에 미쓰히데도 위로해주려고 생각했다.

이에야스를 초대하다

"미쓰히데, 드디어 여름다운 더위가 시작되는군."

"그렇습니다."

"어떤가, 이번 싸움으로 피로하지는 않은가?"

"예? 아닙니다. 아무런 도움도 드리지 못해 면목이 없습니다."

"실은 말일세, 미쓰히데."

"예."

"이번에 가쓰요리를 토벌한 기념으로 하마마쓰의 이에야스를 초대하려고 하는데, 자네 생각은 어떤가?"

가벼운 기분으로 말을 걸어오자 미쓰히데는 당황하며 눈을 깜빡거렸다.

'나는 이제 완전히 노부나가의 비위를 건드리고 말았다.'

이렇게 생각하고 잔뜩 마음이 어두워져 있을 때 뜻밖에도 상의를 받았기 때문에 이것 역시 폭풍우가 닥칠 조짐이 아닌가 하는 의구심이 들었다.

노부나가는 밝게 웃었다.

"어떤가, 생각한 대로 말해보게."

"예…… 예"

미쓰히데는 다시 한 번 눈을 깜빡거리면서 말을 이었다.

"도쿠가와 님을 초청했다가 만약……"

"만약 어떻다는 말인가?"

"노부야스 님의 일도 있으므로 도쿠가와 님이 경계를 하고 섣불리 오지 않을지도 모릅니다."

"왓핫핫하."

노부나가는 참다못해 웃음을 터뜨렸다.

게는 자기 딱지에 맞게 구멍을 판다는 말이 있듯이 미쓰히데는 노부나가의 마음을 전혀 모르는 모양이었다.

아마도 미쓰히데는 이에야스가 노부야스의 일로 노부나가를 원망하고 있는 줄 알았기 때문에, 노부나가가 이에야스를 아즈치에 초대하여 암살할 생각이라고 해석하는 모양이다.

"미쓰히데, 그대는 단단히 착각을 하고 있어."

"그…… 그…… 그럴까요?"

"나는 이에야스가 지금까지 고생한 노고를 위로해주고 싶은 거야. 아즈치에서 환대하고 나서 교토와 오사카를 비롯하여 사카이까지 안내할 생각이야."

"예…… 예."

"이에야스는 아직 이 아즈치 성을 몰라. 그리고 이 성을 설계한 사람은 바로 자네가 아닌가. 그러므로 이에야스의 접대역을 그대가 맡아주어야겠어."

그래도 미쓰히데는 반신반의하는 표정이었다.

'이 성은 그대가 설계했다.'

그 말도 생각하기에 따라서는, 그대가 성을 가장 잘 알고 있으므로 이에야스가 등성했을 때 적당한 장소를 택해 베어버려라, 이렇게 받아들일 수도 있는 것이다.

"그, 그 일에 대해서라면 이 미쓰히데의 힘으로는."

"접대역이 싫다는 말인가?"

"아닙니다. 만약에 실패하는 경우에는 큰일이므로."

"미쓰히데."

"예…… 예."

"지금 무슨 생각을 하고 있는 거야?"

"예?"

"이 아즈치에서 교토의 물정에 가장 밝은 사람은 그대가 아닌가. 일부러 하마마쓰에서 초청한 이상 노가쿠能樂°와 교겐狂言°도 구경시키고 교토의 요리도 대접해야 하지 않겠나. 숙소는 어디에 정하고 수행원들은 어떻게 대우할 것인가. 예의범절도 차려야 하고 숙소의 장식이며 교토에 요리사를 부르는 일 등 여러 가지 할 일이 있는데, 이것은 그대밖에는 할 사람이 없어."

"그러나 저는."

"내 말을 끝까지 듣고 말하게. 이번 초대는 말이지, 노부야스를 할복시켰는데도 도쿠가와 가문의 장래와 천하를 위해 슬픔을 초월하여 나를 이해해준 이에야스에게 이 노부나가가 진심으로 답례를 하려는 거야."

"그것이…… 저어, 정말입니까?"

"그래. 다른 뜻은 아무것도 없어. 오다 가문 최대의 인척을 성심껏 대접하려는 것뿐이야. 그리고 스와의 사건 이후 그대도 마음이 울적한 모양이니 원기를 돋우어주려고 명하는 것일세."

"저어, 그것은……"

"알았으면 마음을 다해 환대 준비를 하도록. 이에야스에게는 내가 따로 사자를 보내겠네."

이 말에 미쓰히데는 다시 복잡한 심경으로 눈을 깜빡거렸다.

과연 노부나가의 표정이 너무도 밝아 아무런 저의도 품고 있는 것 같지 않았다.

그러나 일단 깊은 의혹을 품고 공포에 사로잡힌 미쓰히데로서는 그 밝은 표정 자체가 섬뜩하게 여겨졌다.

"황송합니다마는 지금은 하시바 지쿠젠이 주고쿠에서 구원을 청하고 있는 중요한 시기입니다. 이럴 때 도쿠가와 님께 접대를 하신다면 너무 번거롭지 않을까요?"

"하하하."

노부나가는 다시 한 번 소리 내어 웃었다.

"미쓰히데, 그대는 지쿠젠이 구원을 요청한 진의를 정말로 간파하지 못했나?"

"지쿠젠이 구원을 요청한 진의라고 하시면?"

"하하하, 그대는 왠지 자기만의 생각에 깊이 잠겨 평소의 기민함을 잃어버린 것 같아. 잘 생각해보게. 약간 고전한다고 해서 지쿠젠이 구원을 청한 일이 일찍이 있었는지를."

"하지만 그것은."

"그렇지 않았어. 정말 고전하고 있을 때 혼자 이를 악물고 타개하는 것이 도키치로의 원숭이다운 근성이야. 그렇지 않은가?"

"말씀을 듣고보니 확실히 그렇기는 합니다마는."

"원숭이가 직접 원군으로 와주십사 하고 청했을 때는 언제나 승산이 있을 때였어."

"그렇습니다."

"그대는 원숭이보다 순진해. 나는 녀석의 수법을 빤히 꿰뚫고 있어. 녀석은 공을 세웠을 때 남이 질투하지 않도록 하기 위해 일부러 나를 불러내어 이길 생각인 거야. 도키치로는 치밀한 녀석이야. 내게는 자기 공이라는 점을 분명히 보여주고 남에게는 대장님이 출진하셨기 때문에 이겼다고 선전하려는 거야. 따라서 그대는 걱정하지 말고 이에야스를 맞을 준비만 하면 돼. 보름이나 이십 일이면 충분하겠지? 그동안에 내가 주고쿠로 가야 할 일은 절대로 없을 걸세."

미쓰히데의 눈에서는 차차 의혹의 구름이 걷히고 빛이 나기 시작했다. 노부나가의 말처럼 미쓰히데는 분명히 히데요시와는 비교도 안 될 만큼 순진했다.

'노부나가가 스와의 사건 이후에 품었던 의혹을 풀고 나를 신임하고 있다.'

이에야스를 초대하는 데에는 아무런 복선도 없고, 내게 접대역을 맡긴 것도 다른 뜻이 있어서가 아니다, 이것을 깨닫게 되자 눈시울이 뜨거워졌다.

"알겠습니다. 이 미쓰히데는 성심성의를 다해 도쿠가와 님의 접대를 맡겠습니다."

"그래. 부디 이 노부나가의 성의가 통하도록 각별히 힘써주게. 이에야스가 깜짝 놀라도록 말일세."

"알겠습니다. 틀림없이, 틀림없이 만족시켜 드리겠습니다."

떨리는 목소리로 온몸의 긴장을 풀지 않은 채 대답했다.

접대 준비

미쓰히데는 그날 밤 아즈치에 있는 가신들을 모아 이에야스의 접대를 맡게 된 경위를 설명했다.

일단 일을 맡으면 지나칠 정도로 신중하게 계획하여 한 치의 틈도 없이 마무리 짓는 것이 미쓰히데의 성격이었다.

"죄송합니다마는 주군의 말씀에는 그 이면에 다른 깊은 뜻이 있다고 생각합니다."

이렇게 말한 사람은 중신인 나미카와 가몬이었다.

"다른 뜻이라니?"

"어떤 경우라도 그렇습니다마는, 아무리 주의를 해도 반드시 약간의 차질은 생기기 마련입니다."

"그야 물론 그럴 테지."

"따라서 그 약간의 차질을 겨냥하여 명하신 것이 아닐까요?"

"그럼 나를 증오하기 때문에 이 중요한 역할을 맡겼다는 말이군."

"황송합니다마는 주군은 생각이 깊고 계략이 뛰어난 분이어서."

미쓰히데는 왠지 모르게 불쾌했다. 가신에게 그런 깊은 의심을 품게 만든 것은 자신의 언동 때문이었으나 아마도 그것을 깨닫지 못하고 있는 모양이었다.

"그러면 히데미쓰는 어떻게 생각하느냐?"

"저는."

히데미쓰는 고개를 갸웃하며 말했다.

"실수를 기화로 함정에 빠뜨리겠다는 생각은 없으시다 해도 원래가 성급한 기질이신 주군이므로 뜻밖의 일로 분노를 일으키지 않도록 준비는 충분히 해야 한다고 생각합니다."

"한결같이 소심하기만 하군. 사천왕은 어떻게 생각하나?"

"저는 특별히 저의가 있기 때문이라고는 생각지 않습니다. 다만 주군께서는 진정에서 우러나는 마음으로 도쿠가와 님을 초대하여 신하의 예를 갖추게 함으로써 천하에 자신의 위광을 과시할 생각. 그러므로 깜짝 놀라게 하라는 말씀을 했다고 여겨집니다. 이 점을 잘 감안하시고 접대의 역할을 맡는 것이 중요하다고 생각합니다."

"그래. 모두의 의견은 잘 알았네. 나는 열심히 접대 역할을 수행하겠어."

이리하여 미쓰히데는 그날 안으로 아즈치에서 이에야스가 묵을 숙소를 다이호인大寶院으로 정했다.

다이호인의 정원에서 바라보면 아즈치 성의 장대한 모습은 호수에서 바라보는 것 못지않게 화려하기 짝이 없다.

미쓰히데는 일부러 전망이 좋은 곳에 전각을 지어 여기에 이에야스를 맞이하려고 생각했다.

여기서 아즈치 성을 바라본다면 어떠한 야심가라도 노부나가의 위엄에 압도되어 반항심 등은 품지 못할 것이다. 그러나 한 달도 안 되는 기간 동안에 이에야스를 깜짝 놀라게 할 전각을 짓는 것은 여간 어려운 공사가 아니다.

사람들이 사방으로 달려갔다. 재목을 운반하는 자, 자르는 자, 깎는 자, 다듬는 자…… 화공畵工이 불려오고 장식하는 기술자, 칠 기술자, 표구하는 자들에게 금족령을 내렸다.

다행히도 아즈치에서는 여러 기술자들을 구하기가 수월했으나, 전각은 물론 난간까지 붉은 칠을 해야 하므로 여간 바쁘지 않았다.

드디어 이에야스에게도 정중히 초대에 응하겠다는 회답이 왔다.

"분부에 따라 5월 15일에는 아즈치에 도착하여 이번의 전승을 축하드리겠습니다."

아케치의 가신들은 요리사를 구하러 교토에 간 김에 사카이까지 사람을 보냈다.

그리고 미쓰히데의 친지들이 가보로 소장하고 있는 여러 가지 다기茶器와 족자를 사거나 빌려 실내를 장식했다.

화공이나 장식하는 사람은 아즈치 성을 호화롭게 꾸몄던 사람들을 그대로 동원했다. 밤을 새워가면서 지은 건물은 기둥에 조각까지 하여 하마마쓰 성의 건물과는 비교도 안 될 정도로 화려하게 꾸며놓았다.

장지문에 그림이 그려지고 각종 도구가 완전히 갖추어진 것은 5월 12일 오후였다. 가신들이 모두 침식을 잊고 노력한 결과였다.

완성되었다는 보고를 받은 노부나가는 그날 안으로 직접 검사하기 위해 찾아왔다.

주고쿠에 나가 있는 히데요시는 여전히 원군을 청하는 사자를 보내왔으나, 노부나가는 그보다 먼저 시코쿠에 니와 고로자에몬과 삼남인 간베 노부타카를 보내 모리 군을 견제할 작전을 세우고 있었다. 그래서 이에야스의 숙사가 준공될 때까지 아직 가본 일이 없었다.

노부나가를 안내한 미쓰히데는 자못 의기양양했다.

이십여 일이라는 단기간에 이 정도의 건물을 완성하다니, 확실히 다른 사람들은 할 수 없는 일이었다.

석양이 비스듬히 비쳐드는 사찰 경내에서 새로 지은 전각 쪽으로 걸음을 옮기면서 미쓰히데는 노부나가에게 자랑스러운 듯이 말했다.

"주군의 위광 때문일 겁니다. 다행히 날씨가 좋아 시일을 맞출 수 있었습니다. 이 정도라면 도쿠가와 님도 만족하실 겁니다."

"수고가 많았어. 비용도 상당히 들었을 테지."

노부나가는 눈앞에 세워진 전각과 나무 사이로 바라보이는 자기 거성의 위용을 바라보면서 처음에는 아주 기뻐하는 것 같았다.

그런데 정면의 현관 앞에 섰을 때부터 갑자기 표정이 바뀌기 시작했다.

"보시다시피 기둥에도 조각을 하고 못에는 금박을 했습니다. 기술자들이 모두 성 밖에 거주하고 있었기 때문에 가능한 일이었습니다."

"으음, 이 기둥의 조각은 용이로군."

"예. 구리가라 용俱梨迦羅龍°입니다."

"저것은 무엇인가?"

"사카이의 상인에게 입수했습니다. 모두 천하에 둘도 없는 보물, 결코 주군의 체면을 손상시킬 물건은 장식하지 않았으므로 염려치 마십시오."

여기까지 말했을 때 노부나가는 별안간 코를 벌름거리며 무언가 냄새를 맡는 표정이 되었다.

"미쓰히데!"

"예."

"묘한 냄새가 나는데 왜 그런가?"

"죄송합니다. 만약 15일에 고기가 잡히지 않으면 어쩌나 싶어 미리 구입했던 생선이 더위 때문에 약간 상하기 시작한 것 같습니다."

"으음, 생선 썩는 냄새란 말이지. 사원에서 생선이 썩다니 안 될 일이야. 어서 치우는 것이 좋겠어."

이렇게 말하고 현관 마루에 올라서서 옆방으로 들어간 순간 노부나가는 홱 방향을 돌렸다.

"더 이상 볼 것 없어. 미쓰히데!"

"예."

"도대체 이곳은 누구를 묵게 하려는 숙소인가. 바보 같은 녀석."

"무언가 마음에 안 드시는 점이라도?"

노부나가는 데리고 왔던 란마루를 돌아보고 큰 소리로 외쳤다.

"란마루, 따라오너라. 멍청한 녀석 같으니."

그러고는 그는 뒤도 돌아보지 않고 사찰 쪽을 향해 달려갔다.

"주군! 잠시 기다려주십시오."

미쓰히데는 구르듯이 노부나가의 뒤를 쫓아갔다.

어긋나기만 하는 일

미쓰히데로서는 참으로 뜻밖의 일이 아닐 수 없었다.

어느 기둥, 어느 문 하나에 이르기까지 심사숙고를 거듭하여 심혈을 기울여 완성한 것이라 자부하고 있었다.

'당연히 노부나가도 이 점을 인정하고 칭찬할 것이다.'

마음속으로는 은근히 이렇게 기대해왔는데 노부나가는 방을 들여다보는 순간 노기등등한 표정을 지으며 더 이상 볼 필요가 없다고 한 것이다.

생선이 썩은 냄새 때만 해도 그렇게까지 노하지는 않았다. 그렇다면 대관절 무엇이 비위를 상하게 했다는 말인가?

"주군! 잠깐만, 마음에 안 드시는 점이 있으면 즉시 시정하겠습니다. 아직 시일도 있으므로, 부디 그 까닭을 말씀해주시면."

신발을 신을 틈도 없었다. 미쓰히데는 버선발 그대로 사찰 앞까지 쫓아가 노부나가의 옷을 붙들었다.

'어쩌면 장지문의 그림이 마음에 안 드는 것이 아닐까?'

장지문에는 가노 에이토쿠를 시켜 선명한 빛으로 화조花鳥를 그리게 했는데, 이것은 아즈치 성 3층에 위치한 노부나가의 거실에 있는 그림과 아주 비슷했다.

너무 시일이 촉박했으므로 새로운 구도를 생각할 틈이 에이토쿠에게는 없었는지도 모른다.

'화가 났다면 아마도 그 그림이 나중에 이에야스를 안내할 자기 방의 그림과 비슷하기 때문일 것이다.'

이렇게 생각하면서 옷에 매달리자 노부나가는 거칠게 미쓰히데의 손을 뿌리쳤다.

"주군!"

"뻔뻔스럽구나, 멍청한 녀석."

"앗!"

다시 붙드는 것을 또 뿌리치자, 미쓰히데는 보기 흉한 자세로 땅에 쓰러졌다.

전각이 완성되었다고는 하나 아직 여기 저기에 기술자와 인부들이 남아 있었다. 그런데도 이들이 마른침을 삼키고 지켜보는 데서 흉측스럽게 넘어졌으므로 깜짝 놀라지 않을 수 없었다.

보통 무사가 아니다. 오다 가문으로서는 사천왕의 한 사람, 노부나가의 부인 노히메의 사촌 오빠이고 단바와 오미에 54만 석의 영지를 가진 태수인 고레토 휴가노카미 미쓰히데가 사람들 앞에서 망측스럽게 땅에 쓰러진 채 얼른 일어나지도 못하고 있으므로 놀란 것은 당연했다.

"여기서는 말할 수 없다. 성안으로 들어오너라!"

노부나가는 내뱉듯이 말하고 그대로 선풍처럼 사찰을 나왔다.

곧이어 이 소식을 듣고 아케치 가문 사람들이 미쓰히데 주위로 우르르 달려왔다.

"어찌된 일입니까?"

"또 모욕을 당하셨습니까?"

"우선 일어나십시오."

"혹시 상처는?"

여러 사람의 부축을 받고 일어난 미쓰히데의 표정은 얼이 빠진 듯이 망연하고 창백했다. 여러 날 동안 불철주야로 일했기 때문에 분개할 기력도 없을 만큼 심한 피로가 몰려왔다.

"영주님!"

나미카와 가몬이 낯을 잔뜩 찌푸리고 외쳤다.

"제가 말씀드린 그대로입니다. 이것은 처음부터 무슨 허물을 찾아내어 영주님을 궁지에 빠뜨리려는 속셈이 확실하다고 그토록 말씀드렸는데도……"

"그래, 역시 네 말이 옳았어. 그러기에 무엇이 마음에 안 드시느냐고 몇 번이나 여쭈었으나 대답하지 않으셨어."

"대관절 주군은 무슨 원한이 있기에 이렇게까지 우리 영주님을."

"떠들지 마라. 떠든다고 해결될 일이 아니야."

미쓰히데는 부르르 몸을 떨면서 손을 내저었다.

"주군은 여기서는 말할 수 없다고 하셨어. 성에 들어가 이야기를 듣겠어. 여기서는 화를 내지 마라. 화를 내고 떠들어대면 스스로 함정에 빠지는 것과 마찬가지야."

미쓰히데도 역시 노부나가의 함정을 연상할 수밖에 없었다.

'어쩌면 과도하게 비용을 들여 군자금을 축냈기 때문인지도 모른다.'

이렇게 생각하면서 가문의 운명과 관계되는 일이라 여겨 분을 참으면서 일어났다.

"이대로 성에 들어가 주군의 말씀을 듣고 나오겠다. 그때까지는 절대로 경거망동하면 안 된다."

"그렇지만 함정에 빠뜨릴 것이 뻔한 주군에게."

"그런 말을 하면 안 돼. 아직은 일러. 참, 신발과 말을, 말을 끌고 오너라."

이렇게 말하고 미쓰히데는 피로한 몸과 마음에 채찍을 가하면서 빠른 걸음으로 가신이 끌고오는 말을 향해 걷기 시작했다.

접대역의 해임

성에 도착할 때까지 미쓰히데의 가슴은 심하게 두근거렸다. 막대한 비용을 들여가면서 가문이 총출동하여 불철주야로 일한 노력에 대해 노부나가는 어째서 일갈을 하고 사라진 걸까?

중신인 나미카와 가몬이 말했듯이 처음부터 트집을 잡기 위해 내린 명령이라면 어떠한 해명도 소용없을 것이다. 그렇다고 팔짱만 끼고 사쿠마 노부모리나 하야시 사도처럼 추방되기를 기다리고 있을 수는 없는 일이다.

'무리를 해서라도 지금은 오직 사과만 해야 한다.'

그 밖에는 다른 방법이 없다고 결심하면서도 과연 이 인내를 끝까지 관철시킬 수 있을지 불안하기만 했다.

얼굴은 창백하고 전신은 여전히 떨렸다. 그래도 겨우 덴슈카쿠 앞의 마스가타에서 란마루에게 등성을 알렸다.

"휴가노카미가 등성했으니 즉시 주군에게 전하도록."

란마루의 표정은 의외로 밝았다.

"지금 간베 노부타카 님과 니와 님이 등성하시어 작전 회의를 하고 계시므로 잠시 기다려주십시오."

"뭣이, 고로자에몬 님과 작전 회의를?"

"예. 이번에 니와 님은 노부타카 님을 모시고 시코쿠 정벌에 나서게 되었습니다. 지금 이에 대한 협의를 하시고 있기 때문에."

미쓰히데는 고개를 갸웃했다.

자신은 최근 얼마 동안 이에야스의 접대에 관한 일에만 몰두하였기 때문에 주고쿠, 시코쿠 등의 전황에 대해서는 잘 알지 못했다. 아무튼 그처럼 무섭게 화를 냈던 노부나가가 어느 틈에 태연하게 좀전과는 달리 작전 회의를 시작했다는 것은 무엇을 의미하는 걸까?

"란마루, 주군은 지금까지도 불쾌히 여기고 계신가?"

란마루는 웃으면서 고개를 저었다.

"늘 그렇듯이 벼락과 마찬가지입니다. 일단 떨어지고 나면 조용해지는 것이 벼락이 아닙니까."

"그럼…… 그럼…… 별로 불쾌하신 기색이 아니란 말인가?"

"절에서 나오시자 아무 일도 없었다는 듯이 곧바로 시코쿠에서도 모리 군을 견제하는 편이 좋겠다고 하시면서 즉시 니와 님을 부르셨습니다. 회의가 끝나는 대로 연락을 드릴 테니 휴가노카미 님은 잠시 기다려주십시오."

미쓰히데에게 의혹과 망상만 없었다면 이 란마루의 한마디야말로 노부나가의 성격을 단적으로 말해주는 것이었으나, 지금의 미쓰히데에게는 그럴 여유가 없었다.

'절에서 나오시자 곧바로 삼남인 노부타카와 니와 고로자에몬을 불렀다?'

미쓰히데는 여기에 대해서까지 조심스럽게 의혹의 화살을 돌려 보았다.

생각하기에 따라서는 그 일마저도 아케치 가문의 분노에 대비하기 위한 준비라는 의심도 가질 수 있는 것이다.

회의는 반각이나 계속되어, 란마루가 다시 나타나 미쓰히데를 3층에 있는 노부나가의 거실로 안내했을 때 노부나가의 표정에는 이미 분노의 감정은 흔적조차 없는 듯했다.

노부타카도 고로자에몬도 동석해 있다.

"미쓰히데로군, 이리 가까이 오게."

"예…… 예."

"어떤가, 꾸중을 들은 이유를 알겠나?"

미쓰히데는 크게 몸을 떨었다. 그로서는 노부나가의 태도가 변한 것이 더욱 무서워 보였다.

많은 사람이 보는 앞에서 그토록 심한 모욕을 주었으면서도 아니, 심한 모욕을 줄 정도로 분노했으면서도 바로 그 직후에 태도가 돌변할 수는 없다고 받아들였기 때문이다.

"황송합니다마는."

미쓰히데는 신중하게 머리를 조아리면서 말을 이었다.

"이 미쓰히데는 천성이 어리석어 어째서 주군께서 분노하셨는지 전혀 납득하지 못하겠습니다. 부디 자세히 말씀해주십시오."

"뭣이, 모르겠다고?"

"예…… 예. 저는 주군의 명을 받들어 능력이 허락하는 한 심혈을 기울여 최고의 환대가 되도록 준비한 줄로 알고 있습니다마는."

"으음"

노부나가는 낯을 찌푸렸다.

"정말 그대는 내가 꾸짖은 의미를 모른다는 말인가?"

"예…… 예."

"그대는 언제나 나에게 뭐라고 말했나. 조정을 제일로 여기는 것이 중요하다고 하지 않았나?"

미쓰히데는 더욱 신중하게 대답했다.

"물론 항상 그런 말씀을 드렸습니다마는."

"그렇다면 알 수 있을 것이다, 내가 꾸짖은 이유를."

"글쎄요, 워낙 미련한 자라서."

"닥쳐!"

드디어 미쓰히데의 성격이 노부나가로 하여금 분노를 터뜨리게 하고야 말았다.

"좋아, 그럼 진실된 마음으로 이에야스의 접대를 책임질 수 없을 것이다. 오다 가문의 불명예야. 고로자에몬!"

"예."

"그대가 미쓰히데 대신 접대를 맡아라. 미쓰히데는 사카모토 성에 돌아가 군사를 휴식시키도록."

"황송합니다마는."

"아직도 할 말이 있다는 것이냐?"

"오늘까지 저의 가문 모두가 불철주야로 노력해온 이번 일, 여기서 다른 사람이 대신하게 된다면 가신들에게 설명할 말이 없습니다. 부디 주군의 뜻에 거슬리시는 이유를 자세히 말씀해주시기를."

노부나가는 팔걸이를 두드리면서 혀를 찼다.

"안타깝게도 대머리는 머리가 돈 모양이군. 그대는 아까 무어라고 말했는가. 최고로 환대할 준비를 끝냈다고 했어."

"예. 가신들이 모두 심혈을 기울여……"

"그것이 잘못되었다는 말이야. 진귀한 도구를 갖춘 것은 좋다고 치고, 그대는 중방까지 금으로 문장을 박아 넣었어."

"그것이 너무 작다는 말씀입니까?"

미쓰히데가 말을 채 끝마치기도 전에 노부나가의 불호령이 떨어졌다.

"란마루, 저 미쳐버린 대머리를 때리거라! 무엇을 꾸물거리고 있느냐. 때리지 않으면 내가 베어버릴 것이다!"

혈색이 변한 노부나가를 보고 란마루는 "예"라고 대답하고 미쓰히데에게 다가갔다.

'이대로는 가라앉지 않을 것이다.'

그러나저러나 오늘은 왜 이렇게까지 두뇌가 회전하지 않는 것일까? 란마루조차 노부나가가 분노한 원인을 손바닥 들여다보듯 잘 알고 있는데도……

"휴가노카미 님, 죄송합니다."

란마루는 옷소매로 미쓰히데를 감싸듯이 하면서 그의 에보시鳥帽子°를 부채로 힘껏 때려 떨어뜨렸다. 여자처럼 우아한 모습이면서도 남다른 역량을 가진 란마루였다. 만약 정면에서 이마를 때렸다면 사방에 피가 튀리라 생각하고 그렇게 했던 것이다.

"앗!"

이마를 누르고 엎드린 미쓰히데는, 작전 회의라는 것은 새빨간 거짓말이고 실은 모두가 자신을 징계하기 위해 상의한 것이라고 판단했다.

미쓰히데도 소리 질렀다.

"불만이신 이유를 자세히 설명해주십시오."

무고한 죄와 징계

"여전히 지껄이느냐!"

"예. 모르는 일을 여쭙는 것은 수치가 아닙니다. 부디 그 이유
를……"

노부나가도 그만 어이가 없는 모양이었다.

"란마루, 너도 이 노부나가의 마음을 모르겠느냐?"

"알고 있습니다."

"그렇다면 설명해주거라. 그리고 이 자리에서 저 꼴사나운 대머리
를 끌어내거라."

란마루도 그만 결심했다. 이대로는 노부나가를 더욱 분노케 하여
무서운 결과를 초래할지도 모른다고 판단했기 때문이다.

"휴가노카미 님, 최고의 환대는 조정을 제일로 아시는 주군의 뜻
을 어기는 것임을 깨달으셔야 합니다."

"뭣이, 그렇다면 내가 한 일이 지나쳤다는 말인가?"

"예. 진귀한 명품을 수집하신 것까지는 괜찮으나 중방에 금으로 오동나무 문장을 박아 넣었다, 이에야스의 숙소까지 그렇게 사치스럽게 꾸미면 앞으로 납시게 될지 모를 천자나 칙사를 어떻게 모셔야겠는가, 환대하라고 명하기는 했으나 그런 분별은 할 수 있는 휴가노카미…… 그것을 이에야스가 보고 만일에 오다 가문에서는 나를 위압하기 위해 천자님이 내리신 문장까지 박아 넣게 했다고 생각한다면 어떻게 하겠는가, 하는 꾸중이신 줄 알고 있습니다. 따라서 일단 이 자리에서 물러가셔서 깊이 생각해보십시오."

미쓰히데가 다시 무어라 말하려 했다.

그러나 이번에는 란마루가 질타했다.

"주군의 명령입니다. 휴가노카미 님, 일어나십시오."

미쓰히데는 비틀거리면서 일어났다. 평소처럼 냉정한 상태였다면 이 란마루의 말로 충분히 자신의 실수를 깨달았을 것이다.

아무리 이에야스를 놀라게 만들라고 했다고는 하나 최상급의 예우를 한다면 앞으로 천자가 행차했을 때 어떻게 해야 할까?

아니, 노부나가는 혹시 미쓰히데가 그것을 이에야스에게 과시하지는 않을까 우려했던 것이다.

그렇게 되면 이에야스는 마음속으로 노부나가의 근왕勤王은 입에 발린 말에 불과하다고 경멸할 것이 분명하다.

'여기서 일단 엄하게 경고를 해둘 필요가 있겠다!'

이렇게 생각하고 이유는 성에 돌아와 말하겠다면서 돌아온 것이다. 따라서 미쓰히데가 자신의 잘못을 깨달았다면 노부나가는 웃으면서 흘려보냈을 것이다.

미쓰히데는 란마루에게 쫓기듯이 하며 계단까지 이르러 흥분한 나머지 그만 2층 중간에서 발을 헛디디고 말았다.

와당탕, 큰 소리를 내며 밑에까지 굴러 떨어져 경비를 섰던 병사들을 깜짝 놀라게 만들었다.

"앗, 괜찮으십니까, 휴가노카미 님?"

배웅을 나왔던 란마루가 급히 달려 내려와 부축해 일으키려 했다. 그러나 미쓰히데는 그의 손을 무섭게 뿌리쳤다.

심하게 허리를 부딪친 듯 발끝까지 저릴 정도로 아팠다.

"휴가노카미 님, 주군의 마음은."

다시 입을 열려다 말고 란마루는 생각을 바꾸었다.

미쓰히데의 분노를 이해할 것만 같았다. 하지만 그렇다고 해도 미쓰히데의 태도는 전보다 너무도 달라져 분별을 잃은 듯했다.

미쓰히데는 마치 무엇에 홀리기라도 한 듯이 에보시를 움켜쥐고 보기 흉하게 허우적거리며 말 앞으로 다가가 그대로 마스가타 밖으로 달려나갔다.

란마루는 미쓰히데가 이렇게까지 무분별하고 이성을 잃은 모습을 일찍이 본 적이 없었다.

그런 만큼 화가 나기도 하고 불쌍하기도 했으나 더 이상 어떻게 할 방법이 없었다.

"형님, 주군이 부르십니다."

동생인 리키마루力丸가 부르러 올 때까지 란마루는 미쓰히데가 황급히 달려나간 곳을 불안한 마음으로 바라보고 있었다.

"휴가노카미는 그대로 내버려두고, 하실 말씀이 있으니 어서 오시라는 분부이십니다."

"그래, 알겠다. 곧 가도록 하겠어…… 아무튼 이상한 일이야. 그토록 뛰어난 기량을 가지신 휴가노카미 님이 주군의 꾸중을 이해하지 못하시다니."

젊은 란마루로서는 한 가지 의혹에 부딪혀 고민하는 인간이 얼마나 허점투성이가 되는지 아직 이해하지 못했다.

그는 리키마루의 재촉을 받고 노부나가의 거실로 향하면서 몇 번이나 고개를 갸웃거리며 중얼거렸다.

"이것이 원인이 되어 주군이 정말로 분노하시지 않았으면 좋으련만……"

만약 그렇게 된다면 미쓰히데는 사쿠마 노부모리나 하야시 사도처럼 순순히 추방당할 인물이 아닐 거라는 생각이 든다.

'만일에 미쓰히데가 마쓰나가 히사히데나 아라키 무라시게처럼 반항을 시도한다면 어떻게 될 것인가?'

배후에 대한 배려

모리 란마루는 고쇼이면서도 이때 벌써 미노의 이와무라岩村에 5만 석을 영유하고 있는 다이묘이기도 했다.

나이는 열여덟 살로, 겉보기에는 여자처럼 예쁘장했으나 담력도 분별력도 재기도 또한 모두 출중했다. 그런 만큼 노부나가 역시 란마루의 아버지인 산자에몬의 성실한 생애에 보답하는 기분으로 항상 곁에 두고 훈육을 계속해왔다.

란마루는 거실에 돌아오자 노부나가보다 먼저 입을 열었다.

"주군, 이 란마루가 주군께 부탁드릴 일이 있습니다."

"아니, 새삼스럽게 그게 무슨 소리냐?"

"도쿠가와 님의 접대를 계속 휴가노카미 님에게 맡겨주셨으면 합니다."

"란마루, 너는 미쓰히데의 부탁을 받은 모양이구나."

노부나가는 밝게 웃으면서 말을 이었다.

"지금 고로자에몬에게도 똑같은 말을 들었어. 이에야스는 벌써 오자자키에까지 왔는데, 이제 와서 접대역을 바꾼다면 손님이 이상하게 생각할 거라고 하면서……"

"그러시면, 부탁을 들어주시겠습니까?"

"잠깐 기다리거라. 너도 고로자에몬과 똑같은 생각에서 부탁하는 것이냐?"

"아닙니다. 제 생각은 조금 다릅니다."

"좋아. 그 의견을 듣고 나서 판단하겠다. 네 생각을 말하거라."

"오늘 휴가노카미 님이 이성을 잃은 것은 보통 일이 아니라고 생각합니다."

"응, 그 정도의 일은 나도 꿰뚫어보고 있다. 미쓰히데는 공명심이 강한 사나이야. 주고쿠의 싸움에서 지쿠젠에게 앞지름을 당한 것에 마음이 쓰여 평상심을 잃은 거야. 그 증거로 요즘에는 내가 하는 말을 도무지 이해하지 못하고 있어."

란마루는 깊이 생각하듯 고개를 갸웃했다.

"그러기에 더욱 측은하게 대하셔야 한다고 생각합니다."

"그렇지 않아. 호되게 때려야 해. 그렇게 해서 의혹을 몰아내면 아직은 쓸모가 있는 사나이야. 그러나 이번처럼 어리석은 짓을 하면 이에야스가 비웃을 것이다. 미쓰히데가 비웃음을 당하면 그것은 곧 이노부나가의 수치, 아무래도 접대역을 바꾸는 편이 무난할 듯하다."

"황송합니다마는 저는 그렇게 생각하지 않습니다."

"허어, 자못 현명한 체 입을 놀리는구나. 대관절 어떻게 생각한다는 말이냐?"

"이번에 니와 님은 시코쿠 정벌의 군감軍監으로 결정되었는데, 이 일을 휴가노카미 님과 교대하면 휴가노카미 님의 심중이 더욱 착잡

해질 것이 아닌가 하고."

"으음, 원한을 숨기고 싸움터에 나간다면 별로 도움이 되지 않을 거라는 말이구나."

"그렇기도 합니다마는, 의혹을 품고 나간다면 더더욱 깊은 의혹이 생기지 않을까 싶어……"

"더욱 의혹이 깊어지다니?"

"니와 님은 싸움터에 나가기가 싫어 주군에게 청해 이미 준비가 끝난 접대역을 가로채려 하고 있다, 이렇게 해석한다면 가문 전체에 파문이 확산됩니다. 니와 님에게도 뜻하지 않았던 일일 테고, 싸움터에 나가 휴가노카미 님도 전투에 전념하지 않게 될 겁니다. 이것은 곧바로 노부타카 님의 군사에게도 영향을 미쳐 사기가 저하되어 주고쿠 전략에 지장을 초래한다면 그야말로 중차대한 일이라 생각합니다마는."

여기까지 말하자 노부나가는 손을 내저으면서 웃었다.

"알겠다, 알겠어. 고로자에몬의 말도 있고 너 또한 부탁하고 있으니 오늘은 미쓰히데의 과오를 용서하기로 하겠다. 참, 아오야마 요소에게 사자를 보내거라. 너희 두 사람의 간청으로 접대역은 바꾸지 않기로 했다, 깊이 마음에 새겨 접대하라고 일러라."

"예. 감사합니다."

란마루가 얼른 일어나 사자가 대기하고 있는 곳으로 가자 노부나가는 실눈을 뜨고 다시 한 번 고로자에몬에게 미소를 던졌다.

"어떠냐, 산자에몬의 아들 중에서도 란마루가 가장 영리한 것 같은데."

"그렇습니다. 저와 의견을 같이하는 사람이 있어 이 고로자에몬은 크게 안도했습니다."

"아무튼 대머리는 답답한 인간이야."

"그렇습니다."

"란마루가 불안을 느낄 정도라면 고레토 휴가노카미라는 벼슬이 아까워. 란마루는 미쓰히데를 너무 가혹하게 다루면 내 마음을 이해하지 못하고 모반하게 될지도 모른다고 생각한 거야. 란마루에게 그런 느낌을 주다니 대머리도 벌써 늙었어."

고로자에몬은 어깨를 꿈틀하며 고개를 끄덕였다. 그 역시 마음 어딘가에 이런 불안함을 느끼고 미쓰히데를 위해 중재에 나섰는지도 모른다.

고로자에몬은 분명하게 말로는 표현하지 않았으나, 노부나가도 란마루도 정확하게 그 점을 간파하고 있다.

"그러나 걱정할 필요는 없어. 이 노부나가가 대머리의 의혹을 반드시 분쇄할 테니까. 대머리도 뛰어난 인물임이 틀림없어. 다만 이에야스는 그 이상이므로 그대도 미쓰히데에게 절대로 이에야스에게 경시당하지 않도록 처신하라고 잘 충고해주거라."

"잘 알고 있습니다."

"핫핫하하, 대머리 때문에 나까지 오늘은 어깨가 뻐근해지는군. 이봐, 리키마루! 어깨를 좀 주물러라."

"예."

그리하여 리키마루가 등 뒤로 돌아가자 노부나가는 다시 한 번 기지개를 켜면서 웃기 시작했다.

쫓기는 망상

아즈치 성의 웃음소리와는 반대로, 황혼 무렵의 아케치 저택은 숨막히는 어둠에 묻혀 있었다.

다이호인에서 불려온 중신들이 미쓰히데를 둘러싸고 어두컴컴한 거실에서 이마를 맞대고 있다.

사위인 아케치 사마노스케 히데미쓰를 비롯하여 아케치 지에몬, 아케치 자에몬, 아케치 주로자에몬, 쓰마키 가즈에노카미, 후지타 덴고로藤田傳五郞, 사천왕인 다지마노카미但馬守, 나미카와 가몬노스케 등등……

어느 누구 하나 핏기 없는 얼굴이었다.

"이것은 모두 니와 고로자에몬의 음모임이 틀림없소. 니와가 여기서 접대역을 맡게 되면 일석이조니까. 다이호인에서 준비한 것은 모두 우리가 부담했기 때문에 비용이 들지 않을 뿐 아니라 시코쿠 원정의 군비도 절약되고."

이렇게 말한 사람은 아케치 지에몬이었다.

"아니, 나는 니와만의 음모는 아니라고 생각하오."

쓰마키가 이의를 제기했다.

"그럼, 누가 각본을 짰다는 말이오?"

"여기에는 란마루의 끈질긴 집착이 작용했을 것이 분명하오."

"란마루라면 사카모토 성 때문에 말이오?"

"그렇소. 란마루의 아버지 산자에몬은 사카모토 성에서 전사했소. 아버지가 전사한 옛 영지이므로 반드시 자기에게 달라면서 주군의 총애를 받게 된 것을 기화로 떼를 쓰는 말을 들었다는 사람이 있소."

"으음, 그럴 법한 일이군. 그래서 주군은 무어라 대답했다고 하던가요?"

"3년만 더 기다려라…… 그것이 재작년의 일이오."

"그렇다면 앞으로 1년이 남았군."

여기서 일동은 서로 얼굴을 마주보았다.

"그때까지는 아케치 가문을 멸망시키고 사카모토 성을 란마루에게 주겠다, 이런 의미가 되는군요."

"그렇다면 이미 그때부터 오늘의 일을 계획했다는 말이 되는데, 설마 그렇게까지는."

가만히 눈을 감고 듣고만 있던 미쓰히데가, "쉿"하고 일동을 제지했다.

"누가 오고 있어."

"과연 발소리가 들리는군요."

좌중이 조용해졌을 때, 밝은 목소리로 말하며 방문을 연 사람은 단바의 가메야마 성龜山城에서 이번 일을 도우러 왔던 미쓰히데의 장남 미쓰요시光慶였다.

아직 열네 살인 미쓰요시는 이에야스가 도착하면 노부나가가 성안에서 노가쿠를 보여주기로 했으므로 이것을 구경하고 가메야마 성으로 돌아가게 되었다면서 소년다운 기대에 가슴을 설레고 있었다.

"뭐, 성안에서 사자가?"

순간 미쓰히데의 얼굴이 굳어졌다.

"예. 아오야마 요소 님이 땀을 흘리며 오셨습니다."

"요소가 왔다는 말이지? 좋아, 정중히 객실로 모시거라."

"예. 서두르시는 듯했습니다."

미쓰요시가 사라지자 미쓰히데는 온몸으로 한숨을 쉬었다.

"아들 녀석은 아무것도 모르는군."

"무슨 일로 사자가 왔을까요? 접대역이 바뀌어 사카모토에 돌아가 군사들을 쉬게 하라고 주군이 직접 지시하셨는데."

히데미쓰가 불만이라는 듯이 미쓰히데를 바라보자 그는 고개를 푹 떨구었다.

"좋은 소식이 있을 리 만무하지. 만약 할복하라는 지시라면 그대들은 어떻게 하겠나?"

"할복?"

쓰마키 가즈에가 큰 소리로 외치자 이것을 신호로 일제히 봇물 터지듯 입을 열기 시작했다.

"그런 지시에는 따를 수 없습니다."

"그렇소. 이렇게까지 분골쇄신했는데도 인정해주지 않는 주군이라면 끝장입니다."

"끝장이라니?"

"사자를 죽이고 여기서 떠나자는 말이오. 사카모토에서는 싸움이 안 될 것이므로 도중에 사카모토 성의 군사를 정비하고 가메야마로 철수하여 후사를 도모하자는 말이오."

"아니, 그것은 너무 소극적인 생각이오. 차라리 지금 여기서 아즈치 시내에 불을 지르고 일거에 성으로 쳐들어가는 편이 좋겠소. 다행히도 중요한 장수들이 이 땅에 모여 있으니까 말이오."

"영주님! 어느 길을 택하시겠습니까? 주군이 주군답지 못하면 신하도 신하다울 수 없기 마련, 이런 모욕을 당하고도 순순히 할복하신다면 당치도 않은 일입니다."

"우선 좀 기다리게."

미쓰히데는 고작 이렇게 말하면서 일동을 제지할 뿐이었다. 아오야마 요소가 왔다고 했을 때 얼른 '할복'을 연상하고 입 밖에 낸 사람은 그 자신이다. 말하자면 그 두뇌의 혼란이 중신들의 분별력까지 차차 마비시킨 것이라 할 수 있다.

"기다리라고 하시지만 어떤 묘안이라도 가지고 계십니까?"

"아무튼 좀 기다려"

미쓰히데는 마른 입술을 축이고 핏발이 선 눈으로 일동을 돌아보았다.

"나는 우선 사자를 만나겠어. 그리고 나서 상대가 할복이란 말을 꺼내거든 사자를 꾸짖는 것으로 신호를 보낼 테니 그대들이 사자를 베어버리게. 말을 끝까지 하도록 내버려두면 안 돼. 이야기를 다 듣고 나서 사자를 죽이면 모반하는 것이 되니까. 표면적으로는 어디까지나 아오야마 요소와 이 미쓰히데의 사사로운 싸움으로 위장하자는 말이다."

"그러면 죽인 뒤에는 어떻게 하시렵니까?"

"보고를 한 뒤 사카모토로 돌아가겠어. 사카모토에 돌아가 군사들을 휴식시키라고 한 것은 주군의 명령이었으니까. 알겠나? 사자를 죽인 사실이 성안에 알려지기 전에 모두 아즈치를 떠나야 한다."

"예. 그것이 좋겠습니다!"

사천왕 다지마노카미가 말했다.

"그런 뒤 사카모토 성에서 군사를 모아놓고 상대의 동태를 살펴본다, 군사를 모으라고 한 것도 주군의 명령…… 과연 이것은 묘안입니다."

"그럼, 나는 사자를 만나겠네."

"잘 알겠습니다."

걷히는 먹구름

인간에게 있어 마음과 마음을 연결하는 이해의 실이 끊어지는 경우처럼 무서운 것은 없다.

객실에서는 이 가문에게 최고의 '길보吉報'를 전하러 온 아오야마 요소가 장남인 미쓰요시와 기분 좋게 세상 이야기를 나누고 있는데, 한편에서는 눈에 핏발을 세우고 아즈치에서 철수할 계획을 상의하고 있었던 것이다.

"도쿠가와 님은 틀림없이 무서운 얼굴을 하고 계시겠지요?"

미쓰요시는 소년답게 호기심을 드러내면서 요소에게 물었다.

"어째서 그렇게 생각합니까?"

"그야 용맹하기로 소문이 자자한 미카와 무사의 총대장, 미카와 무사는 몹시 사나운 무사들이라는 말을 들었기 때문입니다."

"하하하, 전혀 그렇지 않아요. 도쿠가와 님은 아주 원만한, 말하자면 그림에서 보는 대흑천大黑天°과 같은 얼굴을 가지신 분이랍니다."

"그럼, 대흑천처럼 늘 웃고 있겠군요."

"물론이지요. 일반적으로 용맹한 무사들은 겉으로는 갓난아이들
도 따를 정도로 부드러운 얼굴을 하고 있지요."

"그런가요?"

"성에 계신 란마루 님만 해도 그처럼 고운 얼굴을 하고 있으나 힘
은 열 사람이 덤벼도 이기지 못할 정도랍니다. 미쓰요시 님 역시 겉
모습은 부드럽지만 기질과 기량은 월등히 출중하시지 않습니까. 부
디 정진하십시오."

칭찬을 받은 미쓰요시는 얼굴을 빨갛게 붉혔다.

"저는 틀렸어요. 늘 아버님한테 허약하다는 꾸중을 듣거든요."

두 사람이 여기까지 말했을 때, 방석을 든 고쇼가 들어왔다.

"휴가노카미 님이 이리 오고 계십니다."

이어서 미쓰히데가 들어왔다.

미쓰히데를 보는 순간 아오야마 요소는 소스라치게 놀랐다. 안색
도 눈빛도 예사롭지 않다. 이토록 걱정하고 있었나 생각하자 요소는
찌를 듯이 가슴이 아팠다.

"휴가노카미 님, 오늘 또 곤욕을 치르셨다지요?"

아오야마 요소는 미쓰요시와 고쇼가 나가기를 기다렸다가 미간을
찌푸리면서 말했다.

"그러나 벼락은 해소되었습니다. 저는 그 사자입니다."

아오야마 요소는 한시 바삐 이 말을 전해 안심시키려고 웃는 낯을
지었다. 그러나 미쓰히데는 웃지 않았다. 그저 두 손을 점잖게 무릎
위에 얹은 채 반문할 뿐이다.

"벼락이 해소되다니 무슨 뜻이오?"

"바로 그 접대역에 관한 일입니다."

"접대역이 어떻게 되었다는 말이오?"

"니와 고로자에몬 님, 모리 란마루 님의 진언으로 주군은 폭풍우 뒤의 맑은 하늘, 지금 접대역을 교체한다면 도쿠가와 님에 대한 예의가 아니라면서 깨끗이 잊으시기로 했습니다."

"요소 님."

"예."

"그 일 때문에 사자로 오셨소?"

"예. 휴가노카미 님과 저 사이이므로 굳이 격식을 차릴 필요는 없다고 여겨 우선 용건만을 급히 말씀드렸습니다마는, 예의에 어긋난 일일까요?"

여기까지 말하고 요소는 혼자 고개를 끄덕였다.

언제나 예의가 바르고 고지식한 미쓰히데의 성격을 떠올렸기 때문이다.

'친한 사이라 해서 격식을 차리지 않는다면 주군을 모독하는 것이 된다는 말이겠지.'

"원 이런, 나잇살이나 먹고도 실례가 많았습니다."

정중히 인사하고 자세를 바로잡으면서 요소는 목소리를 높였다.

"주군의 명이오!"

"예. 삼가 받들겠습니다."

"고레토 휴가노카미 미쓰히데, 오늘 일단 도쿠가와 님의 접대역에서 해임했으나 니와 고로자에몬과 모리 란마루 두 사람의 진언도 있고 하여 주군도 진노를 푸시고 오늘 일은 없던 것으로 하셨소. 따라서 전과 다름없이 성심성의껏 접대역을 수행하라는 주군의 명이시오."

"뭣이, 고로자에몬과 란마루가 진언하여?"

"그렇습니다. 두 분의 남다른 호의에 따라 주군도 승낙하셨소. 받아들이시겠습니까?"

순간 미쓰히데의 눈이 무섭게 빛났다.

할복을 명하는 사자인 줄로만 알았는데 뜻밖에도 '오늘 일은 없던 것으로' 하겠다는 것이 아닌가.

장지문 밖에서 칼을 들고 숨어 있던 중신들도 망연해졌을 것이다.

"받아들이시겠습니까?"

다시 요소가 사자의 입장에서 재촉했다.

미쓰히데는 상대가 민망해 할 정도로 머리를 조아렸다. 마음속에 품었던 의혹은 아직도 전혀 사라지지 않았으나, 용서하겠다는 것을 일부러 마다하여 문제를 일으킬 필요는 없다고 생각했다.

"예. 분부대로 하겠다고 전해주시오."

아오야마 요소도 안도했다.

"휴가노카미 님, 축하드립니다."

"……"

"주군은 이처럼 종종 벼락을 떨어뜨리시지만 그것은 모두 휴가노카미 님의 인물됨을 높이 평가하고 계시기 때문입니다. 이번 일만 해도 휴가노카미 님이 도쿠가와 님에게 무시당하지 않게 하려는 배려에서입니다."

"그…… 그, 그런 말은 누가 하던가요?"

"모리 란마루 님입니다."

"아니, 란마루가."

말하다 말고 미쓰히데는 얼른 말꼬리를 흐렸다.

"으음, 란마루가 진언을 했군요."

"도쿠가와 님은 지혜롭기로 소문이 난 분, 그러므로 근왕을 제일

로 삼는 주군의 뜻을 오해하게 하면 안 된다고 다짐하신 말씀이 이번
일의 원인이라고 들었습니다."

"알겠소. 주군에게 잘 말씀드려주시오."

아오야마 요소는 약간 불만이라는 듯이 고개를 갸웃했다. 그러나
이런 말을 하는 데는 너 이상 앉아 있을 수 없었다.

'좀더 크게 기뻐할 줄 알았는데.'

아니, 미쓰히데에게는 그만큼 타격이 컸기 때문일 거라고 좋게 해
석하고 자리를 떴다.

미쓰히데는 정중히 현관까지 나가 배웅했으나 아무 말도 없었다.

'이 미쓰히데에게 호의를 가졌을 리 없는 고로자에몬과 란마루,
또 무슨 계략을 꾸몄을 것이다.'

현재의 미쓰히데는 한 걸음도 벗어나지 못하는 깊은 의혹의 포로
였다.

요소가 사라진 뒤 중신들은 자연스럽게 다시 미쓰히데의 거실로
모였다.

"영주님! 축하합니다."

"축하드립니다."

그들의 얼굴은 한결같이 밝아져 있다. 할복이냐 전사냐 하는 막다
른 길에 몰렸던 절망의 구름이 일단 머리 위에서 사라진 것이다.

이에야스의 도착

도쿠가와 이에야스 일행은 예정대로 13일에 오카자키를 출발하여 14일에 오미에 도착해 반바番場에서 일박했다.

니와 고로자에몬이 일부러 이에야스를 위해 임시로 전각을 지어놓았다가 그를 맞이했다.

이번 여행의 표면적인 명목은 스루가 지방의 가증加增에 대해 감사를 표하기 위한 아즈치 방문으로, 다케다 가문에서 유일하게 용서를 받고 옛 영지를 그대로 소유하게 된 아나야마 바이세쓰 뉴도가 동행했다.

수행한 가신은 사카이 사에몬노조 다다쓰구, 이시카와 호키노카미 가즈마사, 도리이 히코에몬 모토타다와 혼다 헤이하치로 다다카쓰, 사카키바라 고헤이타 야스마사 등 노부나가가 지명하여 초대한 중신들을 위시하여 아마노 야스카게, 고리키 기요나가, 오쿠보 다다스케, 오쿠보 다다치카, 이시카와 야스미치, 아베 젠쿠로, 혼다 햐쿠스케,

스가와라 사다조, 와타나베 한조, 마키노 야스나리, 핫토리 한조, 나가사카 지야리쿠로 등 다이묘격인 하타모토 스물여덟 명에 고쇼인 도리이 마쓰마루, 이이 만치요 이하 스물여덟 명이 따르고 있었다.

다케다 가문이 망하지 않았다면 이처럼 중신들이 모두 가담한 여행은 생각지도 못했을 것이다. 그런 의미에서 도쿠가와 가문에 있어서 처음으로 걱정을 잊은 대대적인 여행으로 매우 특기할 만한 것이었다.

앞서 여섯 살의 어린 나이로 오와리에 인질로 잡혀왔던 고아 이에야스.

그 이에야스가 지금은 이마가와 요시모토 이상의 큰 다이묘가 되어 당시에 친하게 지냈던 노부나가를 방문한 것이다.

노부나가의 정성 어린 배려도 놀라운 것이었다. 이에야스 일행을 맞이하기 위해 일부러 다카노 도조高野藤藏, 나가사카 스케주로長坂助十郎, 야마구치 다로베에山口太郎兵衛 등 세 사람을 책임자로 삼아 도로를 정성껏 수리해놓았다.

반바에서 하룻밤 묵을 때도 일행에 대한 대우는 극진했다.

이에야스가 새로 지은 임시 전각에 들어서자 즉시 아시가루들한테까지 술을 대접하고, 니와 가문의 중신이 찾아와 각 숙소를 돌면서 인사를 했다.

그러나 도쿠가와 쪽에서는 노랫소리 하나도 들리지 않았다.

"알겠느냐, 이에야스의 가신들이 기고만장하여 오만해졌다는 평을 들어서는 안 된다. 일단 그런 소문이 나면 평생 동안 후회하게 될 것이다."

이에야스가 미리 엄하게 훈계를 내렸기 때문이다.

그리고 이튿날인 15일.

예정대로 다섯 점 반(9시)에 반바를 떠난 일행이 아즈치의 다이호인에 도착한 것은 그날 여덟 점 반(오후 3시)이 지나서였다.

접대역인 미쓰히데가 모든 감정을 꾹 참고 맞이한 것은 말할 나위도 없다.

설령 노부나가에 대해서는 그렇다 해도 이에야스에게는 원한이 있을 리 없다. 아니, 도리어 가능하다면 현재 도카이도東海道를 제압하고 있는 미카와 무사의 총수 이에야스에게 마음을 털어놓고 접근하고 싶은 미쓰히데였다.

그러나 이런 미쓰히데도 가마를 사찰 경내에 세우고 지상에 내린 이에야스를 보고는 깜짝 놀랐다.

싸움터에서 본 이에야스는 갑옷도 훌륭하고, 주위를 제압하는 당당한 위풍을 지니고 있었다. 그러나 오늘의 그 소박한 평복 차림은 어떠한가. 마중을 나간 자신의 가라오리唐織°와는 비교도 안 되는 옷감으로 만든 헐렁한 옷을 입고 신기한 듯 주위를 둘러보는 모습은 고작 작은 성 하나를 가지고 있을 뿐인 시골뜨기에 불과했다.

또한 행렬 그 자체가 미쓰히데가 예상했던 것과는 하늘과 땅 차이였다.

짐을 실은 말의 장식, 아시가루들의 복장, 일용품을 담은 용기 등 어느 하나 호화로운 데가 없어, 소박하다기보다는 오히려 구두쇠를 연상시킬 만큼 초라했다.

미쓰히데는 저도 모르게 신음했다.

과연 이런 일행을 맞이하기 위한 다이호인의 장식은 호화로움이 지나쳐 오히려 상대를 놀라게 하겠다는 의도를 노골적으로 드러낸 것만 같았다.

그러나 지금으로서는 이 모든 것이 미쓰히데의 각별한 호의에서 나왔다는 인상을 주지 않으면 안 된다.

"먼 길 무사히 도착하신 것을 이 고레토 휴가노카미 미쓰히데가 진심으로 축하드립니다."

이렇게 말하자 이에야스는 미쓰히데보다 더 정중하게 인사를 되돌렸다.

"감사의 인사를 드리러 온 자가 도중에 융숭한 대접을 받아 도리어 송구스럽습니다. 모쪼록 주군에게 잘 말씀드려주십시오."

그리고 미쓰히데의 안내로 문제의 그 전각에 이르렀을 때는 신기한 듯이 기둥을 쓰다듬고 천장을 쳐다보는가 하면 그림을 바라보면서 탄성을 연발했다. 그 태도에서 소박한 놀람은 찾아볼 수 있었으나 불쾌감을 느낀 모습은 전혀 발견할 수 없었다.

다만 노부나가를 격노하게 만든 중방의 황금 문장을 보았을 때만은 약간 감정이 흔들리는 것 같았다.

"휴가노카미 님, 나에게는 너무 과분한 숙소입니다. 소임이기는 하나 얼마나 심로가 많았는지 짐작하고도 남습니다."

미쓰히데는 그만 등줄기에 식은땀이 흐르기 시작했다.

노부나가가 꾸짖은 것을 이에야스는 '얼마나 심로가 많았는지 짐작하고도 남음이 있다'고 위로했다. 그러나 이 말의 이면에는 무언가 느낀 바가 있었음이 틀림없다.

"그 말씀을 듣고 이 휴가노카미는 십년지기十年知己를 얻은 듯이 기쁘게 생각합니다."

"참으로 수고가 많으셨소. 이런 훌륭한 일을 해낼 장인匠人이 우리 영지에는 없습니다. 과연 오다 님다우신 일, 들어오는 자를 막지 않으시니 그 담력에 놀랄 뿐입니다."

"마음에 드셨다니 이 휴가노카미도 체면이 서게 되었습니다."

"너무나 훌륭하여 넋을 잃고 둘러보았습니다. 꽤나 부끄러운 모습을 보인 듯하군요. 이 점도 흥겨운 일이니 그대로 오다 님에게 말씀드려주시오."

겨우 미쓰히데는 안도했다.

이처럼 미쓰히데가 이에야스와 바이세쓰 뉴도를 객전으로 안내하고 미리 준비했던 차를 대접하는 동안, 사카이 다다쓰구 이하 중신들은 가지고 온 선물을 부지런히 본당에 옮겨놓았다.

"선물을 모두 내려놓았습니다. 점검해주십시오."

다다쓰구가 고하러 왔을 때 미쓰히데는 또다시 깜짝 놀랐다.

이에야스의 옷차림이나 행렬로 보아 그 선물은 노부나가가 배를 끌어안고 웃을 만큼 하찮을 줄로 생각했던 것이다.

걸핏하면 트집을 잡으려는 노부나가. 선물이 하찮다고 비웃지만 않으면 다행일 것이다.

'이거야말로 그대가 이에야스에게 무시당하고 있다는 증거야, 알겠는가!'

이런 매도의 소리만 튀어나오지 않아도 말이다.

"휴가노카미 님, 이 이에야스가 겨우 성의만을 표시하는 선물에 지나지 않으나 받아주시고 오다 님에게도 잘 말씀드려주시기 바랍니다."

"알겠습니다."

미쓰히데는 이에야스를 따라 기도하는 심정으로 본당에 나와 보고 저도 모르게 눈이 휘둥그레졌다.

미쓰히데의 우려는 기우였다. 행렬의 짐이 모두 선물로 나온 게 아닌가 하고 의심할 정도로 본당 앞에는 귀한 것들이 산더미처럼 쌓여 있었다.

이시카와 가즈마사가 두 사람이 자리에 앉기를 기다렸다가 정중하게 목록을 읽어 내려갔다.

"첫째, 황금 3천 냥. 둘째, 말에 입힐 갑옷 3백 벌. 셋째, 생칠生漆 2백 상자. 넷째, 솜 1천 통……"

미쓰히데는 어안이 벙벙했다.

말에 입힐 갑옷 3백 벌만 해도 뜻밖의 선물인데 게다가 황금 3천 냥에 생칠 2백 상자……

이것이 자신뿐 아니라 아시가루까지도 어느 작은 다이묘를 연상할 뿐인 소박한 차림을 하고 찾아온 사람의 선물이라니!

이 정도라면 아무리 접대를 잘 한다고 해도 그 경비를 웃도는 선물이 아닐 수 없다.

'이에야스는 무슨 생각을 하고 있는 것일까?'

미쓰히데는 등골이 오싹해졌다.

"성의만을 표시한 부끄러운 선물입니다마는."

이에야스는 조용히 말하고 다시 본당 주위를 신기한 듯 둘러보기 시작했다.

잇따르는 사자

미쓰히데가 다이호인에서 이에야스의 선물을 받고 있을 무렵, 아즈치 성에는 또다시 빗추에 진을 치고 있는 히데요시로부터 급한 사자가 달려왔다.

노부나가는 씁쓸히 사자를 거실에서 맞이했다. 말을 듣지 않아도 용건은 이미 알고 있다. 빗추의 다카마쓰 성주 시미즈 조자에몬 무네하루清水長左衛門宗治가 농성을 하면서 도무지 항복하지 않는다, 만약 시일을 끄는 동안에 모리의 대군이 몰려오면 히데요시 혼자서는 방어할 수 없으므로 노부나가에게 출전해달라는 독촉임이 틀림없다.

그것을 알고 있는 만큼 노부나가는 이미 삼남인 노부타카와 니와 고로자에몬에게 시코쿠를 공격하게 하여 그 방면에서의 모리 군을 견제하려고 이미 준비하는 중이었다.

"또 나더러 빨리 오라는 재촉일 테지."

일부러 불쾌한 낯으로 묻자 사자로 온 마스다 우에몬增田右衛門이 굳어진 표정으로 대답했다.

"그렇습니다. 부디 출진하시기를 부탁드리라는 말씀이었습니다."

노부나가는 반쯤 야유하듯 대답했다.

"그런 엄살은 부리지 말라고 지쿠젠에게 전하라. 시미즈 무네하루 는 완고하기 짝이 없는 부사, 그러나 책략을 쓰면 반드시 항복할 거 라고 호언장담했던 일을 잊지 말라고 하라."

"그러나 너무 오래 시일을 끌기 때문에……"

"오래 끌지 모른다는 것도 진작에 각오했을 터, 다카마쓰 성의 수 공水攻 전략은 어찌 되었느냐?"

"그것은 지형을 이용하여 아시모리 강足守川과 다카노 강의 물을 끌어들임으로써 진작부터 수중에 고립시켜 보급을 차단했습니다. 그 러나 무네하루는 이에 굴하지 않고 아무리 항복을 권해도 응하지 않 고 있습니다."

"하하하, 그러다보면 언젠가는 항복하겠지. 지쿠젠에게 이렇게 전 하라. 노부나가의 가신은 공을 세우는 일에 사양할 필요가 없다고 말 이다. 나는 지금 다케다 정벌을 축하하기 위해 이에야스를 초청하여 접대하고 있는 중이다. 그 일이 끝나거든 생각해보겠다."

그러나 우에몬은 점점 더 심각한 표정으로 몸을 내밀었다. 그 모습 이 예사롭지 않다.

"주군! 그렇게 되면 때를 놓치게 됩니다."

"때를 놓치다니 무슨 일이 있었느냐?"

"예. 저희가 예상했던 것보다 일찍 모리 군이 무네하루를 돕기 위 해 군사를 내보냈습니다."

"뭣이, 모리 군이 출진했다니 그게 사실이냐?"

"사실입니다. 그것을 알고 다카마쓰 성의 무네하루도 더욱 완강하게 버티고 있습니다. 이대로 두면 다카마쓰 성을 함락하기 전에 모리의 대군을 만나게 되고, 그들과 싸우기 위해서는 다카마쓰 성의 포위를 풀 수밖에 없습니다. 그렇게 되면 지금까지의 포위 작전이 물거품으로 변합니다."

"으음, 그럼 모리 군의 대장은?"

"총수인 데루모토輝元를 위시하여 일족인 깃가와 모토하루吉川元春, 고바야카와 다카카게小早川隆景이고 그 군사는 약 삼만입니다. 삼만의 군사가 다시 공격해오면 아군은 전혀 승산이 없습니다. 그러나 주군이 출진하시면 모리 군도 역시……"

"알겠다. 그렇다면 당연히 지쿠젠도 겁을 먹겠지. 으음, 모리, 깃가와, 고바야카와가 모두 한꺼번에 나온다는 말이군."

그렇게 되지 않기 위해 노부나가도 시코쿠 방면에서 공격을 가할 생각이었으나 적이 한 발 앞서 나왔다면 시코쿠 공격만으로는 안 될 일이었다.

"그렇다면 다시 생각할 수밖에 없겠군."

이때 란마루가 나타났다.

"아케치 휴가노카미 님이 도쿠가와 쪽의 선물을 인수하고 주군에게 피력하시겠다고 합니다."

"좋아, 그럼 미쓰히데의 보고부터 들어보겠다. 접대하는 사람을 지체케 하면 손님에게 실례가 된다. 란마루, 지쿠젠의 사자를 별실로 안내하여 우선 식사부터 대접하라. 자세한 이야기는 그 뒤에 듣기로 하겠다."

"알겠습니다. 그럼, 안내하겠습니다."

이렇게 대답하는 란마루에게 노부나가가 엄하게 명했다.

"알겠느냐, 사자가 말하는 내용을 누구에게도 누설하면 안 돼."

"알겠습니다."

"으음, 모리의 일족이 총출동하여 빗추로 왔다는 말이지."

두 사람이 나가자 노부나가는 다시 한 번 나직이 신음하며 똑같은 말을 되풀이했다.

문제의 천 냥

"오오, 미쓰히데. 수고가 많았네. 어떤가, 미카와의 사돈이 만족해하던가?"

"예. 스루가의 땅을 주신 데 대해 인사하러 온 자에게 도중에서부터 후한 대접을 해주시어 도리어 황송하다고 했습니다."

"그래, 그렇다면 다행이군. 실은 나도 오늘 밤에 찾아가 만나려고 했으나 일이 생겨 가지 못하게 됐어. 그 일이 어쩌면 내일 하루 종일 걸릴지도 몰라. 만사에 소홀함이 없도록 그대가 신경 써서 환대하도록 하게."

"잘 알겠습니다."

미쓰히데는 공손하게 머리를 숙이고 나서 이에야스가 보낸 선물의 목록을 노부나가 앞에 내놓았다.

"도쿠가와 님이 마음의 표시에 불과한 선물이지만 주군에게 잘 말씀드려달라고 했습니다. 그리고 선물은 모두 성안으로 옮겼습니다."

"그래, 수고했네."

노부나가는 고개를 끄덕이고 목록을 옆에 대령해 있는 다케이 세키안 쪽으로 밀어놓았다.

"읽어보게. 이에야스의 마음가짐을 알 수 있을 거야."

"알겠습니다."

세키안이 목록을 들고 읽자, 노부나가는 가만히 듣고 있다가 놀란 듯 물었다.

"뭐, 말에 입힐 갑옷 3백 벌에 생칠…… 그 밖에 3천 냥이라고?"

"예, 그렇습니다."

노부나가도 그 선물이 뜻밖이었던지 말끝에 힘이 들어가 있었다.

미쓰히데는 안도했다. 선물이 많다는 것은 바로 상대를 존중하고 또 상대를 두려워한다는 증거라 할 수 있다.

그러나 노부나가는 고개를 갸웃했다.

"미쓰히데."

"예…… 예."

"그대는 어떻게 생각하나. 이에야스로서는 이것이 좀 지나친 선물이라고 생각지 않나?"

"무슨 말씀이신지요?"

"아니, 그렇지 않을지도 몰라. 문제는 말에 입히는 갑옷일세. 미쓰히데, 내가 그 갑옷을 좀 보아야겠어. 안내하게."

별안간 노부나가가 일어서는 것을 보고 미쓰히데는 의아하다는 듯이 고개를 갸웃했다.

문제는 말에 입히는 갑옷이라니 무슨 말일까? 적으면 노부나가를 경시했다고 화낼 것이고, 많으면 많은 대로 트집을 잡으려 한다. 지금까지 모두 부드럽기만 한 인상을 주는 이에야스와 대면하고 온 미쓰히데였으므로 노부나가의 기질이 더욱 지겹게 여겨졌다.

미쓰히데는 촛대를 들고 조금 전에 선물을 들여놓은 지하 창고로 노부나가를 안내했다.

"선물로 받은 갑옷 3백 벌은 바로 이것입니다."

쌓아놓은 상자를 가리키자 노부나가는 성큼성큼 다가가 그 뚜껑 하나를 열고 갑옷 한 벌을 아무렇게나 꺼내면서 퉁명스럽게 말했다.

"불을 좀더 가까이 가져와."

그러고는 천이며 장식, 띠 부분의 박음질한 상태까지 자세히 조사하는 것이었다. 미쓰히데는 그 행위까지도 천박한 것으로 보였다. 명색이 우다이진이라는 사람이 직접 창고까지 와서 일일이 가치를 따지고 있다는 느낌이 든 것이다.

"으음, 이건 정말 대단하군. 금속의 세공도 바느질도 하마마쓰나 오카자키에서는 할 수 있는 일이 아니야. 일부러 사카이에 사람을 보내 만들게 한 것이 분명해. 최상품이야, 그렇지 않은가?"

"그렇습니다."

"미쓰히데!"

"예."

"마음에 깊이 새기도록 하게. 선물에는 그것을 보내는 사람의 마음이 자연스럽게 배어 있게 마련이야. 성의가 없으면 허울좋은 것밖에 보내지 못해. 그렇게 되면 도리어 선물을 보내고도 속이 들여다보이는 결과가 되는 걸세. 놀라운 일이야! 과연 이에야스는 빈틈이 없어. 그렇게 생각지 않나?"

노부나가는 요즘 왠지 모르게 침착성을 잃고 있는 미쓰히데를 훈계하는 뜻으로 말했다.

"어떤가, 이 정도라면 승마 경기에 사용해도 흠잡을 데가 없고 실전에 이용해도 전혀 지장이 없겠어. 평소에는 근검절약을 신조로 삼는 이에야스가 이런 일에는 비용을 아끼지 않다니. 이에야스는 바로 이런 사람이야. 그대도 지면 안 돼."

"예. 훌륭한 마음가짐이라 생각합니다."

"그래. 참, 이렇게 하게. 이 갑옷만 해도 막대한 비용이 들었을 거야. 그리고 스루가 일대를 이에야스에게 주기는 했으나 아직은 거기서 수입을 한 푼도 거두지 못했어. 모처럼의 여행이라 이제부터 교토, 오사카, 사카이를 구경시키고 돌려보낼 생각이지만 그러려면 도중에 노자도 필요할 테지. 황금 삼천 냥 중에서 이천 냥은 받고 나머지 천 냥은 다시 돌려주게. 그것으로 여비에 보태라고 하면서. 그쪽에서 정성을 다한다면 이쪽에서도 성의를 보여야 하는 것이 당연하지 않은가. 좋아, 나를 기다리는 사람이 있으니 오늘과 내일은 그대가 나를 대신하게."

이렇게 말하고 노부나가는 그대로 창고 밖으로 나갔다.

미쓰히데는 촛대를 든 채 점점 혈색을 잃어갔다.

'이것 또한 난제가 아닐까?'

문득 이런 생각이 들자 노부나가의 말을 모두 거꾸로 해석하게 되어 묘한 의혹이 미쓰히데를 에워싸는 것이었다.

'대관절 노부나가는 무엇 때문에 일단 헌납한 돈을 돌려주라고 하는 것일까?'

적어도 미쓰히데는 오십여 만 석을 가진 태수이고 나이도 노부나가보다 위인 오다 가문의 중신이 아닌가. 그런데 어찌 어린아이처럼 일단 받았던 돈을 주군의 명이라면서 다시 돌려줄 수 있단 말인가. 물론 이에야스도 순순히 응하지는 않을 것이다. 그렇다고 노부나가에게 이제 와서 돌려주지 못하겠다고 하면 그 불같은 성질에…… 이런 생각을 하게 되자 미쓰히데의 몸이 와들와들 떨리기 시작했다.

'어쩌면 노부나가가 나를 난처한 입장에 빠뜨리려 하는지도 모른다. 그리고 한편으로는 이에야스에게 이것은 정도가 지나친 선물이라며 위압을 가하려는 것이 본심인지도 모른다. 아무튼 중간에 서서 체면을 잃는 것은 이 미쓰히데가 아닌가.'

"휴가노카미 님, 혹시 어디 불편하신 데라도."

꼼짝하지 않는 미쓰히데의 모습이 의아했는지 등 뒤에 대령하고 있던 창고지기가 말을 걸었다. 그 말이 없었다면 미쓰히데는 계속 노부나가가 한 말에 대해 갖가지 망상의 날개를 펴고 있었을 것이다.

"응? 아니, 아무것도 아니다."

결국은 이에야스에게 머리를 숙이고 천 냥을 도로 받으라며 간청할 수밖에 없다고 결심하며 자리에서 일어났다.

"너도 들었을 것이다. 이 황금 천 냥을 나중에 가지러 올 테니 내주도록 하라."

"알겠습니다."

성을 나와서도 미쓰히데는 마음이 무거웠다.

'어째서 내가 하는 일마다 이처럼 트집을 잡는 걸까?'

그러고 보면 이에야스도 왠지 모르게 미쓰히데로서는 다루기 어려운 점이 있다. 서울 식 접대는 통하지 않고 그렇다고 함부로 시골뜨기 취급을 해도 좋은 상대가 아니다.

아무튼 상대는 오다 가문의 가신이 아니라 인척인 것이다. 그리고 촌티 나는 모습이기는 해도 용맹하기로 이름난 미카와 무사들을 턱 하나로 부리는 스루가, 도토미, 미카와의 태수가 아닌가.

미쓰히데가 다이호인으로 돌아와 이에야스를 위해 마련한 전각에 들어갔을 때, 이에야스는 식사 전의 잠깐 동안을 이용하여 목욕을 하고 나서 고쇼에게 살찐 어깨를 주무르게 하고 있었다.

"쉬고 계시는데 실례하여 죄송합니다."

"오오, 휴가노카미 님이시군요. 여기서 바라보는 저녁 무렵의 성은 그 위용이 마치 그림으로 그린 듯 아름답군요."

그러면서 얼른 옷깃을 여미고 자세를 바로 했다.

이에야스는 무신경한 것처럼 보이지만 노부나가의 말을 전하러 왔다는 것을 대번에 깨달았다.

"휴식 중에 죄송합니다마는 주군의 말씀을 도쿠가와 님에게 전하고자 합니다."

"그렇습니까? 삼가 듣기로 하지요."

"정성을 다해 보내주신 선물, 물품은 모두 유용한 것이어서 모두 고맙게 받겠습니다마는 황금에 대해서만은."

"황금이 어떻다는 말씀이오?"

"다름이 아니라……"

말하다 말고 미쓰히데는 벗겨진 이마의 땀을 닦았다. 일단 받았던 선물을 다시 돌려준다는 것은 도시적인 감각을 지닌 미쓰히데로서는 도저히 입 밖에 낼 수 없는 무례한 일이어서 당장에는 말을 이을 수 없었다.

"다름이 아니라 황금 삼천 냥 중에서, 모처럼의 호의여서 이천 냥만은 받겠으나 나머지 천 냥은 앞으로의 노자에 쓰시도록 돌려드리라는 말씀이 계셨습니다."

이에야스는 천천히 고개를 기울였다. 별로 노하는 것 같지는 않았으나 납득이 안 된다는 기색이 역력한 표정이었다.

"이천 냥은 받으시고 나머지 천 냥은 노자에 쓰라고 하시던가요?"

"예. 천 냥은 돌려드리라고."

"휴가노카미 님, 이것은 오다 님이 우리가 과다한 경비를 지출하는 것 같아 우려하시는 마음에서 하신 말씀 같으나 그 점은 염려하지 않으셔도 됩니다. 우리는 평소의 마음가짐도 있고 하여 여비만은 충분히 따로 마련해놓았습니다. 주고쿠에서는 아직 전투 중이기도 하기에 배려한 것입니다. 이에야스의 이 작은 뜻을 받아주시도록 거듭 부탁드립니다."

미쓰히데는 할 말이 없었다. 모두가 당연한 이야기여서 내세울 만한 이유가 없다. 그렇다고 이대로 노부나가에게 돌아간다면 어떤 욕설을 퍼부을지 알 수 없다.

"그러나 도쿠가와 님, 주군의 명이시므로."

"하하하, 그것은 휴가노카미 님의 착각일 것입니다."

이에야스는 부드럽게 웃었다.

"주군의 명이라고 하시지만 그건 오다 님의 본뜻이 아닐 게요. 나는 오다 님의 마음을 잘 알고 있습니다. 우리도 고슈 공격 등으로 많은 전비戰費가 지출되었기에 재정이 여의치 않으리라는 우려로 하신 위로의 말씀일 겁니다. 절대로 받을 수 없다거나 받지 않겠다는 말씀으로 해석하면 안 될 줄로 압니다. 그러나 염려하실 것 없습니다. 우리가 항상 검소와 절약을 제일로 삼아 모든 비용을 절약해온 것은 만일의 경우에 대비하여 힘을 비축하기 위해서였습니다. 오다 님의 주고쿠 출병은 일본의 통일을 이룰 수 있느냐 없느냐 가리는 중요한 싸움, 성공하게 되면 만인이 바라는 평화의 기초가 다져질 싸움이라 알고 있습니다. 이러한 천재일우의 기회에 미력이마나 협조하는 것은 이 이에야스의 기쁨, 위로는 도리어 이 사람이 바라는 바가 아니므로 부디 받으시기를 거듭 부탁드립니다."

이 말을 듣는 동안 미쓰히데는 얼굴이 화끈거리는 부끄러움을 느졌다. 어조는 부드러웠으나 이 얼마나 논리 정연한 거절의 말인가.

그러므로 미쓰히데도 더 이상 '주군의 뜻'이라고 고집할 수가 없었다.

"어떻습니까, 아시겠습니까?"

이에야스가 다시 작은 소리로 말했다.

"실은 말씀입니다, 나는 이런 변변치 못한 군비를 드리는 것만으로는 부족하다고 여겨 주고쿠에 출진하신 대장 하시바 님에게 중신한 사람을 보냈습니다. 여기 있는 고쇼 마쓰마루의 아버지 도리이 히코에몬이라는 중신이지요. 하시바 님이 혹시 도움을 필요로 하신다면 이에야스도 다소의 군사를 보낼 것이니 의중을 여쭙고 오라고 명했습니다. 만약 필요하시다면 이 이에야스가 오다 님의 허락을 받겠다고 했습니다. 따라서 천 냥의 반환은 오히려 섭섭한 일이며, 도리이를 보낸 일까지 아울러 말씀드려주십시오."

미쓰히데는 참다못해 이에야스 앞에 머리를 조아렸다. 처음에는 이에야스가 노부나가의 비위를 맞추기 위해 보낸 것으로만 생각했다. 그런데 이에야스는 주고쿠에서의 싸움이 일본의 통일을 위한 중대한 싸움이라 판단하고 히데요시에게 원군이 필요한지 알아보려고 사자까지 보냈다는 것이다. 오다 가문의 중신인 자기보다 훨씬 더 싸움의 앞날을 우려하고 있다. 그런 이에야스를 상대로 천 냥을 회수하라고 설득한다는 것은 헛수고임을 깨달았다.

"도쿠가와 님, 이 미쓰히데가 긴히 부탁드릴 일이 있습니다."

"아니, 천 냥에 대한 일 말고 또 다른?"

"아닙니다. 그것과 관련된 일입니다. 이 미쓰히데가 목숨을 걸고 드리는 부탁, 부디 들어주십시오."

이렇게 말하는 미쓰히데는 머리를 조아린 채 눈이 캄캄해졌다.

부끄러웠다. 몸이 갈가리 찢어지는 기분이었다. 이에야스가 조리 있게 설명하면 할수록 그것은 더욱 노부나가에게는 말하기 어려운 일이었다.

'그것 보라! 이제는 이에야스의 마음가짐을 미쓰히데 자네도 알게 되었을 것이다. 그러기에 우리도 이에야스의 사정을 봐줘야 한다고 하지 않았는가. 그런데도 돌려주지 못하고 그대로 돌아오다니.'

그러면서 할복을 명할 것이 분명하다.

"도쿠가와 님, 아시다시피 주군은 격한 성격을 지니신 분입니다."

"그 점은 나도 잘 알고 있습니다마는."

"그러한 주군이 앞서 말씀드렸듯이, 군비가 많이 지출되었을 것이므로 천 냥을 돌려드리라고 제게 엄명을 내리셨습니다."

"아니, 엄명을?"

"예. 저 역시 어린아이가 아닙니다. 도쿠가와 님이 일단 보내오신 것을 돌려드린다면 큰 실례라고 거듭 말씀드렸지만 듣지 않으셨습니다. 그런데도 여기서 제가 이대로 돌아가면."

여기까지 말하자 이에야스는 곁에 있는 혼다 헤이하치로와 사카이 다다쓰구를 흘끗 돌아보고는 순순히 대답했다.

"엄명이 있었다면 도리가 없군. 휴가노카미 님의 입장도 생각해야 하니까. 그렇지 않은가, 다다쓰구?"

"그러나 일단 바치셨던 것을……"

다다쓰구의 말을 이에야스가 가로막았다.

"아니, 모두 위로하시는 마음에서 생긴 일이야. 그 때문에 어색한 분위기가 조성되면 안 된다. 휴가노카미 님, 알겠습니다. 귀하의 입장도 있으므로 본의는 아니지만 천 냥을 도로 이에야스가 맡도록 하지요."

"승낙하시겠습니까?"

"모든 것이 호의에서 나온 일이니까요."

이에야스의 말을 듣고 미쓰히데는 그만 눈시울이 붉어졌다.

'노부나가에게 이런 아량의 10분의 1일이라도 있다면.'

미쓰히데는 그 자리에게 이에야스에게 눈물을 보인 것이 민망하여 서둘러 인사를 하고 일어났다.

"공연한 일로 지체되어 저녁을 드실 시각이 늦어졌습니다. 곧 상을 올리도록 하겠습니다. 이만 실례합니다."

아닌 게 아니라 마루 밖은 이미 저녁의 어둠이 깔리고, 어디서 날아왔는지 반딧불 둘이 얽히듯이 춤추며 어둠을 가르고 날아갔다.

접대 전야

노부나가는 그 이튿날, 16일에도 이에야스의 숙소를 방문하지 않았다.

주고쿠의 전황이 예측할 수 없는 양상을 띠기 시작했기 때문이다. 이 때문에 만반의 준비를 갖추는 것이 선결 문제였다.

"손님 접대는 소홀함이 없어야 한다."

노부나가는 근시에게 명하여 미쓰히데에게 이 말을 전하고, 자신은 니와 고로자에몬을 상대로 작전 계획을 짜고 있었다.

이렇게 될 줄 모르고 이에야스를 초대하여 그 일행이 벌써 아즈치에 들어와 있다. 따라서 이에야스에 대한 접대는 전황과는 상관없이 충분히 융성하게 이루어져야 했다. 또 한편으로는 시코쿠 정벌을 위해 이미 노부타카 군의 일부가 아즈치를 떠나 오사카로 향하여 배를 준비하고 있었다.

그러므로 회의는 시코쿠 공격을 예정대로 진행하면서 싸울 수 있는지 여부에 초점이 맞추어졌다.

니와 고로자에몬이 말했다.

"제 생각으로는 시코쿠의 작전은 예정대로 진행시키되, 육지에서는 주군이 출진하시는 것이 최선의 길이라 생각합니다."

"으음, 그렇게 하면 모리 군도 간담이 서늘해져 항복할 테지."

"그렇습니다. 주군이 출진하신다는 것만으로 상대도 일단 저항해볼지는 모르겠습니다마는, 시코쿠로부터 선박을 이용한 배후 공격의 우려가 있다는 것을 생각하면 안심하고 빗추에 머물러 있지 못할 겁니다."

"좋아, 그렇게 결정하세. 그대와 노부타카는 먼저 출발하여 오사카에서 시코쿠로 건너갈 준비를 하게. 나는 19일, 20일, 21일은 이에야스를 접대하고 그 일행을 교토로 보내고 나서 아즈치에서 출발하겠어."

"그러면 그동안의 원군은?"

"준비가 된 쪽부터 먼저 출발하게. 하지만 그렇게 되면 미쓰히데도 출진해야겠지."

"병력이 많을수록 싸움은 일찍 끝나게 될 것입니다."

"좋아, 오늘은 16일이야. 오늘 밤 안으로 출진의 회람을 돌려야겠어. 세키안, 받아쓸 준비를 하도록."

노부나가가 마음을 굳힌 것은 16일 저녁 무렵, 그때 다이호인에서는 미쓰히데가 이에야스 쪽 일행을 위해 열심히 주연을 준비하고 있었다.

"준비가 되었습니다마는."

다케이 세키안이 지필묵과 도장을 준비하고 노부나가를 바라보자 노부나가는 천장을 노려보면서 동원령을 구술하기 시작했다.

"첫째, 이번에 빗추의 후방을 공고히 하기 위해 머지않아 내가 그리로 출진하게 되었다. 그러나 나보다 앞서 선봉이 먼저 거기 도착하여 하시바 지쿠젠노카미의 지휘를 받게 될 것이다. 다 썼느냐?"

"예. 모두 썼습니다."

"받을 사람의 이름은 먼저 출발할 수 있는 자의 순으로 하겠다. 이케다가 가장 가까워. 이케다 가쓰사부로, 그 다음은 이케다 산자에몬, 이어서 호리. 그러나 호리 규타로는 나중에라도 좋다. 그는 미쓰히데를 대신해 이에야스를 접대해야 될 테니까. 그러나 가신들은 원로의 지휘하에 먼저 보내야 할 것이다. 호리 규타로 다음은 미쓰히데. 미쓰히데는 일단 단바로 돌아가 군사를 정비해야 할 것이다. 지금까지 이에야스를 접대하느라고 미처 준비가 되어 있지 않으므로 호리 규타로에게 오늘 밤에 미쓰히데와 접대역을 교체하라고 은밀히 말해두도록. 그리고 말이다, 세키안. 호리 규타로 다음에는 고레토 휴가노카미, 그 다음에는 호소카와 교부노다유, 나카가와 세베에, 다카야마 우콘, 아베 진에몬, 시오카와 호키노카미. 이렇게 하면 약 2만 2천이 되겠지. 좋아, 이 사람들에게 오늘 밤 안으로 회람을 돌려 포고를 내리도록 하게."

이렇게 말하고 노부나가는 느닷없이 웃었다.

"이 동원령을 이에야스가 알면 걱정할 것이니 비밀로 하게. 이에야스에게는 유유히 피로를 풀 수 있도록 해주고 싶어. 고로자에몬과 노부타카가 배로 출발할 무렵에는 이에야스도 교토 구경을 마치고 오사카에서 사카이로 향하고 있을 테니 그때는 고로에몬 자네가 이에야스를 정성껏 대접하게. 이에야스에게는 하세 센치쿠長谷川竹와 마쓰이 유칸을 딸려보내겠어. 세키안, 이 말도 적어두도록."

"알겠습니다."

"그리고 아즈치의 수비 문제인데, 본성에는 쓰다, 가토, 노노키, 도야마, 세기世木, 이치하시, 구시다櫛田 등의 장수를 들여놓고, 둘째 성곽에는 가모, 기무라, 운린인雲林院, 나루미, 소후에祖父江, 사쿠마(요이치로), 그리고 후쿠다福田, 마루게丸毛, 마쓰모토, 마에바前波, 야마오카 등을 배치할 것이다."

"모두 적었습니다."

"참, 이에야스에게 보여줄 19일의 노가쿠에 출연할 배우들에게도 연락이 끝났겠지."

"예. 고와카 하치로쿠로 다유幸若八郎九郎大夫 일행과 단바 사루가쿠丹波猿樂의 우메와카 다유梅若大夫 일행은 모두 내일 도착할 예정입니다."

"내일은 교토에서 오시는 고노에 사키히사近衛前久 경도 도착하신다. 그 준비도 되어 있을 테지."

"예. 고노에 경은 일단 다이운 사大雲寺에 머무시도록 준비해놓았습니다."

"정말 바쁘게 되었어."

노부나가는 즐거운 듯이 웃었다.

"모리 녀석이 오랜만에 이 노부나가한테 사는 보람을 느끼게 해주는군. 아무튼 그대들도 모두 이에야스와 함께 즐기도록 하게. 그리고 이것이 끝나면 심기일전하여 싸움터에 나가야 한다. 참, 회람은 이미 돌렸느냐?"

"예. 아오야마 요소 님이 먼저 이케다 님에게로, 지금쯤은 도착했을 것입니다."

아즈치 성안은 그야말로 눈이 빙빙 돌 정도로 바빴다.

출진의 사정

미쓰히데가 호리 규타로에게서 온 주고쿠 출진의 회람을 받은 것은 이에야스와 그 중신들과 함께 즐겼던 주연을 끝내고 휴게실에서 잠시 숨을 돌리고 있을 때였다.

쓰마키 가즈에노카미가 안색이 변해가지고 급히 달려왔다.

"영주님! 또 접대역이 바뀌었습니다. 주군께서 급히 주고쿠로 출진하시라는 명령을 내리셨습니다."

이렇게 말하면서 회람의 사본과 노부나가의 화압花押이 있는 진짜 회람을 가지런히 미쓰히데 앞에 놓았다.

순간 미쓰히데는 정신이 몽롱해졌다.

그러나저러나 문제가 발생할 때마다 어째서 늘 이렇게 오해의 싹이 불어나는 것일까.

"호리 규타로 님의 가신이 하는 말에 따르면, 오늘을 끝으로 접대역은 호리 님으로 바뀐다고 합니다. 그리고 영주님은 이 회람에 있는 것처럼 주고쿠에 가서서 하시바의 지시를 받게 되어 있습니다. 도대체 이것이 있을 수 있는 일입니까?"

"……"

"이것을 보십시오. 고레토 휴가노카미의 직함을 가지신 영주님이 아무 직함도 없는 이케다나 호리보다 나중에 성함이 적히고, 더더구나 하시바의 지시를 받게 되시다니."

미쓰히데는 이때 비로소 회람을 집어들었다.

　이번에 빗추의 후방을 공고히 하기 위해 머지않아 내가 그리로 출진하게 되었다. 그러므로 나보다 앞서 주고쿠에 도착하여 하시바 지쿠젠노카미의 지시를 받게 될 것이다.

　이케다 가쓰사부로 앞

　이케다 산자에몬 앞

　호리 규타로 앞

　고레토 휴가노카미 앞

　호소카와 교부노다유 앞

　나카가와 세베에 앞

　다카야마 우콘 앞

　아베 진에몬 앞

　시오카와 호키노카미 앞

"수령했다는 증서를 써서 곧 다음 사람에게"

미쓰히데는 이렇게 말하고 사본을 무릎에 놓고 숨을 죽였다. 쓰마키 가즈에노카미는 흥분을 감추지 못하고 나갔다가 곧 다시 돌아와 미쓰히데 앞에 바짝 다가앉았다.

미쓰히데가 매일 성으로 출근했다면 어떻게 해서 회람이 작성되고 그것이 무엇을 의미하는지, 어째서 명단의 순서가 이렇게 되었는지 모든 것을 확실하게 납득했을 것이다. 그러나 지금 그의 무릎에 놓여 있는 것은 그런 사정을 말해 줄 리 없는 종이쪽지 한 장에 불과하다.

'그토록 열심히 접대하고 있는데도 노부나가는 아직 마음에 들지 않는 것일까?'

이렇게까지 굴욕을 당해가면서 미쓰히데 정도나 되는 인물이 한 폭군의 비위를 맞추어야 한단 말인가?

물론 그렇게 함으로써 상대가 화를 풀거나 반성한다면 가신들을 위해 참아야 할 것이다. 그러나 과연 노부나가는 그런 기대를 걸어도 될 만한 사람일까?

당치도 않은 트집을 잡아 계속 미쓰히데의 격분을 부추기고 있다.

다이호인 앞에서 꾸짖었을 때가 그랬고 또 성에 들어갔을 때 처음으로 접대역을 바꾸겠다고 했을 때도 그랬다. 그뿐 아니다. 일단 받아놓은 천 냥을 반환하라고 하는가 하면 또다시 임무를 교대하라고 한다. 더구나 이번에 출진할 싸움터는 미쓰히데가 가장 싫어하는 농부 출신 히데요시의 휘하이다. 연하인 히데요시의 지시를 받으라니 이 얼마나 큰 모욕이란 말인가?

그러나 이때까지만 해도 미쓰히데는 아직 '모반'이란 생각은 하지 않았다.

'상대는 분명히 내가 분노하도록 하고 있다.'

이런 생각이 들면 들수록 오기가 나서 화는 내고 싶지 않았다.

화를 내지 않는 것으로 노부나가를 이긴다면 이것 역시 보복의 한 수단이 아닌가.

"어떻게 하실 생각입니까? 댁에서는 중신들이 모두 모여 영주님이 돌아오실 때를 기다리고 있습니다. 이미 오늘의 향연은 끝났습니다. 그러므로 영주님은 이제 여기서는 불필요한 분이 되었습니다."

"좀 기다리게, 가즈에노카미. 아직 주군으로부터는 정식으로 통고를 받지 않았네."

이때 가즈에노카미 이상으로 흥분한 아케치 지자에몬이 들어왔다.

"영주님! 성안에서 접대역이 교체되었다, 즉시 단바로 돌아가 출진 준비를 서두르라면서 아오야마 요소가 찾아왔습니다."

그 소리가 휴게실에서 복도까지 크게 울렸다.

"쉿!"

미쓰히데가 제지했으나 벌써 그 소리는 대기실에 나와 있는 젊은 무사들의 귀에도 들어간 모양이다. 갑자기 주방 부근이 시끄러워지기 시작했다.

"지자에몬, 진정시키고 오너라. 혹시라도 손님이 듣는다면 그야말로 아케치 가문의 수치가 아니겠느냐."

이렇게 말하고 미쓰히데는 그대로 일어나 다이호인을 나왔다.

모반의 악취

이날 밤 거의 날이 밝을 때까지 미쓰히데의 집에서는 중신들의 회의가 계속되었다.

출진을 위한 작전 회의가 아니다. 중신들이 모두 노부나가에 대해 분통을 터뜨리고 있으므로 그 어떤 건설적인 의견이나 수습책이 나올 리 없다.

미쓰히데 역시 마찬가지였다. 배척 당하고 미움 받는다면, 여기에 대처할 방법은 두 가지뿐이다.

언제까지나 이 굴욕을 참고 살아갈 것인가?

아니면 단바로 철수하여 아라키 무라시게의 전철을 밟을 것인가?

어느 쪽이건 그것은 모두 비극의 길이었으나 달리 방법이 없으므로 더 이상 할 말이 없었다. 따라서 미쓰히데는 결국 날이 밝을 때까지 팔짱을 끼고 있을 뿐이었다.

"영주님! 일단 사카모토로 돌아가는 것이 좋겠습니다. 거기서 전열을 가다듬으면서 우다이진의 태도를 지켜볼 수밖에 없을 듯합니다."

중신들 중에서 역시 사위인 히데미쓰가 가장 냉정했다.

"란마루가 나쁘다느니 우다이진 님의 속셈이 어떻다느니 하고 아무리 논의한다 해도 해결될 문제가 아닙니다."

"그래. 그대가 다이호인에 가서 우리 가신들을 모두 철수시키고 오너라."

"알겠습니다. 날이 밝음과 동시에 호리의 가신들이 오게 될 것이므로 분란이 일어나지 않도록 승려들에게 부탁하고 철수시키겠습니다."

일단 중신들을 물러가게 하고 히데미쓰까지 나갔을 때는 벌써 창밖이 훤하게 밝아 있었다.

미쓰히데는 아직도 혼자 거실에 앉아 있었다. 도저히 움직일 수 없었던 것이다. 대책도 없고 기력도 없다.

물론 노부나가의 진의를 확인해볼 생각도 없었다. 만약 그랬더라면 일본의 역사는 크게 달라졌을 텐데도.

그런 의미에서 미쓰히데는 처음부터 의혹이란 밧줄로 꽁꽁 묶여 있었다. 따라서 눈 앞에는 오로지 암담한 어둠만이 한없이 펼쳐질 뿐이었다.

히데미쓰가 숨을 몰아쉬면서 돌아왔다.

"큰일났습니다!"

"큰일이라니 이 이상 더 무슨 큰일이 있다는 말이냐?"

"저희들의 불찰이었습니다. 용서하십시오."

"나는 무슨 일이냐고 묻고 있는 거야."

"다이호인에 있던 자들이 인사이동이 있었다는 소문을 듣고 분개하여 준비해놓았던 생선이며 자반, 야채, 닭고기 등 안주 모두와 도마까지도 다이호인의 도랑과 성의 해자에 던져 넣었습니다."

"뭣이, 남은 안주를 모두 해자에?"

"예. 그것들이 해자에 모두 떠올라 개중에는 악취를 풍기는 것도 있어 사람들을 깜짝 놀라게 하고 있습니다."

"아뿔싸!"

미쓰히데가 '모반'을 결심한 것은 이 순간이었다.

계절은 5월 중순이 지났는데 남은 반찬과 밥에서부터 생선과 닭고기까지 모두 해자에 버렸다면 이미 어떻게 손을 쓸 수가 없다. 아마도 오늘 낮쯤에는 악취가 시내에 가득 차 코를 내놓고 다닐 수 없게 될 것이다.

아니, 악취만으로 끝날 일이 아니다. 이것은 그대로 노부나가에게 던진 선전포고의 폭탄이 된다. 악취가 손님인 이에야스 일행을 피해 풍길 리는 없기 때문에, 노부나가의 체면은 이것만으로도 땅에 떨어지게 된다.

'토벌군이 올 것이다.'

미쓰히데는 그렇게 확신했다.

필시 히데미쓰도 그런 생각을 하고 달려왔을 것이 분명하다. 이것으로 사정은 일변했다. 가령 상대가 노부나가가 아니라 해도 이런 무례를 용서할 리 없다.

"히데미쓰, 즉각 모두에게 알려라. 오늘 당장 사카모토로 떠날 것이다."

"예."

"촌각을 다투는 일이다. 아녀자들을 모두 깨워라! 아무것도 가져갈 생각 마라. 어서 배를 준비하라."

미쓰히데는 미친 듯이 독촉하면서도 마음 한 구석에서는 후련하다는 생각이 들었다.

'드디어 나도 아라키 무라시게가 되었구나.'

이제는 해명할 단계가 지났다.

'해야 한다! 하지 않을 수 없도록 운명이 내게 시킨 것이다.'

생애 최고의 날

미쓰히데가 예상했던 대로 그날 정오가 지나면서부터 아즈치의 거리는 악취의 거리로 변했다.

다행히 이날은 남풍이 불었으나 찌는 듯한 날씨는 사정없이 파리떼를 들끓게 했고, 상하기 쉬운 생선이 허옇게 배를 드러내고 북쪽물가로 밀려나왔다.

오십 명이나 백 명분의 찬거리가 아니었다. 삼백 오십 명이나 되는 이에야스 일행이 사오 일 동안 먹을 반찬을 버렸으므로 놀랄 수밖에 없는 일이었다.

"이상한 냄새가 풍기는군."

"글쎄 말이야. 비와 호의 바람은 늘 이처럼 썩은 냄새가 나는 걸까?"

"저것 좀 보게. 해자에 죽은 물고기가 떠올라 있어. 바로 그것이 썩는 냄새일세."

"아무래도 무슨 변고가 생긴 것 같아. 해자 밑에서 뜨거운 물이라도 솟아난 것이 아닐까?"

사정을 모르는 도쿠가와 쪽 사람들이 수군거리고 있을 때 주민들과 호리 가문 사람들은 배를 타고 와서 허둥지둥 썩은 생선을 건졌다. 그러나 이렇게 한다고 해서 쉽게 없어질 냄새가 아니었다.

따라서 이렇게 남은 반찬을 버려 무섭게 악취가 풍기는 것을 노부나가가 직접 보고 맡았다면, 그는 격노하여 미쓰히데를 불러들였을 것이다.

그러나 노부나가는 약간 이상하다고 여겼을 뿐 별로 개의치 않았다. 왜냐하면 이날 노부나가는 아즈치 성의 7층에 머물면서 하루 종일 이에야스를 접대하기 위한 준비에 바빠 한 번도 산에서 내려오지 않았기 때문이다.

노부나가는 이에야스를 위해 일부러 사카이에서 불러들인 다도茶道의 명인 센노소에키千宗易(후의 리큐利休)에게 차를 끓이게 하려고 여러 가지 명기名器를 꺼내 살펴보고 있었다.

"란마루, 기분 탓인지는 모르나 묘한 냄새가 나는구나."

노부나가는 코를 벌름거리며 언짢은 표정을 지었다.

"기분 탓이라 생각합니다. 저는 아무 냄새도."

란마루는 고개를 갸웃하고 즉석에서 부정했다. 산꼭대기에 있는 성이어서 바람도 악취를 실어오지 않아 별로 냄새가 나지 않았던 것이다.

물론 란마루, 고로자에몬, 호리 규타로 등은 이 일을 잘 알고 있었다.

"이 일은 주군의 귀에 들어가지 않는 편이 좋겠소. 휴가노카미가 그런 부질없는 짓까지 할 리는 없지요. 급히 교체하라는 말을 들은 요리사나 하인들이 한 짓이지 휴가노카미는 모르고 있을 거요."

"그러므로 잠자코 해자에 떠 있는 오물을 제거하면 그만이오. 중요한 손님 접대와 그 이상으로 중요한 출진을 앞두고 있는 만큼 주군에게는 알리지 않는 편이 좋겠소."

"알겠습니다. 그러면 곧 배를 띄워 정리하겠습니다."

그리하여 호리 가문의 작은 배들이 청소를 시작했고, 바람과 사람과 성의 위치 때문에 노부나가는 이 사실을 모르고 있었다. 따라서 겁을 먹고 있는 사람은 미쓰히데뿐이라는 묘한 결과가 되고 말았다.

"미쓰히데가 서둘러 사카모토로 떠났다면서?"

"예. 아침 일찍 집을 거의 비우다시피 하고 사카모토로 돌아갔습니다."

"역시 미쓰히데도 무장이야. 일단 싸움을 하면 양보할 수 없는 모양이지. 급히 단바로 돌아가 전열을 가다듬고 지쿠젠과 공을 다툴 생각일 테지."

노부나가는 아무 의심도 하지 않았다. 그리고 드디어 일본 제일의 아즈치 성을 처음 방문한 이에야스와 그의 중신들을 맞이하여 성을 구경시킨 뒤 소겐 사總見寺의 넓은 방에서 성대한 잔치를 베풀었다.

"하마마쓰의 사돈, 오늘은 마음을 푹 놓고 들도록 하세. 노부나가의 오늘이 있게 된 데에는 자네의 신의에 힘입은 바가 아주 크네. 자네와 처음 만난 것은 아쓰타熱田에서였어. 그때 자네는 여섯 살, 나는 열네 살이었지. 그때부터 우리 두 사람 사이에는 마음이 통하는 데가 있었어. 아마도 우리처럼 오랫동안 맹약을 굳게 지켜온 예는 고금의 역사를 통해 없을 걸세. 자, 오늘은 이 노부나가가 직접 술을 따르겠어. 어서 잔을 받게. 아니, 오늘은 자네만이 아니라 중신들에게도 우다이진인 노부나가가 술을 한 잔씩 따르겠어. 이것으로 나의 감사하는 마음이 어느 정도인지 헤아려주게."

이것은 예전의 노부나가를 아는 자들로서는 상상도 하지 못할 일이었다. 적어도 우다이진의 지위에 있는 사람이 직접 주연 석상에서 가신들에게까지 술을 따를 줄이야……

이날 이에야스와 나란히 앉아 있던 고노에 사키히사는 깜짝 놀라 눈이 휘둥그레졌고, 도쿠가와의 가신들은 황송한 나머지 눈시울을 붉히는 자도 있었다.

"자, 모두 마음껏 들도록 하게. 노부나가의 생애 중에 오늘처럼 기쁜 날은 없었네. 우리의 신의가 열매를 맺었어! 뜻이 하늘에 통했어. 자, 씩씩하게 잔을 비우게."

그리고 노부나가가 자신도 그 말 그대로 전신에 환희가 넘쳐 계속 잔을 거듭했다.

감개 어린 술잔

첫번째 향연이 있던 날부터 도쿠가와 일행의 숙소는 소겐 사로 옮겨졌다. 여기에 무대를 설치하고 19일에 하루 종일 이에야스에게 노가쿠를 보여주기 위해서였다. 연회가 끝나고 각각 침소로 돌아간 것은 다섯 점(오후 8시)이 지나서였다. 이때 노부나가는 노히메의 거실을 찾았다.

그 기쁨을 부인에게 말해주지 않을 수 없었기 때문이다.

"오노! 이 괴물아, 술을 가져와."

큰 소리로 말하며 복도에서 들어온 오부나가는 갑자기 취기가 오르는지 우선 물부터 들이켰다.

"베개를. 아니, 목침이 아니라 괴물의 무릎을 말이야."

노히메는 노부나가가 시키는 대로 무릎을 내밀었고 남편의 얼굴을 빤히 들여다보았다.

"즐거우신 것 같군요. 도쿠가와 님도 만족하셨던 모양이지요."

"아, 무척 기뻐했어. 나도 기뻐! 오늘만은 먼 옛날의 킷포시와 다케치요의 마음으로 돌아가 만날 수 있었어."

"도쿠가와 님의 가신들도 기뻐했겠군요."

"하하하, 반쯤은 그랬지. 그러나 반은 노부야스 님을 할복하게 만든 방심할 수 없는 노부나가 놈, 이렇게 외치고 싶은 듯이 눈을 부라리고 있는 자도 있더군."

"어떤 경우에도 모두를 만족시킬 수는 없는 일이에요. 그것은 어쩔 수 없는 일이라고 생각해요."

"하하하, 괴물이 또 이 우다이진에게 설교를 하는군."

"그런데 괴물이란 누구를 가리키는 말인가요? 듣기 거북하군요."

"화낼 것은 없어. 교토에서는 공경들이 그대를 괴물이라 부르고 있다는 거야. 수십 년 동안이나 옛날과 똑같은 젊음을 유지하고 있다, 구미호九尾狐의 변신이 틀림없다고. 하하하, 그렇다고 기뻐할 것도 없어. 고노에 경이 아첨하기 위해 하는 소리야. 내가 보기에 그대는 늙은 너구리에 지나지 않아."

"어머, 당치도 않아요. 저는 아직 이십 대예요. 주군이나 너무 나이를 드시지 마세요."

"오노!"

"예."

"그대가 말했듯이 도쿠가와의 가신들에게 가타비라帷子˚를 두 벌씩 주었어. 모두 기뻐하더군. 한 벌은 앞으로 여행할 때 입고, 또 한 벌은 집에 돌아가 아내에게 선물로 주라고. 그대가 하라는 대로 했더니, 어쩌면 이렇게 자상한 마음을 가지신 우다이진 님인가 하며 나이 든 가신들은 눈물까지 흘리더군. 역시 그대는 늙은 너구리가 아니라 늙은 여우인 것 같아."

"농담은 그만두세요. 하지만 이런 더위에 그처럼 촌티나는 두꺼운 옷을 입고 여행을 한다면 괴로울 것 같아서."

"그래, 그런 일까지 신경을 쓰니까 괴물이란 말을 듣는 거야. 그러나저러나 긴 것 같기도 하고 짧은 것 같기도 하고."

"저어, 가타비라가 말씀인가요?"

"아니, 내 인생이 말이야."

노부나가는 이렇게 말하고 노히메의 무릎을 베고 누운 채 나직하게 아쓰모리敦盛˚의 한 구절을 읊었다.

"오노, 이 노래에도 있듯이 인생은 불과 오십 년. 앞으로 일 년이면 나는 그 오십 년을 사는 거야. 그대가 내가 자는 동안에 목을 베려고 시집왔을 때부터 따져도 무척 긴 인생이었어."

"어머, 아직도 그 일을 잊지 못하셨군요."

"그러나 아직 천하를 완전하게는 통일하지 못했어. 그런 점에서는 짧은 인생이지."

"자, 주군, 술이 나왔어요."

"그래, 마셔야지! 괴물은 미노에서 제일 가는 재녀, 노부나가는 오와리에서 제일 가는 멍청이. 그 옛날로 돌아간 기분으로 즐겁게 마시겠어. 소겐 사에서는 인내심이 많던 그 무렵의 애송이, 미카와의 고아 다케치요가 도카이東海 제일의 무사로 성장하여 자고 있어. 이 아니 즐거운 일인가, 오노!"

이렇게 말하고 노부나가는 정말 옛날의 킷포시로 돌아간 듯한 표정으로 벌떡 일어났다.

노히메도 가슴이 뭉클했다.

노부나가도 노히메도 마음을 완전히 허락하고 살 수 없는 난세를 헤엄쳐왔다. 부부의 인연부터 벌써 적과 적의 숙명이었다. 노부나가에게 갓 시집왔을 때의 노히메는 정말 남편의 목을 베려고 했었다.

그런 세상에서 노부나가와 이에야스의 관계만은 확실히 이질적인 것이었다. 혈육인 동생에게 배신당한 고독한 노부나가와 남자 형제를 갖지 못한 고독한 이에야스가 어렸을 적에 만났다는 것부터 이미 하늘이 크게 배려한 것이라 할 수 있다.

그로부터 두 사람은 동맹을 맺고, 동맹한 뒤에도 신의로 일관했다.

"오노, 세상 사람들은 나와 이에야스의 관계를, 흔히 볼 수 있듯이 약삭빠른 자들끼리의 허점을 보이지 않는 맺어짐이라고 생각하지만 사실은 그렇지가 않아."

"알고 있습니다. 어서 잔을 드세요."

"뭐, 알고 있다고?"

"예. 약삭빠르기는커녕 양쪽 모두 보기 드문 큰 멍청이기 때문에 유지된 동맹이에요."

"으음, 양쪽 모두 큰 멍청이란 말이지."

"멍청이의 신념이란 것 때문이지요. 군웅할거의 난세에서도 자신은 생각지 않고 천하의 평정을 지향한다. 큰 멍청이가 아니고는 할 수 없는 일을 두 분이 일관되게 추구하고 계십니다. 참으로 훌륭하십니다. 장하신 큰 멍청이들이십니다."

"하하하."

노부나가는 정말 우스웠다. 목을 베려고 시집온 여자가 노부나가의 마음을 구석구석까지 이해하는 아내로 살아가고, 잘못하여 오와리에 인질로 끌려온 다케치요가 유일무이한 자기 편으로 자라난 것이다.

"오노, 인생이란 묘미가 있는 거야, 즐거운 거야!"

"그것은 모두 주군의 일관된 신념이 사람들의 마음을 끌어당겼기 때문입니다."

"그렇지 않아. 나도 역시 인생은 오십 년, 생과 사는 인간의 지혜와 힘의 테두리 밖에 있어. 오늘 밤에 갑자기 쓰러져 죽을지도 몰라."

"어머, 그런 불길한 말씀을."

"하하하, 죽는다 해도 놀라지 않겠어. 그런 각오를 단단히 하고 살아온 노부나가니까."

"그러나 지금 돌아가시면 남은 일이……"

"염려 없어. 이에야스가 있고, 또 도키치로가 있으니까. 내가 외길로 살아온 만큼 반드시 뒤를 잇는 자가 나타나기 마련이지. 즐거워! 이 노부나가의 생애에서 가장 즐거운 밤인지도 몰라. 오노! 그대에게도 한 잔 따르겠어."

노부나가는 진심으로 아내를 존중하며 잔을 내밀었다.

"오늘 밤에는 우다이진 노부나가가 이에야스와 오노에게 술을 따르나이다. 신명이여, 굽어살피소서, 하하하."

두 개의 불길한 별

사카모토 성에 돌아온 미쓰히데는 사람이 변한 듯이 침착해졌다. 노부나가에 대한 불평 같은 것은 전혀 입 밖에 내지 않았다. 처음 이틀 동안은 거실에 틀어박혀 미쓰히데의 장기인 산통을 흔들어 산가지를 뽑아보았다. 역학易學에는 남달리 조예가 깊어 그 방면의 대가들까지도 높이 평가하고 있는 미쓰히데였다.

그러나 이때 어떤 점괘가 나왔는지는 아무도 알지 못한다. 다만 사위인 히데미쓰만은 장인이자 주군이기도 한 미쓰히데의 마음에 무엇이 싹트고 무엇이 뿌리내리려 하는지 어렴풋이 깨닫고 있었다.

"들어가도 괜찮겠습니까?"

미쓰히데가 산가지를 주머니에 넣었을 때 복도에서 히데미쓰의 목소리가 들렸다.

단바의 사사야마에 이만 석의 영지를 소유하고 있는 아케치 지에몬을 비롯하여 후쿠치야마福知山에 만 석의 영지를 가진 사천왕 다지마노카미, 야가미八上에 삼만 석의 영지를 가진 아라키 야마시로노카미 등은 이미 적자인 미쓰요시와 함께 단바로 철수하여 각각 출진 준비를 명했을 것이고, 가메야마 성에서도 쓰마키, 나미카와, 사이토 등이 미쓰히데보다 먼저 와서 군비를 갖추고 있었다.

따라서 사카모토 성에 남은 미쓰히데와 히데미쓰는 조용히 노부가가의 동향을 감시하고 있는 것이다.

"아, 히데미쓰로군. 아즈치에서 무슨 소식이라도 있었나?"

"예. 도쿠가와 님에 대한 접대는 10일에 소겐 사의 노가쿠 공연에 이은 향연으로 끝내고, 20일에는 다시 고운 사로 자리를 옮겨 사흘 동안에 걸쳐 향응을 베풀었습니다. 그래서 이에야스 님 일행이 내일 21일에 교토로 출발한다고 합니다."

"그러냐. 그럼 주조(노부타다) 님은 고후에서 철수하셨겠군."

"예. 주조 님은 쉴 틈도 없이 그대로 이에야스 님을 안내하여 니조二條 미나미무로마치南室町에 있는 묘카쿠 사妙覺寺로 들어가셨습니다. 그리고 이에야스 님이 교토 구경을 마치고 사카이로 출발하면 니조 성으로 옮기실 예정이라고 합니다."

"으음, 그럼 묘카쿠 사는 텅 비게 되겠군."

"아닙니다. 이에야스 님이 출발한 뒤에는 주조 님의 아우인 겐자부로 가쓰나가源三郎勝長(노부나가의 막내아들) 님이 들어가기로 되었다고 합니다."

"그렇다면 주군이 상경하시면 혼노 사本能寺를 숙소로 정하시겠군."

"예, 그럴 예정이라고 합니다. 롯카쿠六角 거리의 아부라고지油小路에 위치한 혼노 사는 주위에 깊은 해자가 있어 성채와도 같은 요새입니다. 당연히 그곳에 머무실 겁니다."

히데미쓰는 이렇게 말하고 조심스럽게 주위를 살폈다.

"그런데, 점괘는 어떻게 나왔습니까?"

히데미쓰는 목소리를 낮추고 탐색하듯 미쓰히데를 쳐다보았다.

미쓰히데는 흠칫 놀라는 것 같았다.

"무슨 소리를 하는 게냐. 단지 내 몸이 시원치 않기에 점을 쳐본 것 뿐이야."

"저도 잠깐 점을 쳐보았는데, 노부나가 공의 운명은 이번 6월부터 공망空亡에 들어가는 것으로 나타났습니다."

"히데미쓰!"

미쓰히데는 무서운 얼굴을 하고 숨을 죽였다.

"함부로 입을 놀려서는 안 되는 거야."

"예. 그렇지만."

"자네의 점은 아직 미숙해. 과연 주군의 운은 이번 6월부터 공망에 들어간다. 공망은 12년마다 돌아오는 그 사람 일생의 흉운凶運일 때 이므로 그런 사람은 주군 혼자만이 아니야."

"무슨 말씀이신지?"

"자네는 주군의 점만 쳤지 이 미쓰히데의 점은 치지 않았을 것이다. 나는 이미 작년과 금년에 걸쳐 공망이 들어와 있어. 따라서 그동 안 한 번도 좋은 일이 없었어. 이 공망에서 벗어나는 것은 7월 중순, 그때까지는 나 역시 팔짱을 끼고 있으면서 내 의사로는 움직이지 않을 것이니 그렇게 알고 있거라."

히데미쓰는 미쓰히데를 가만히 쳐다보았다.

'분명히 나는 미쓰히데의 운명까지는 점을 치지 않았다.'

그러나 지금 노부나가의 운명에는 큰 흉변의 조짐이 보인다. 그리고 이 기회가 아케치 가문의 운명과 맞물려 행운으로 바뀌려 한다는 생각이 들었다.

"실은 마음에 걸리는 말을 주군의 측근인 아오야마 요소로부터 들었습니다."

"무엇이냐, 마음에 걸리는 말이란 것이?"

"영지의 변경에 대해서입니다."

"뭐, 나의 영지를 바꾼다는 말이냐?"

"예. 영주님을 주고쿠에 출진시켜 전공 여하에 따라서는 이즈모出雲와 이와미石見 등 두 지역을 주실 생각, 이런 속마음을 내비치셨다고 합니다."

"이즈모와 이와미의 두 지역을?"

"예. 생각하기에 따라서는 큰 출세라고 받아들일 수 있습니다."

"으음."

"그러나 한편으로 생각하면 모리 군을 출동시켜 영주님을 자멸로 이끌려는 간계라고도 볼 수 있습니다."

"......"

"물론 아오야마 요소는 좋은 의미로 해석하고 입 밖에 냈을 테지만 아시다시피 이즈모와 이와미는 아직 적의 땅, 이것을 무력으로 빼앗으라고 하고 옛 영지인 단바와 이 오미의 일부를 거두어들인다면, 만약 모리 군을 몰아내지 못했을 경우에는 우리는 대번에 유랑민이 되고 맙니다."

"으음. 그러니까 이즈모와 이와미를 주는 대신 옛 영지는 회수한다는 말이지."

"예. 그리고 이 사카모토 성은 모리 란마루에게 줄 것이다, 란마루의 아버지 산자에몬이 전사한 성이므로 란마루가 특히 아쉬워하고 있다, 이 말도 요소에게 들었습니다."

"……"

"영주님! 영주님은 지금 영주님의 운명도 7월 중순까지는 공망 안에 갇혀 있다고 하셨습니다. 따라서 출진은 그 공망 기간 안에…… 만약 주군이 공망에서 벗어나는 7월 중순까지 이즈모, 이와미를 빼앗지 못한다면 돌아갈 데가 없는 유랑민이 될지도 모릅니다."

미쓰히데는 눈을 감은 채 잠자코 있었다. 히데미쓰는 또다시 조심스럽게 주위를 돌아보고 말을 이었다.

"그러나 주군도 6월까지는 똑같이 운명의 공망에 들어가 있습니다. 이 히데미쓰는 주군이 모든 병력을 동원하여 교토를 출발하는 것이 이 달 말쯤이라 생각합니다. 더구나 그때 혼노 사에는 별로 많은 인원을 데려가지 않을 것으로 보입니다. 이것이 주군의 기질, 그 따위 모리가 무엇이란 말인가 하며 위세를 떨 것입니다. 또한 공경들에 대한 체면도 있고 하여 약간의 근시들만 데리고 혼노 사에 체류한다, 이렇게 된다면 그야말로 절호의 기회가 아닐까 합니다."

"……"

"우리는 이미 대군을 집결시켜 출진 준비를 완전히 갖추고 있습니다. 주고쿠로 간다고 위장하고 밤중에 말을 몰아 혼노 사로 방향을 돌리면 어떻게 되겠습니까. 그때는 이미 6월에 접어들어 주군의 운명도 공망."

"……"

"아니면 같은 공망의 비운을 짊어지고 하시바의 휘하에서 모리 군과 싸우시겠습니까? 영주님의 점괘에는 어떻게 나와 있습니까?"

미쓰히데는 어느 틈에 와들와들 떨고 있었다. 공망에 있을 때는 움직이면 움직일수록 불리하다고 한서漢書에 씌어 있다. 그리고 이것은 오랜 흥망의 역사를 통해 증명되고 있다.

그러므로 군사軍師는 상대와 자신이 뒤얽힌 운명의 짜임새를 계산하여 승부를 점치는 것이 중요한 역할의 하나이다. 물론 미쓰히데는 이것을 알고 있었다. 알고 있기 때문에 반기를 들 시기에 대해 고민을 거듭하고 있었던 것이다.

점괘에 따르면 7월 중순 이후가 되면 미쓰히데는 행운, 노부나가는 비운의 별을 만나게 되므로 그때 거사하는 것이 순리이다. 그러나 비운의 별 밑에 있는 자기가 과연 모리 군과 싸워 이기고 행운이 올 7월 중순까지 살아남을 수 있을 것인가 아닌가?

만약 그때까지 공망의 흉운凶運에 크게 지배를 받아 죽는다면 어떻게 할 것인가?

"영주님! 이것은 공망과 공망의 싸움입니다. 영주님도 주군도 악운, 어느 쪽의 악운이 강한가를 겨룬다면 어느 쪽을 택하시겠습니까? 영주님의 점괘는 어떻게 나왔습니까? 그것을 이 히데미쓰에게 말씀해주십시오."

"히데미쓰!"

비로소 입을 열었을 때 미쓰히데의 이마는 땀으로 흠뻑 젖어 있었다.

"너에게만은 숨기지 않겠다. 실은 내 점괘도 너와 똑같이 나왔어. 가만히 앉아 있는 것도 흉凶, 움직이는 것도 흉이라고 나왔어. 문제는 시기야. 그것을 잘 알고 있으면서도 결정을 내리지 못했어. 그러나 결정을 미루는 것도 또한 자멸인 이상 결정을 내릴 수밖에 없지. 조만간 결정을 내리겠어. 이것은 절대로 입 밖에 내서는 안 돼. 처자라 해도 알겠나, 히데미쓰?"

히데미쓰는 안도했다는 듯이 고개를 끄덕였다. 히데미쓰의 마음속에서도 역시 모반은 움직일 수 없는 일이 되어 있었다.

아타고 산 참배

이에야스 일행은 무사히 아즈치를 떠났다. 일행이 아즈치에 있는 동안 노부나가가 불쾌한 낯을 보인 것은 19일의 노카쿠 상연 때 단 한 차례뿐이었다.

그날도 이에야스는 노부나가, 고노에 사키히사와 나란히 앉아 소젠 사의 무대에서 다이쇼칸大織冠의 제2막인 다우타田歌를 열연한 고와카 다유의 춤을 보았는데, 몹시 마음에 들었던 모양이다.

"어떤가, 하마마쓰의 사돈?"

노부나가가 흐뭇해하면서 이에야스를 돌아보고 물었다.

"참으로 훌륭합니다! 황홀할 뿐입니다."

이렇게 대답하자 노부나가는 즉시 고와카 다유를 세 사람 앞으로 불렀다.

"수고가 많았다. 상을 내리겠다."

노부나가는 아주 기분이 좋아 황금 열 장을 주었다. 그런데 다음에 단바의 사루가쿠 우메와카 다유가 하고로모羽衣를 추기 시작하자 노부나가의 눈썹이 꿈틀 움직였다.

우메와카 다유는 갑자기 대사가 막혔고, 막혔다는 것을 알자 당황하여 어색한 동작을 보였기 때문이다.

이것은 노부나가에게 한 가지 연상을 떠올리게 만들었다. 우메와카 다유는 단바에서 미쓰히데 앞에서도 자주 노카쿠를 공연했던 것이다. 미쓰히데나 그 가신들이 필요 이상으로 노부나가가 무서운 사람이라고 말했을 것이다.

더구나 무대에 서면 바로 정면의 좌석에서 노부나가가 쏘는 듯한 눈으로 구경하는 것이 보인다. 노부나가는 그래서 대사가 막힌 줄로 생각했으나 사실은 그 이상이었다.

우메와카 다유는 미쓰히데가 아즈치에서 돌아간 뒤, 노부나가가 어떤 행동을 하는지 그 정보를 사카모토 성에 알리라는 아케치 가문의 명령을 받고 왔던 것이다.

우메와카 다유가 당황한 것은 노부나가의 예리한 시선을 보고, '혹시 그 명령이 발각된 것은?' 하고 생각했기 때문이다.

아무튼 공연이 끝나자마자 노부나가는 언성을 높였다.

"여러 차례 대사를 잊어버리다니 어디 될 말이냐. 우메와카를 이리 불러라!"

그 예리한 어조에서 이에야스는 불길한 예감을 느꼈다.

'처벌하려는 것은 아닐까?'

이렇게 생각한 이에야스는 얼른 중재에 나섰다.

"위엄에 주눅이 들어 긴장했기 때문일 것입니다. 그러나 역시 우메와카의 연기는 놀라웠습니다."

"그런가. 그렇게 보았다는 말이지."

"물론입니다. 주군 앞에서 긴장한 것이 도리어 진실미를 자아냈습니다."

"으음. 그렇다면 노하지 말아야지. 이봐, 우메와카!"

당황하면서 앞으로 나온 우메와카 다유는 머리를 조아린 채 고개를 들지 못했다.

"사돈이 이렇게 말하고 있으니 너에게도 상을 내리겠다. 받거라."

역시 황금 열 장을 던져주고 나서 노여움을 풀었다.

"다시 한 번 공연하거라."

노부나가가 불쾌했던 순간은 이때뿐이었다. 그리고 이에야스가 교토로 떠나자 곧바로 하세 가와타케와 스기하라 시치로자에몬을 불러 교토에 도착하거든 구나이쿄宮內卿 호인法印(마쓰이 유칸)에게 연락해서 오사카와 사카이 구경도 차질없게 안내하라고 자세한 지시를 내렸다.

물론 이 일들은 사카모토 성에 있는 미쓰히데에게 알려졌을 것이다.

미쓰히데도 그 후 다시 중후한 평소의 모습으로 돌아와 모반의 기색은 전혀 보이지 않았다.

그리하여 24일, 마침내 사카모토 성의 군사를 이끌고 단바를 떠났을 때에도 미쓰히데가 흉중에 간직한 비밀은 아무도 몰랐고, 미쓰히데와 히데미쓰 사이에 어떤 이야기가 있었는지 아는 사람도 전혀 없었다.

사카모토를 떠난 군사는 약 3천.

아케치 미쓰카토 뉴도 조간사이明智光廉入道長閑齋가 성주 대리로 남고 오쿠다 구나이 가즈우지奧田宮內一氏, 미와케 시키부 히데아사三宅式部秀朝, 야마모토 쓰시마노카미 가즈히사山本對馬秀和

久, 스와 히다노카미 모리노부諏訪飛驒守盛信, 사이토 나이조노스케 도시조齋藤內藏介利三, 이세 요사부로 사다나카伊勢與三郞貞中, 무라코시 산주로 가게노리村越三十郞景則 등이 미쓰히데와 히데미쓰를 따라 사카모토를 출발했다.

출발에 앞선 작전 회의에서도 미쓰히데는 거의 감정을 나타내지 않았다. 그러므로 고슈 이래의 갖가지 불쾌한 일을 잊고 초연한 태도로 주군인 노부나가의 명령을 삼가 받드는 것 같았다.

그렇게 되면 사카모토에서 가메야마까지의 행진은 단순한 군대의 이동에 불과하다. 일행이 가메야마 성에 도착하여 미리 집결해 있는 단바 군과 합세하여 새로 작전을 세우고 행동에 옮기려는 것처럼 보였다.

"이번 일은 무사히 끝나게 될 것 같군."

"그래. 아즈치에서 철수할 때만 해도 당장 추격이 있을 기색이었는데."

"노부나가 쪽도 생각을 바꾸고, 영주님도 인내하시는 것일 테지."

"아무튼 이대로 진정되었으면 좋겠는데."

"진정이나마나 일단 출진하면 적중에 들어가게 돼. 승부가 결정되기 전에는 싸울 수밖에 없지."

"그렇지만 아라키 셋쓰노카미의 예도 있지 않는가. 이것으로 모든 것이 끝났다고는 할 수 없어."

"그럼, 영주님이 싸움터에서 모리 쪽으로 돌아선다는 말인가?"

"쉿, 함부로 입을 열면 안 돼. 혹시 이 중에 아즈치의 첩자가 잠입해 있을지도 몰라."

"그러나 자네는 아라키의 예도 있다고 자못 의미심장한 말을 하지 않았나?"

"아니, 그것은 일단 격앙된 감정은 좀처럼 가라앉지 않는다는 뜻으로 한 말이야."

모두가 일말의 불안을 품고 있으면서도, 그 불안이 어떤 형태로 충돌할지는 도무지 상상하지 못했다.

그 정도로 미쓰히데는 깊이 본심을 감추고 있다. 아니, 어쩌면 미쓰히데 자신도 거사할 시기를 놓고 아직까지 고민을 계속하고 있는지도 모른다.

대열은 시라가와白河를 넘어 사가嵯峨의 샤카도釋迦堂 앞으로 향했다. 미쓰히데는 여기서 군사를 오쿠다 구나이와 무라카미 이즈미에게 맡기고 자신은 약간의 근신과 함께 아타고 산愛宕山에 올라가겠다고 했다.

5월 27일의 일로서, 그 이틀 후인 29일에 노부나가가 아즈치를 떠나 교토로 가서 혼노 사에 숙박한다는 것을 미쓰히데는 잘 알고 있었다.

"이미 가메야마 성에서는 아군의 군사를 모두 소집하여 명령만 기다리고 있을 것입니다."

오쿠다 구나이가 의아하다는 듯이 묻자 미쓰히데는 웃으면서 대답했다.

"서두를 것 없어. 아타고 곤겐權現°은 쇼군 지조勝軍地藏와 함께 모시고 있는 성지聖地, 그곳을 참배하여 기원하는 것도 모두의 무사와 무운을 생각할 때 좋은 일이 아닌가. 29일에는 산을 내려와 성에 들어갈 것이다. 그때까지 출진 준비를 갖추고 기다리라고 전하라."

이렇게 말하고 미쓰히데는 다시 구나이에게 덧붙였다.

"참, 출발하기 전에 탄환과 화약 백 상자를 주고쿠에 보내도록 하라."

"백 상자 말씀입니까? 알겠습니다. 그럼 성에서 하산하시기를 기다리겠습니다."

물론 이때에도 구나이는 백 상자의 탄약 수송이 무엇을 의미하는지 알 리가 없었다. 따라서 그는 산 주위에 몰래 호위를 남기고 가메야마로 향했다.

어디까지나 용의주도한 미쓰히데는 이 탄약 백 상자의 수송을 통해 아군에게까지도 그의 본심이 드러나지 않도록 배려한 것이다.

아타고 곤겐은 사가 마을에서 북쪽으로 가다가 다메시 고개를 넘어 기요타키 강淸瀧川을 건너 약 50정丁(약 6킬로)쯤 되는 곳의 높은 돌층계 위에 있다. 이 신은 원래 가모賀茂, 마쓰오松尾 등과 같은 점복占卜 민족의 씨족신氏族神이었다.

따라서 미쓰히데가 여기에 참배하려 한 것은 단지 무운장구武運長久의 기원만이 아니라 거병擧兵의 길흉을 이 신 앞에서 판단하겠다는 것과, 이렇게 함으로써 노부나가가 교토에 들어갈 때까지 출발 날짜를 교묘히 지연시키겠다는 두 가지 의미가 있었다.

미쓰히데는 아타고 산에 도착하자 곧바로 점괘를 뽑았다. 역학易學을 신봉하는 미쓰히데에게는 인간의 지혜로 결정할 수 없는 것을 신 앞에서 점 치는 것이 결코 미신이 아니었다.

일단 점괘를 뽑았다가 그것을 얼른 불태웠다. 길조吉兆가 나왔는지 흉조凶兆가 나왔는지는 아무도 모른다. 두번째는 더욱 간절히 기원한 후 점괘를 뽑았다. 이번에도 또 불에 던지고 세번째 점괘를 뽑았다.

점은 세 번으로 끝났다. 세 번 모두 신전의 불에 던지고 나서 서쪽에 있는 신방神坊으로 향했다.

이 무렵의 미쓰히데의 행동은 아직 아무도 이해하지 못한다.

서쪽 신방의 주인 고유行祐가 차와 함께 조릿대 잎으로 싼 찹쌀떡을 내놓자 깊은 생각에 잠겨 있던 미쓰히데는 이것을 집어 조릿대 잎도 벗기지 않고 그대로 입에 넣었다.

고유는 깜짝 놀랐다. 물론 미쓰히데도 이것을 깨닫고 잎을 벗겼으나 그 모습은 무척 당황하고 있는 것 같았다.

'이것은 필시 마음에 어떤 고민이 있다는 증거일 것이다.'

미쓰히데가 미리 연락했기 때문에 그 이튿날은 서쪽 신방에서 렌가連歌˚를 짓기로 되어 있었다.

이 때문에 렌가에 능한 고유와 겐뇨兼如 범사, 다이젠인 유겐大善院宥院 외에도 쇼하紹巴, 쇼시쓰昌叱, 신젠心前 등의 가객歌客들도 이곳에 오기로 되어 있다.

세 사람이 도착한 것은 그 이튿날이었는데, 고유는 그들이 도착하자마자 조릿대 잎에 대한 이야기를 했다.

"이상한 일이야. 신중하기로 이름난 아케치 님이 그런 실수를 하다니."

이렇게 말하자 쇼하는 불안하다는 듯 쇼시쓰와 신젠을 바라보며 서로 고개를 끄덕였다.

"혹시 마음에 짚이는 일이라도?"

"납득되지 않은 일이 있었소. 산 입구에 아케치 님의 감시원이 배치되어 있어요. 경우에 따라서는 누구도 산을 내려가지 못하게 할 작정인지도 몰라요. 그렇지 않소, 쇼시쓰 님?"

"나도 동감이오. 혹시 풍문이 사실이 될지도 모르겠소."

"풍문이라니?"

"우다이진 님과 휴가노카미 님의 불화설不和說 말이오. 우다이진 님은 29일에 교토에 가서서 30일과 1일 이틀에 걸쳐 혼노 사에서 공경들의 인사를 받기로 되어 있어요."

"그럼 우리를 이 산으로 부른 것은 무슨 연유 때문일까요?"

여기까지 말하고 일동은 다시 불안한 얼굴로 마주보며 침묵하고 말았다.

'미쓰히데가 모반을 생각하고 있다.'

그렇다면 이 산에서의 렌가는 두 가지 의미가 있다는 것을 그들은 느낄 수 있었다. 첫째는 세상을 하직하면서 이 산에 시가를 남겨 후세 사람들에게 기억하도록 하려는 것. 또 하나는 공경이나 장수들과 교제가 잦은 가객들에게 처음부터 자기 뜻을 말하고 어떤 연락을 부탁하려는 것이 아닐까, 라는 것이었다.

후자의 경우라면 물론 거절할 수 없을 것이다. 아니, 승낙한다 해도 일이 성사될 때까지는 이 산에서 내려가지 못하도록 조치를 취할 것이다.

"어쨌든 우리는 담담하게 렌가의 자리에 나가기로 합시다."

"그렇소. 우리로서는 달리 방법이 없으니까요."

"그렇지만 정면으로 협력을 부탁했을 때는 어떻게 하면 좋겠소?"

"무심無心이지요, 무심."

고유가 말했다.

"풍류의 도道는 속세의 일에 관여하지 않지요."

"그런데, 우다이진 님은 29일에 정말 교토에 들어가십니까?"

"물론이오. 내일이 그 29일이오."

"휴가노카미 님은 내일 하산한다고 하니 일단 내일은 무사하겠군요."

"일이 벌어진다면 공경들에게 주연을 베풀 30일 밤이나 또는 1일 밤이."

쇼시쓰가 이렇게 말하자 고유는 당황하며 쇼시쓰를 제지했다.

"엣! 풍류의 벗들은 어디까지나 풍류로 일관합시다. 우다이진 님
도 그렇고 휴가노카미 님 역시 교토에 그다지 오래 머무실 분들이 아
니오. 혹시 산에 갇힌다 해도 이틀이나 사흘 정도일 것이오."

그래도 일동의 표정은 밝아지지 않았다.

때는 지금

그로부터 얼마 되지 않아 이토쿠인威德院의 넓은 방에서 렌가 모임을 가졌다.

정면에 미쓰히데 그 다음에 고유, 쇼하, 쇼시쓰, 신젠, 겐뇨, 유겐이 차례로 자리했다. 렌가를 받아 적기로 한 미쓰히데의 가신 아즈마로쿠로베에東六郎兵衛는 붓을 준비하고 천천히 먹을 갈면서 노래를 기다리고 있다.

밖에는 비가 부슬부슬 내린다. 때는 마침 장마철이다. 비가 내리기 시작하면 더욱 심란해지고, 처마에서 떨어지는 빗방울이 마음을 우울하게 만든다.

'대관절 미쓰히데는 첫 구절을 무어라 읊을 것인가?'

이런 생각을 하자 모두 표정이 저절로 굳어진다.

고유는 어떤 구절로 시작되건 자기 의견을 솔직하게 표현하겠다고 이미 결심하고 있었다.

"그럼, 휴가노카미 님부터."

미쓰히데는 붓을 들어 거침없이 한 구절을 쓰고 나서 차분하면서도 맑은 목소리로 읊었다.

"때는 지금 빗방울이 떨어지는 5월인데."

순간 일동은 조용해졌다.

때란 아케치의 조상인 도키土岐(때를 일본어로는 도키라고 읽는다)씨를 일컫는다는 것은 누구나 알 수 있었다.

지금 하늘이 도키(미쓰히데)를 내려보냈으므로(빗방울이 떨어져) 천하를 다스리겠다는 결심과 심정을 정면으로 내비친 것이다.

"으음, 때는 지금 빗방울이 떨어지는 5월인데."

고유는 다시 한 번 그 구절을 조용히 되뇌고는 다음 구절을 읊었다.

"물이 차도 그 위에 솟아 있는 밤의 소나무 산."

렌가는 어디까지나 렌가로 족한 것이다.

때는 지금 빗방울이 떨어지는 5월인데

물이 차도 그 위에 솟아 있는 밤의 소나무 산

미쓰히데는 이것을 소나무 위에까지 물이 찰 때를 기다린다면 성취될 것이라는 의미로 받아들일지도 모른다.

그러나 쇼하는 좀더 나중의 일을 생각하지 않을 수 없었다.

미쓰히데는 결코 렌가의 의미 만으로 결심을 번복하지는 않을 것이다. 그런데 쇼하는 미쓰히데와 노부나가 둘 모두에 대해 잘 알고 있다. 항상 아즈치나 교토에 초대받아 함께 차를 마시고 렌가의 상대가 되어주곤 했다.

이렇게 되면 '솟아 있는'이라는 승리를 암시하는 말을 남겼다가 혹시 미쓰히데가 실패하여 그대로 노부나가의 천하가 계속될 때 "쇼하 놈, 휴가노카미에게 아부를 했구나"라는 말을 들을 것이므로 식견을 의심받게 될 것이 괴로웠고 필화筆禍가 일어날 것 또한 두려웠다.

　그래서 생각한 끝에 이렇게 뒤를 이었다.

　"꽃잎이 떨어져 흐름을 막아."

　쇼시쓰가 안도했다는 듯 미쓰히데를 바라보았다.

　　꽃잎이 떨어져 흐름을 막아
　　물이 차도 그 위에 솟아 있는 밤의 소나무 산

　이것으로 렌가는 완전히 천하나 국가의 문제를 떠나 그들의 풍류로 바뀐다.

　그러나 굳이 의미를 찾는다면, 흐름을 막으면 밤의 소나무 산은 더욱 수량水量이 불어나 위험해진다는 간언諫言이 된다.

　미쓰히데는 이것을 민감하게 느끼고서 자못 못마땅한 표정을 지었다.

　그 뒤에도 렌가는 잠시 더 계속되었다. 이날 미쓰히데가 읊은 것은 모두 16구句였다.

　신젠이 마지막에 이르러 읊었다.

　"빛깔도 향기도 취기를 더해주는 꽃 아래서."

　그러자 미쓰히데는 결구로 마감했다.

　"이르는 곳마다 모두 한가로운 때."

　그러고는 그 밑에 미쓰히데라 적지 말고 적자의 이름인 미쓰요시의 이름을 쓰도록 받아쓰는 자에게 명했다.

빛깔도 향기도 취기를 더해주는 꽃 아래
이르는 곳마다 모두 한가로운 때

여기서도 마지막에 '때(도키)'가 나온다. 아마도 적자인 미쓰요시 시대에는 아케치 가문이 화창한 봄날을 맞이할 것이다, 라는 행운을 마음에 떠올렸을 것이 분명하다.

렌가가 끝난 것은 밤이 깊어서였다. 그 후 일행 앞에는 술상이 놓였다.

미쓰히데는 이때 다시 좌중을 깜짝 놀라게 하는 말을 꺼냈다.

"혼노 사의 해자 말인데, 그곳은 꽤나 깊을 테지."

사람들은 그만 젓가락을 놓고 서로 얼굴을 마주보았다.

렌가도 그렇고 이 한마디도 역시 미쓰히데가 모반하겠다는 뜻을 강조하는 것임이 틀림없다고 생각했다. 그러나 미쓰히데는 더 이상 일행을 괴롭게 하지는 않았다.

"하하하, 그럴 테지. 자네들은 그런 것을 알 리가 없지."

이것은 생각하기에 따라서는, 이것으로 미쓰히데가 무엇을 생각하는지 알 수 있을 것이므로 각자 협력해주기 바란다는 뜻으로도 받아들일 수 있고, 당분간 산에서 내려보내지 않겠다는 수수께끼로 해석할 수도 있었다.

사람들은 아무 말도 하지 않고 잠자리에 들었다.

모두 그날 잠을 이루지 못했을 테지만 미쓰히데도 자기 야심을 남에게 내비친 최초의 밤이었기 때문에 잠을 잘 수 없었다.

'어떻게 하면 그 횡포한 노부나가를 타도할 수 있을까?'

그 수순을 생각하는 것만으로도 도저히 잠을 이룰 수 없었다.

이튿날 아침 미쓰히데는 다시 한 번 곤겐을 참배하여 황금 오십 장과 돈 오백 관을 헌납하고 고유에게는 오십 냥, 렌가 가객들에게는 각각 열 냥 씩, 그리고 이타고 산 경내에도 따로 돈 이백 관을 기증한 뒤 산을 내려왔다.

내려올 때 다시 한 번 고유에게 분명히 눈을 빛내면서 말했다.

"개선한 뒤에 다시 만나세."

풍운의 성

가메야마 성에서는 이미 출진 준비를 끝내고 미쓰히데가 돌아오기만을 기다리고 있었다.

물론 백 상자의 탄약을 벌써 주고쿠에 보낸 뒤였다. 단 한 가지 뜻밖이었던 것은 이번에 싸움터에 데려가려던 적자인 주베에 미쓰요시가 사카모토에서 돌아온 지 얼마 안 되어 원인불명의 열병에 걸려 식사도 못하고 드러눕게 된 일이었다.

"중요한 때에 이게 무슨 일인가, 허약한 녀석."

이 일은 문득 미쓰히데의 운명이 공망 중에 있다는 것을 상기시켰으나 이미 뒤로 물러설 수는 없었다.

노부나가 역시 미쓰히데가 아타고 산에서 내려올 무렵에는 아즈치를 출발했을 것이다.

그런 의미에서는 바로 '때는 지금'인 것이고, 이 기회를 놓치면 그야말로 노부나가의 제물이 될 뿐이라고 미쓰히데는 생각했다.

미쓰히데는 성에 돌아오자 즉시 히데미쓰에게 명하여 전 병력을 셋으로 나누게 했다.

제1대는 히데미쓰를 대장으로 하는 사천왕 다지마, 무리카미 이즈미, 미야케 시키부, 쓰마키 가즈에 등의 3천 7백.

제2대는 아케치 지에몬을 대장으로 하는 후지타 덴고로, 나미카와 가몬, 이세 요사부로, 마쓰다 다로자에몬 등의 약 4천.

본진은 미쓰히데가 총대장이 되고 그 밑에 아케치 주로자에몬, 아라키 야마시로노카미, 아라키 도모노조友之丞, 스와 히다노카미, 사이토 무라노스케, 오쿠다 구나이, 미마키 산자에몬御木三左衛門 이하 3천 2백여 명.

그리고 배치가 끝나고서야 비로소 중신들만을 덴슈카쿠의 정상으로 불러 주위를 삼엄하게 경계토록 한 뒤 자신의 계획을 밝혔다.

"일이 누설될 것 같아 아직 그대들과는 상의하지 않았으나, 주군의 처사를 생각할 때 이대로 주고쿠에 출진하는 것은 위험하다고 생각하는데 어떤가?"

그 말을 듣고서야 비로소 중신들은 문득 떠오르는 생각이 있었다.

중신들은 어째서 미쓰히데가 이토록 고분고분 순종만 하고 있는지 의아하게 여기고 있었다.

좀더 분노해도 될 때, 아니 분노해야만 할 때…… 이런 기분으로 저마다 의견을 개진했는데도 미쓰히데는 전혀 그럴 마음이 없는 것 같았다. 미쓰히데에게 그런 마음이 없다면 만사가 끝장, 아무튼 명하는 대로 출진하여 그 후 노부나가의 태도를 지켜보는 수밖에 없다며 잔뜩 불만을 품고 명령을 기다리고 있었기 때문에 이 한마디는 장마철에 한 점의 창공을 발견한 듯한 사건이었다.

"그럼, 출진을 중지하시겠다는 말씀입니까?"

"아니면 모처럼 군비를 갖추었으니 이대로 밀고 나가 주군의 군사를 공격하실 생각이십니까?"

저마다 한마디씩 하는 것을 미쓰히데는 조용히 제지했다.

"교토에서 출발한 군사를 공격하면 우리 쪽 사상자가 너무 많아질 것이다. 주군은 주조 노부다가와 겐자부로 가쓰나가의 대부대의 선두에 설 것이 분명해."

"그러면 언제 공격하시렵니까?"

"먼저 내 말부터 듣거라. 이 일은 어디까지나 신중을 기해야 하는 거야."

"그야 말씀하실 것까지도 없는 일입니다."

"이번 싸움은 단지 사사로운 원한에 의한 모반이라 생각하면 안 돼. 하늘을 대신하여 노부나가의 불의를 응징하는 거야. 아타고 산에서 참례했을 때 분명히 신으로부터 그런 뜻의 계시를 받았어."

미쓰히데는 이렇게 말하고 천천히 일동을 둘러보았다.

"주군은 지금쯤 혼노 사에 도착했을지도 모른다. 그리고 그믐인 내일과 다음 달 초하루에는 교토의 정치적 상황을 알아보고 공경들의 인사를 받을 거야. 그런 뒤 3일에는 교토를 떠날 예정인 것 같아."

"그럼 오늘이나 내일 안에 혼노 사를?"

"내 말부터 들으라고 했지 않느냐. 막 도착했을 때는 주군만이 아니라 어떠한 무장도 그곳 분위기를 알기 위해 조심하게 마련이야. 물론 지금은 주군의 목숨을 노리는 자는 없어. 그러므로 공경이나 교토에 올라와 있는 무장들이 속속 찾아와 비위를 맞추며 아부하려 할 것이다. 그렇게 되면 마음이 풀어지고 술을 내오게 되는 것이 인간의 심리, 그러나 2일 밤이 되면 그 이튿날 아침에 출발해야 하기 때문에 다시 긴장하게 된다."

"그렇다면 기회는 1일 밤뿐이겠군요."

"그래. 1일 야밤에서부터 2일 새벽에 걸쳐."

미쓰히데는 여기서 손에 들었던 부채를 강하게 폈다 접었다. 공격할 기회는 그때뿐이라 생각하니 가슴이 심하게 뛰기 시작했다.

"히데요시는 주고쿠에서의 싸움으로 눈 돌릴 틈이 없고. 시바타 가쓰이에는 호쿠리쿠에서 우에스기와 대치하고 있으며 다키가와 가즈마스는 조슈에 있으므로 힘이 미치지 못해. 그리고 이에야스는 알다시피 지금 여행 중이야."

"그렇습니다! 그야말로 하늘이 내린 절호의 기회입니다."

"그런데 주군은 홀가분하게 혼노 사로 가는 거야. 이런 기회를 놓치면 천하를 손에 넣을 수 없어. 그럼 모두 이의가 없는 것으로 알고 각 부대의 부서를 정하겠다. 히데미쓰의 제1대는 혼노 사, 지에몬의 제2대는 묘카쿠 사와 니조 성, 나는 산조의 호리가와堀河에 있는 소시다이所司代°의 집을 포위하고 모두를 지휘하겠다."

일동은 다시 조용해져 기침 소리 하나 들리지 않았다.

일촉즉발

"드디어 모반의 길에 들어섰다."

생각만 해도 모두 긴장으로 숨이 막혔다. 그럴 것이었다. 상대는 잔인무도하다는 평을 듣는, 어떠한 전략가에게도 지금껏 패한 적이 없는 귀신과 같은 노부나가인 것이다.

"그러니까 사마노스케 히데미쓰 님은 혼노 사에서 주군을, 지에몬 님은 묘카쿠 사에서 주조 노부타다를 습격하신다는 말씀이군요."

사이토 나이조노스케가 이렇게 말하자 미쓰히데는 즉시 대답했다.

"그대는 나와 같이 산조 호리카와에 있는 쇼시다이의 집으로 가서 쇼시다이인 무라이 나가토노카미村井長門守를 제물로 삼은 뒤 제1대와 제2대의 후군이 되는 것이다."

"황송합니다마는 그 사이에 교토에 있던 군사들이 공격해 오지는 않을까요?"

미쓰히데는 웃으면서 그 말을 일축했다.

"염려할 것 없다. 이 미쓰히데도 조금은 세상에 알려진 무장이다. 니와 고로자에몬과 호리 규타로는 빗추에 나가 있으므로 그 뒤에 누가 남을 것인지는 충분히 생각해두었어. 그래도 만약의 경우에 대비하여 오즈, 야마시나, 우지, 요도, 구라마 등 교토의 출입구에는 모두 병력을 매복시켜놓았기 때문에 혼노 사에는 한 사람의 군사도 접근하지 못한다. 그렇지 않고는 이 대사가 성공할 줄 아느냐."

"죄송합니다. 그 말씀을 듣고 안도했습니다."

사이토 나이조노스케가 고개를 끄덕이고 입을 다물자 미쓰히데는 또 한 번 천천히 일동을 둘러보았다.

"천하를 손에 넣겠다는 이 미쓰히데의 구상은, 백부인 사이토 도산이 그런 꿈을 가졌던 혈기왕성한 청년시절부터 몇 번이나 쌓았다가 허물고 허물었다가 쌓은 것이다."

"……"

"그러한 미쓰히데가 어째서 중도에 그 꿈을 버렸는가. 그것은 선인들의 비참한 모습을 너무도 많이 보아왔기 때문이야. 당사자인 사이토 도산을 비롯하여 이마가와, 다케다, 우에스기, 아사쿠라, 마쓰나가, 아시카가, 아사이 등이 모두 천하를 노리다가 쓰러졌어. 이 미쓰히데만은 그 전철을 밟고 싶지 않다, 하다못해 자식들이나마 편안하게 살게 하고 싶다…… 그러나 이것은 노부나가에게 통하지 않았어. 가만히 앉아 있어도 멸망할 거라면 일어설 수밖에 없고, 이왕 일어선 바에는 이겨야만 한다."

"……"

"혼노 사에서 노부나가의 목을 자르면 곧바로 모리와 은밀히 연락하여 히데요시를 제압하고 우에스기를 통해 가쓰이에를 제압한 뒤 일거에 아즈치를 공격하여 긴키近畿를 평정하지 않으면 안 돼. 다행히 호소카와 다다오키와 오다 노부즈미는 나의 사위. 그리고 조정이나 공경과는 노부나가보다 이 미쓰히데가 더 가깝다. 교토의 세납 등을 면제해주고 한 달 안에 반드시 천하를 장악해 보이겠다. 모두 그렇게 알고 조금이라도 자신감을 잃지 마라."

"그러니까 사후의 일까지도 모두 손을 쓰고 계셨군요."

히데미쓰가 말하자 미쓰히데는 빙긋이 웃고 가슴을 두드렸다.

"이제 알겠느냐. 이 미쓰히데는 노부나가의 강요로 젊은 날의 꿈을 다시 여기서 불태우게 되었다. 단지 그것뿐이야. 그러나 이 말은 노부나가의 목을 자를 때까지 절대로 입 밖에 내어서는 안 돼. 부하 장병들은 물론 처자나 친형제들에게까지도. 만약 사전에 누설되어 일을 그르치면 그야말로 우리는 역사의 웃음거리가 된다. 천하를 얻느냐 후세의 웃음거리가 되느냐가 여기에 달려 있다. 알겠느냐?"

"알겠습니다."

모두 한 목소리로 대답했다.

"좋아, 그럼 출진은 결정되었다. 출발은 1일 낮, 도중에는 어디까지나 주고쿠에 가는 것처럼 모든 군사에게 인식시키도록. 그대들은 가족이 깨닫지 못하도록 그때까지 조용히 휴식하거라."

그리고 이번에는 나직한 목소리로 웃었다.

"놀랄 것이다, 교토 사람들도. 그리고 가족들도 모두…… 초하루의 날이 밝으면 천하의 주인이 바뀌어 있을 테니까. 하하하."

노부나가, 혼노 사에 들어가다

일단 결심을 하자 미쓰히데는 과연 과거에 노부나가를 반하게 하기에 충분했던 기량을 가진 인물로서의 면모를 보였다.

그 조심성은 보기 드문 정도였으며 사기를 높이는 작전도 발군의 지략이었다.

이렇게 하여 병사들과 가족에게는 극비에 부친 채 아케치 군이 출동 직전의 휴양에 들어갔을 때, 노부나가 일행은 야마시나까지 마중 나온 공경들의 대대적인 환영을 받으면서 교토에 들어가 롯카쿠 거리의 아부라고지 동쪽에 있는 혼노 사에 숙소를 정했다.

그 혼노 사는 물론 오늘날 데라마치寺町에 있는 혼노 사가 아니다. 노부나가는 이곳을 숙소로 정하기 위해 주위에 해자를 파게 하고 견고한 문을 세워 성곽으로서도 훌륭한 역할을 할 수 있도록 만들어놓았다.

넓이는 만 수천 평이나 되고 주위의 해자에는 붉은 수련睡蓮이 곳곳에 피어 있었으며 사찰 경내에는 쥐엄나무 거목이 울창하게 숲을 이루고 있다.

물론 군사도 일이 천은 쉽게 수용할 수 있었으나, 노부나가가 아즈치에서 데려온 고쇼와 근시는 모리 란마루 형제를 포함하여 오십 명도 되지 않았다.

그것만으로는 너무 부족하여 쇼시다이가 이백오십 명 정도의 경호원을 보냈지만 이런 정도로는 넓은 사찰 경내에서 거의 눈에 띄지도 않는 인원이었다.

"이 인원으로는 잔심부름을 하기에도 부족하지 않겠습니까?"

야마시나까지 마중 나갔던 쇼시다이인 무라이 나가토노카미 하루나가는 노부나가가 거실에 들어가기를 기다렸다가 물었으나 그는 가볍게 고개를 저었다.

"이 정도면 충분하다. 고작 이삼 일 머물다가 떠날 테니까."

그리고 한발 먼저 시녀들을 데리고 도착한 노히메와 농담인지 진담인지 알 수 없는 대화를 시작했다.

"오노, 내일 인사하러 오겠다는 공경은 누구누구일까? 역시 쉬파리 같은 자들일 테지."

"호호호."

노히메는 나가토노카미를 돌아보고 화사하게 웃으면서 말했다.

"주군은 점잖은 체하는 공경들의 인사를 받는 것이 여간 지겨우시지 않은 것 같아요."

"쉬파리라니 너무 지나친 말씀입니다. 혹시 그분들이 들으면 어떻게 하시려고요?"

"듣는다면 허식을 피하고 간단히 할 테지. 교토의 공경들이 모두 자기가 가진 최고의 옷으로 치장하고 약속이라도 한 듯이 쉬파리처

284

럼 몰려온다. 더울 때인데 웃통도 벗지 못하고 애를 먹을 거야. 대관
절 누가 온다고 했나?"

"오늘 야마시나에 마중 나가셨던 분들이 모두 오시지 않을까 생각
해요."

"뭣이, 그들이 모두 오다니, 놀라운 정성이로군."

노히메는 여기에는 대답하지 않고 노부나가를 홑옷으로 갈아입히
고 선반에서 방문자의 이름이 적힌 서류를 꺼내 읽기 시작했다.

"고노에 님과 그 영식, 구조九條 님, 니조 님, 쇼고인聖護院 님, 다
카쓰카사鷹司 님, 기쿠테이菊亭 님, 도쿠다이지德大寺 님, 아스카이
飛鳥井 님, 니와다庭田 님, 다쓰지 님, 간로지甘露寺 님, 사이온지西
院寺 님."

"아직 남았나?"

"예. 교토에 오늘날과 같은 번영을 가져다주신 소중한 주군이라고
모두 인사하러 오시려는 것입니다."

"거짓말 마라. 누가 들어와도 굽실거리며 아부를 하면서도 속으로
는 이놈의 시골뜨기라고 경멸하는 자들이 대부분이야."

"호호호, 그토록 인사 받기가 귀찮으시면 잠자코 계시면 되실 텐
데요."

"오노!"

"예."

"그대도 별수 없는 사람이군. 만약 내가 무뚝뚝하게 가만히 있으
면 그야말로 큰일이야. 노부나가의 심기가 언짢다, 노부나가에게 찍
히면 큰일이라면서 이보다 세 배나 네 배, 아니 다섯 배나 여섯 배가
몰려오게 될지도 몰라."

"호호호, 그러나 이것도 천하인의 고통이라 아시고 참으셔야 합니

다. 사이온지 아상亞相(다이나곤大納言의 별칭) 님 다음이 산조니시三條西, 고가久我, 다카쿠라高倉, 미나세水無瀬, 지묘인持明院 그리고 니와다의 고몬黃門(주나곤中納言의 별칭), 간주 사勸修寺의 고몬, 오기마치正親町, 나카야마中山, 가라스마루烏丸, 히로바시廣橋, 보조坊城, 이쓰쓰지, 다케우치竹內, 가잔인花山院, 마데노코지万里小路, 나카야마中山의 주조中將, 레이제이冷泉, 니시노토인西洞院, 온묘노카미陰陽頭……"

"이제 그만, 알겠어."

노부나가는 내뱉듯이 말하고 고개를 저었다.

"이보게, 나가토노카미. 그 정도라면 교토의 공경들이 총출동하는 것이로군. 함부로 교토에 들어가면 안 되겠어."

"죄송합니다마는 차만 대접할까요, 아니면 술상을?"

나가토노카미가 웃으면서 물었다.

"술은 필요치 않아! 다과 정도면 충분해."

노부나가는 한마디로 대답하고 천장을 노려보았다.

나가토노카미는 노부나가가 이에야스의 방문으로 시간을 빼앗겼기 때문에 서두르는 것이라 해석했다.

아닌 게 아니라 노부타다는 이미 니조 성으로 옮겨 처음 출진하는 막내 동생 겐자부로를 묘카쿠 사에 들여놓고 아버지의 도착을 기다리고 있다. 소문에 따르면 히데요시도 다카마쓰 성을 포위한 채 크게 고전하고 있다는 것이다.

이런 때 싸움 같은 일에는 관심이 없는 공경들의 한가로운 풍류담이나 듣는다는 것은 참을 수 없는 일인 것이다.

"나가토노카미, 공경들과의 만남은 내일 하루에 끝낼 수 있게 일정을 짜도록."

"알겠습니다."

나가토노카미는 그날 밤은 호리가와의 집으로 돌아가고 이튿날 일찍 다시 혼노 사로 왔다.

그러나 공경들의 접대는 하루에 끝나기는커녕 이튿날인 6월 1일에도 하루 종일 걸렸다.

노부나가가 오랜만에 상경했다고 해서 문자 그대로 공경들이 총출동하여 모두 선물을 가지고 찾아왔던 것이다.

원래 공경의 선물에 대해서는 받은 것 이상의 것을 돌려주는 것이 관례였다. 따라서 선물을 받고 그 답례를 하는 일 등으로 첫날은 하고 싶은 말도 못하고, "그러면, 내일 다시 찾아와 여러 가지 세상 이야기를……" 이런 말을 남기고 돌아가는 방문자들이 속출했다.

그러므로 차는 1일에 대접하게 되었고, 그것이 끝난 뒤 노부타다, 겐자부로와 함께 부자가 오붓하게 식사를 하도록 일정을 짤 수밖에 없었다.

노부나가도 그만 체념하고 1일에는 날이 저물 때까지 방문자를 접대했다.

이 경우에 크게 도움이 될 마쓰이 유칸과 하세 가와타케는 이에야스를 안내하러 가서 여기 있지 않았고, 미쓰히데는 출진을 준비하기 위해 단바에 돌아가 있다.

교토의 여름 행사나 차 이야기는 그런대로 괜찮았으나, 화제가 궁중의 전례典禮와 고사故事에 이르게 되자 나가토노카미는 당황하지 않을 수 없었다.

'만약 도중에 분노를 터뜨리지는 않을까?'

그러나 노부나가는 의외로 기분 좋게 그들을 돌려보냈다.

"나가토노카미, 함께 식사하도록 하세. 수고가 많았어."

이런 말을 들었을 때 처음으로 노부나가가 마음에 간직한 비밀을 깨달은 듯하여 마음을 놓았다.

노부나가는 부자끼리의 오붓한 술자리를 낙으로 삼아 낮의 그 번거로운 일을 참았던 모양이다.

'역시 이분도 자식을 둔 아버지인 것이다.'

"감사합니다. 그러면 평생의 추억으로 여기고 부자간 술자리의 말석을 차지하겠습니다."

"평생의 추억이라니 그럴듯한 말이군. 하하하하, 나가토노카미도 아주 제법이야. 그렇지 않은가, 오노?"

이리하여 객실에서 거실로 옮겨 주연이 시작된 것은 여섯 점 반(오후 7시) 무렵부터였다.

마지막 주연

높다란 전각의 마루에서 바라보는 장마철의 하늘은 잔뜩 흐리고, 그 칠흑 같은 어둠을 뚫고 때때로 반딧불이 흐른다. 멀리서 들려오는 개구리 울음소리는 조용한 저녁의 감회를 더욱 깊게 한다.

"내일부터는 다시 싸움이다. 불을 더 밝혀라."

노부나가는 흐뭇한 기분으로 잔을 기울이면서 아직 관례도 올리지 않은 겐자부로에게 자연스럽게 출진을 알렸다.

"주조, 이에야스는 기쁜 마음으로 사카이로 떠났겠지?"

노부나가는 또 노부타다에게 말을 걸었다.

"예. 전에 보았을 때의 교토와는 완전히 달라졌다면서 난만 사 부근에서는 한참 동안 걸음을 멈추고 종소리를 듣고 계셨습니다."

"하하하, 처음 보는 것이므로 무리가 아니지. 이 노부나가가 그런 것까지 세울 줄은 생각지도 못했을 거야."

"그러나 한 가지 도쿠가와 님에게 미안한 일이 있었습니다."

"그게 무엇이냐, 미안한 일이라니?"

"숙소인 묘카쿠 사를 방문한 공경들이 도쿠가와 님에게, 이번에는 주조를 수행하고 왔느냐고 묻는 것이었습니다."

"뭣이, 너를 수행하여?"

"물론 저는 우리 가문의 중요한 손님이라고 말했으나 상대는 그렇게 받아들이지 않았습니다. 생각해보니 이 노부다가는 주조, 그런데 도쿠가와 님은 쇼조少將로 저보다 아래였던 것입니다."

"으음, 미처 그것을 깨닫지 못했군. 과연 공경들이 너의 수행원이라고 한 것도 무리가 아니야. 이것은 나의 큰 실수였어."

이 자리는 노히메를 비롯하여 십여 명의 시녀가 술을 따르고, 고쇼인 모리 란마루와 그 동생 보마루坊丸, 리키마루 외에 오가와 아이헤이小川愛平, 이카와 미야마쓰飯川宮松 등 다섯 명이 무라이 나가토노카미와 함께 배석되어 있다.

란마루는 때때로 이야기에 가담했으나 다른 네 사람은 공손히 앉아 있을 뿐, 대화는 주로 부자간에 교환되었다.

"어떤가, 나가토노카미, 평생의 추억이 될 것 같나?"

"예. 주군에게도 이처럼 자상하신 면이 있었나 싶어 가슴이 뜨거워집니다."

"하하하, 실은 오노를 이 자리에 부른 것도 나일세. 여자라고 해서 남자들과 같이 상을 나란히 하고 잔을 나누지 말라는 법은 없어. 이 노부나가는 낡은 관습을 과감히 짓밟아온 사람이야. 상을 나란히 해도 상관없지 않느냐고 했지만 이 완고한 것이 처음에는 말을 들으려 하지 않았어."

"그 점에 대해서도 저는 감동을 받았습니다. 우다이진 님의 마님이라면 도도해지는 것이 상례인데 주군의 사소한 일까지 일일이 마음을 쓰고 계십니다. 참으로 여성의 모범이란 마님 같은 분을 두고 하는 말인 것 같습니다."

"호호호, 나가토노카미 님은 언변이 좋으시군요."

술병을 들어 노부타다의 잔에 따르면서 노히메는 환하게 웃었다.

"부자와 부부가 다같이 취해 혹시 춤을 춘다고 해도 여행 중의 일이므로 수치스런 일이라고는 생각지 마세요."

"당치도 않습니다. 저는 이번에 옆에서 뵙고 어째서 마님께서 일부러 교토까지 오셨는지 그 이유를 알 것 같습니다."

"이거 재미있군. 어째서 도깨비 같은 늙은이가 교토까지 따라왔을까?"

"황송합니다. 주군이 싫어하시는 공경들의 인사를 조금이라도 빨리 끝내도록 하시려고 오신 줄 알고 있습니다마는."

이번에는 노부나가가 큰 소리로 웃었다.

"과연 자네다운 말이군. 하지만 그것뿐만은 아니야."

"그럼, 또 어떤 이유가?"

"이유가 있지. 질투 때문일세. 아직 이십 대이므로 무리가 아니지."

"호호호, 그래요. 자, 어서 잔을 드세요. 주조도 겐자부로도 이렇게 한자리에 모이다니 정말 즐거운 밤이에요."

"그럼, 춤을 추도록 할까."

마침내 노부나가는 일어섰다. 그것을 보고 란마루는 얼른 북을 가져오고 노히메는 부채를 건네주었다. 이러한 분위기에도 무어라 말할 수 없는 호흡의 일치와 화기가 넘쳐 있다.

"또 아쓰모리인가요. 주군에게도 이미 인생 오십 년이 반년 앞으로 다가왔어요."

"쓸데없는 소리는 하지 마라. 이것이 내가 지닌 평소의 마음가짐이야."

이미 노부나가는 비틀거릴 정도로 취했다. 완전히 긴장을 푼 즐거운 주연이었음이 분명하다.

인생 오십 년
천하에 비한다면
덧없는 꿈과 같은 것

낭랑한 목소리가 높은 천장에 메아리쳐, 반주하는 란마루의 그림과 같은 아름다운 모습에 어우러져 이 세상의 일이라고는 생각되지 않는 환상적인 광경으로 보였다.

나가토노카미는 문득 노히메를 돌아보고 그녀가 눈 가득히 눈물을 담고 황홀해져 있는 것은 깨닫자 그 자신도 대번에 눈앞이 흐려져 주위가 보이지 않게 되었다.

인생 오십 년을 싸움으로 일관하여 오늘의 지위에까지 오른 남편을 가진 아내의 애절함이 춤을 추는 사람보다도 보는 사람의 가슴을 더욱 찌르는 것이었다.

주연은 그 후에도 계속되었다.

아직 어린 겐자부로는 마시지 않았으나 노부타다가 상당한 주량이어서 화목한 분위기 속에 젖어든다……

나가토노카미가 혼노 사를 나온 것은 이럭저럭 넉 점 반(11시)이 되어서였다. 그 역시 낮부터 접대를 하느라 피로했고 또한 취기 때문에 말에서 몇 번이나 안장 밖으로 미끄러질 듯하다가 겨우 쇼시다이의 저택으로 돌아왔다.

모반인가 열병閱兵인가

"문을 열어라. 나는 요시즈미 고헤이타吉住小平太다. 급한 일이니 문을 열어라."

나가토노카미의 말이 문 안으로 들어간 지 얼마 안 되어 말을 탄 무사 하나가 발굽 소리도 요란하게 달려와 문 앞에 멎었다.

문지기는 곧바로 문을 열지 않았다.

"무슨 일이십니까? 쇼시다이 님은 주무시는 중입니다마는."

"화급히 쇼시다이 님에게 드릴 말이 있어 가쓰라桂 마을에서 달려왔다. 즉시 이 말을 전하라."

문지기는 상대의 태도가 예사롭지 않았기 때문에 작은 창 틈을 통해 사람을 확인한 뒤 문을 열어주고 안으로 달려갔다.

"뭣이, 요시즈미 고헤이타가 왔다고? 고헤이타는 가쓰라 부근의 공전公田을 관리하고 있는 자…… 좋아, 만나겠으니 들여보내라."

잠자리에 들어가 잠을 청하고 있던 나가토노카미는 하품을 참으면서 평상복 차림 그대로 객실에 나갔다.

"아, 고헤이타로구나. 이 밤중에 그토록 창백한 얼굴을 하고 웬일이냐?"

"실은 오늘 저녁 공전을 둘러보고 있을 때 기누가사 산衣笠山 기슭에서 수상한 것을 보았습니다."

"기누가사 산 기슭에서? 무엇을 보았다는 말이냐?"

"쇼시다이 님! 아케치 님은 단바에서 빗추로 출진하시는 것이 아니었습니까?"

"물론 출진하시기로 되어 있지. 주군도 내일이면 교토를 떠나 빗추로 향하신다. 그것이 어떻다는 말이냐?"

"그런데 아케치 님은 오이노사카老ノ坂에서 야마자키로 향하시지 않고 교토 쪽으로 진로를 바꾸고 기누가사 산을 배경으로 산개散開하여 식사를 하고 있었습니다."

"허어, 교토 쪽으로 진로를 바꾸고?"

"예. 처음에는 저도 이상하게 우회하는구나 하고, 고개를 갸웃거리면서 일단 집으로 돌아왔습니다. 그러나 생각하면 할수록 마음에 걸려 부근의 농가에서 말을 빌려 타고 우선 보고해야겠다는 생각에서 달려왔습니다."

"그럼, 그 군사들에게는 말을 걸어보지 않았느냐?"

"아닙니다. 물어보았습니다. 어째서 빗추로 가는 데 길을 우회하느냐고."

"그랬더니 무어라 대답하더냐?"

"우다이진 님이 갑자기 교토에서 열병을 하시겠다고 한다, 그래서 우회한다는 대답이었습니다마는 과연 그럴까요?"

무라이 나가토노카미는 다시 고개를 갸웃거렸다.

"그대는 안 그렇다고 생각하느냐?"

"예. 혹시 아케치 님이 모반하려는 것은 아닐까 하고."

여기까지 듣고 나가토노카미는 불쾌하다는 듯이 고개를 저었다.

"주군이 교토에서 아케치 군을 열병하신다, 열병을 끝내시고 주조님, 겐자부로 님과 같이 빗추로 향하신다, 이는 조금도 이상할 것이 없지 않으냐. 그러고보니 주군을 수행하는 사람이 너무 적었어. 오사카에서 사카이까지는 노부타카 님의 군사가 기다리고 있으나 이 군사는 바다를 건너 시코쿠로 건너갈지도 모른다. 이제야 알겠어. 주군은 아케치 군을 거느리고 출진하시려는 거야."

인간의 신뢰란 때로는 묘한 방향으로 빗나가기 마련이다.

요시즈미 고헤이타가 교토에서 열병 운운하는 말을 하지 않았다면 무라이 나가토노카미도 의심을 품었을 것이다. 그러나 이 말을 듣자 그것이 곧바로 선입관이 되어 조금도 이상할 것이 없다고 스스로 설명하게 되는 것이었다.

"의심이 가시지 않습니까?"

"전혀 이상할 것 없다. 무엇보다도 이런 세상에 주군을 향해 화살을 당긴다, 그런 어리석은 짓을 할 자는 없어. 더구나 아케치 님은 주군에게 발탁되어 오늘의 지위에 오른 오다 가문의 중신이야. 그대로 있으면 더욱 더 영지가 늘어날 분이 아닌가. 일부러 말을 빌려 타고 와서 보고한 뜻은 가상하지만 좀 걱정이 지나쳤던 것 같다. 오늘 밤은 이미 늦었으니 내일 아침 일찍 확인해보겠다. 그대도 오늘 밤은 여기서 묵도록 하게."

"말씀을 듣고보니 확실히 그런 것 같기도 합니다."

고헤이타는 고개를 갸웃거리면서도 결국 자기가 품었던 생각을 거두고 말았다.

피곤한 나가토노카미는 꾸벅꾸벅 졸기 시작했다.

교토 난입

그 무렵 아케치 군은 벌써 교토를 향해 계속 육박하고 있었다.

가메야마 성을 떠난 것은 초하루의 정오가 되기 전이었다. 호쓰保 津의 숙소에서 산 속을 빠져나가 사가 들판을 지난 후 기누가사 산 기 슭의 구쓰카케咎掛에서 각자가 가져온 음식을 먹도록 명했으므로 아 무것도 모르는 병졸들까지도 그만 고개를 갸웃거렸다.

"아무래도 방향이 다른 것 같아."

"정말 그래. 주고쿠에 출진하는 것이라면 미쿠사三草로 향해야 할 텐데, 동쪽을 향해 오이노사카에서 야마자키로 간다는 거야. 그리고 일단 오이노사카에 도착하자 이번에는 오른쪽이 아니라 왼쪽으로 방 향을 돌렸으니 말일세."

"이렇게 되면 싫더라도 교토에 도착할 수밖에 없지. 도중에 명령 이 바뀐 걸까?"

"아무튼 여기서 배를 채우라고 했어. 그렇다면 밤에 행군할 것이 분명해."

"그러나저러나 이상하단 말이야. 이대로 야간 행군을 하면 한밤중에 교토로 들어가게 될 것 아닌가. 대관절 한밤중에 교토로 들어가 무엇을 하려는 것일까?"

이때 상사로부터 새로운 명령이 도착했다.

"노부나가 공이 우리 군사를 교토에서 열병하실 것이므로 우회해 오라는 명을 내리셨다. 따라서 여기서 식사를 하고 무장을 철저히 점검해놓거라."

나중에 생각해보니, 그 후에 이 부근의 공전을 관리하고 있던 요시즈미 고헤이타가 누군가에게 질문을 했던 모양이다.

병졸들도 일단 그 말을 믿었다.

"급히 출진하는 군사들을 일부러 우회시켜 열병하라고 하다니."

"우다이진 님은 나름대로 생각이 계신 거야. 천자님에게 우리가 씩씩하게 출진하는 모습을 보여드리고 싶어서겠지."

"그렇다면 한밤중에 도착하면 곤란한데."

모두 각자가 가져온 식사를 하는 동안 주위가 점점 어두워지기 시작했다.

날이 저물기 전에 군사들이 움직이면 남의 눈에 띄기 쉽다는 점을 고려한 미쓰히데의 신중함에서 나온 일이었으나 병졸들은 아직 그것을 깨닫지 못했다.

"어쩌면 여기서 야영을 하고 아침에 도착하려는 것인지도 몰라."

"그런 것 같아. 휴식 치고는 다소 길다는 느낌이 들어."

이런 말들을 주고받고 있을 때 "적은 혼노 사에 있다!"는 미쓰히데의 진의가 처음으로 모두에게 알려졌다.

혼노 사에서는 부자 사이에 기분 좋게 취기가 오르기 시작했을 무렵이었다.

미쓰히데는 제1, 제2, 제3대로 나누었던 군사 중에서 아시가루 이상의 장졸들을 구쓰카케 가도 옆에 집합시키고 말을 탄 채 엄한 소리로 명령했다.

"무찌르지 않으면 무찌름을 당할 것이기 때문에 부득이 교토에 들어가 우다이진의 목을 베기로 결정했다. 따라서 내일부터는 이 휴가노카미가 천하를 호령할 것이다. 모두 후회하지 않도록 공을 세우거라."

순간 사람들은 소리는 내지 않고 동요했다. 그러나 이 동요도 곧 가라앉고 살기를 띤 침묵만이 흘렀다.

"알겠느냐, 우리의 적은 빗추에 있지 않고 혼노 사와 니조에 있다! 용감하게 싸워 전사하는 자는 아들이 있을 경우에는 아들을, 아들이 없는 경우에는 연고자를 찾아 반드시 뒤를 잇게 하겠다. 모두 마음을 굳게 먹고 우선 말의 고삐를 잘라버려라. 보병들은 짚신을 새것으로 갈아 신고 철포를 가진 자는 화승을 한 자 다섯 치가 되게 잘라 그 끝에 불을 당겨 다섯 개씩 끝을 밑으로 향하게 하라. 알겠느냐?"

"와아!"

비로소 일동은 하늘을 향해 소리쳤다.

따지고보면 그들은 이렇게 될 것을 모두 무의식중에 진작부터 예기하고 있었는지도 모른다. 어쩌면 이 날이 올 것을 은근히 기다리고 있었는지도 모른다.

그 정도로 아케치 가문의 분위기는 어느 틈에 노부나가의 진의를 왜곡하는 버릇이 배어 있었다.

"알겠거든 일거에 가쓰라 강을 건너도록 하라! 그리고 교토에 들어갈 때까지 소리를 내지 마라. 사마노스케 히데미쓰의 군사는 혼노 사로! 지에몬의 군사는 니조 성과 묘카쿠 사로 가거라! 본진에 있는 자는 나를 따라 산조 호리가와의 쇼시다이 저택으로 간다! 오늘부터 천하는 이 휴가노카미의 것이 된다!"

이 호령에 대답하여 다시 한 번 함성이 울리고, 전군은 비로소 노부나가의 패업에 격돌하는 투지 만만한 노도로 변했다.

미쓰히데는 진두에 서서 말을 몰면서도 왠지 모르게 자신의 모반이 거짓말 같기만 했다.

모든 정보를 종합하고 분석한 결과 어디에도 실패할 허점은 보이지 않았다. 노부나가는 계산했던 대로 혼노 사에 들어가 있고, 니와 고로자에몬과 호리 규타로는 이미 교토를 떠났다.

혼노 사를 경호하는 인원은 미쓰히데가 예상했던 것보다도 적었으며 우려했던 비도 개어 반짝이는 별들이 습격을 도와주고 있었다.

노부나가의 운명은 오늘부터 '공망空亡'에 들어갔고, 모두의 시선은 주고쿠의 전투에 집중되어 있어 미쓰히데의 의도는 완전히 감춰져 있었다.

그런데도 자기가 천하의 주인이 될 수 없을 것 같은 느낌이 드는 것은 어째서일까.

병상에 누워 오늘의 출진에 가담하지 못한 주베에 미쓰요리의 원인불명의 열에 시달리는 창백한 얼굴, 호소카와 다다오키에게 출가한 다마코珠子의 얼굴, 노부나가의 조카 오다 노부즈미에게 출가한 맏딸의 얼굴, 사마노스케 히데미쓰에게 출가한 둘째 딸의 얼굴……

아니, 그보다도 차남인 주지로와 삼남인 주사부로, 아직 철모르는 막내아들 오토주마루乙壽丸의 잠든 얼굴들이 눈앞에 아른거려 견딜 수 없었다.

이들 자식들과 손자들에게 하다못해 인간다운 생활과 지위를 남겨

주고 싶다! 이런 생각 때문에 마음에서 몰아내었던 천하 장악에 대한 야심……

그러나 지금은 그 야심이 선두에 서서 이미 한 발짝도 물러설 수 없는 모험의 대열을 지휘하고 있다.

'만약에 패한다면?'

그야말로 일족은 역적과 불의라는 이름을 쓰고 이 세상에서 말살될 것이다.

"아니, 이길 수 있다! 절대로 이긴다! 차질없이 계획대로 된 것이 그 증거가 아닌가."

군사는 단바에서 교토에 도착하여 곳곳의 문을 부수고 나서야 비로소 하타사시모노를 세우고 각자의 부서로 달려갔다.

이미 그때는 자시子時(12시)가 지났으므로 정확히 말하면 6월 2일로 접어들고 있었다.

"히데미쓰, 가장 큰 적은 혼노 사다. 포위가 끝나거든 곧 내게 전령을 보내거라."

"알겠습니다."

"그리고 공격할 때는 보조를 맞추어 일제히!"

"염려하지 마십시오. 교토에 들어가면 벌써 승부는 끝난 것과 마찬가지입니다."

"좋아, 어서 서둘러라!"

미쓰히데는 여기서 즉시 교토의 일곱 군데 출구를 지킬 군사를 배치하고 그 길로 쇼시다이가 있는 호리가와의 관사로 향했다.

무라이 나가토노카미와 미쓰히데를 일단 의심하여 보고하러 왔던 요시즈미 고헤이타가 세상 모르고 깊이 잠들어 있을 무렵이었다.

철벽같은 포위

아케치 사마노스케 히데미쓰는 아무것도 생각하지 않았다. 두려움도 없거니와 망설임도 없고, 오직 무사로서의 젊음과 지혜를 다해 투지를 응집시켜 싸우는 것만이 목적의 전부였다.

그는 선두에 서서 캄캄한 롯카쿠 거리의 아부라고지로 진격하다가 어둠에 싸인 쥐엄나무의 거목과 대나무 숲 속의 혼노 사를 발견하자 미쓰히데에게 전령을 보냈다.

가까이 가서 보니 조용히 잠든 혼노 사를 둘러싸고 해자의 물이 희게 빛나고 있다.

더욱 늘어간 하늘의 별이 밤길에 익숙한 눈을 도와준다.

'이 안에 노부나가가 잠들어 있다.'

이런 생각만 해도 전신의 떨림이 멈추지 않았다.

절을 에워싸고 개미 한 마리도 빠져나가지 못하게 해야 한다.

"제1진의 지휘는 사천왕 다지마노카미."

"예."

"제2진의 지휘는 무라카미 이즈미노카미와 쓰마키 가즈에노카미."

"알겠습니다!"

"제3진은 미야케 시키부."

"알겠습니다."

"말할 것도 없지만 제1진은 지시가 내리는 즉시 숙소의 내전으로 돌입할 것. 이어서 제2진은 중문을 봉쇄하라. 제3진은 사찰의 문과 그 주위를 철벽같이 지킬 것. 즉시 출발하라."

땅을 울리며 발진한 3천 7백 여의 대열은 다시 3대로 나뉘어 혼노 사를 포위했다.

이때 미쓰히데로부터 교토로 통하는 출입구를 모두 봉쇄하고 쇼시 다이의 관저를 포위했다는 연락이 왔다.

마침내 기다리던 때가 온 것이다.

창이 번뜩이고 칼이 뽑혔다. 화승의 냄새가 그대로 쥐엄나무의 푸른 잎과 뒤섞였다.

히데미쓰의 손이 올라갔다.

그러자 문을 부수려고 그 자리에 있던 힘이 장사인 사천왕 다지마노카미의 장남 마타베에右兵衛가 백 관이나 되는 큰 돌을 높이 쳐들어 문을 향해 냅다 던졌다.

우지직 소리를 내며 쇠 징이 박힌 견고한 문이 부서져 나갔다.

그러자 때를 놓치지 않고 한 병사가 다람쥐처럼 안으로 들어가 빗장을 벗겼다.

문이 좌우로 활짝 열렸다. 그러나 아직 안에서는 일어나는 기색조차 없다.

거목 아래의 어둠은 더욱 깊고 지나치게 조용하여 도리어 소름이 끼칠 정도다.

"좋아, 함성을 질러라. 그리고 창을 겨누고 돌진하라!"

다지마노카미의 명령에 따라 제1진은 '와아' 하고 함성을 지르며 정문으로 쏟아져 들어갔다.

최후의 자조自嘲

오랜만에 부자가 한 자리에 모인 주연이었던 만큼 노부나가는 즐거움을 감추지 못하고 지나치게 과음했다.

란마루에게 업히고 노히메의 부축을 받으면서 침소에 옮겨진 것까지는 기억하고 있었으나 그 뒤로는 인사불성……

꿈을 꾼 것 같기도 하고 아닌 것도 같은 몽롱한 상태에서 문득 눈을 떴다.

타는 듯이 목이 말랐다.

옆방에서 자는 고쇼들을 깨우기가 미안하여 베갯머리로 기어가 물주전자를 집어들었다.

'그렇다, 주조와 겐자부로를 돌려보낸 뒤 란마루와 오노를 상대로 다시 술을 마시고 있었다.'

취했을 때 마시는 물은 속이 시원해질 정도로 맛이 있다.

길어다 놓은 샘물이 이처럼 차게 느껴지는 것은 취해서 누운 지 아직 얼마 되지 않았다는 증거이기도 할 것이다. 이런 생각을 했을 때 별안간 예리한 공기의 움직임이 느껴졌다.

노부나가는 깜짝 놀라 이부자리 위에 한쪽 무릎을 세웠다.

어디선가 분명히 사람이 움직이고 있다. 넓은 사찰 경내의 깊숙한 곳이어서 그것이 무엇인지 확실히는 알 수 없었으나, 희미하게 땅이 흔들리는 소리가 들려왔다.

'아마 경호하는 자들이 술을 마신 끝에 말다툼을 하는 모양이다.'

노부나가는 이렇게 생각했다.

앞서 덴가쿠 골짜기에서 노부나가의 기습을 받은 요시모토도 처음에는 그것이 술에 취한 아군들이라고 잘못 알았는데 공교롭게도 노부나가 역시 마찬가지였다.

그 정도로 지금의 노부나가에게는 모반 같은 것은 예기치도 못한 사건인 것이다.

"으음. 한두 명 정도가 아니군. 거기 누구 없느냐. 깬 자가 있거든 가서 보고 오너라. 누가 말다툼을 하고 있는 모양이다."

노부나가가 손뼉을 치며 말하자 옆방에서 자고 있던 란마루, 아이헤이, 미야마쓰 세 사람이 동시에 대답했다.

"예."

"아니, 잠깐."

다시 노부나가가 외쳤다.

"말다툼은 아닌 것 같다. 말발굽 소리가 섞여 있어."

이렇게 외치면서 노부나가는 벌떡 일어났다.

노부나가는 모기장 밖으로 무섭게 달려나가 거기 있는 큰 나기나타薙刀를 집어들고 온몸의 신경을 귀에 집중했다.

"란마루, 확인하고 오너라. 누가 사찰 경내에 침입했다."

306

"예."

란마루는 한 손에 칼, 다른 손에 촛대를 들고 급히 마루로 뛰어나갔다.

그의 귀에도 들려오는 예사롭지 않은 인마의 발자국 소리…… 그러나 주위가 너무 어두워 전혀 보이지 않았다.

란마루는 어둠에 눈이 익숙해지도록 촛불을 입으로 불어서 끄고 자기 뒤에 따라오는 두 고쇼에게 말했다.

"아이헤이, 미야마쓰, 정원에 내려가보거라."

"알겠습니다."

"아니, 미야마쓰 혼자 가거라. 아이헤이는 칼을 뽑아라. 만일의 경우에 대비하여 너는 주군 곁에 있거라."

그때는 이미 노히메도 일어나 있었다.

"무슨 일입니까?"

"쉿!"

노부나가는 노히메를 제지한 뒤 얼른 나기나타를 활로 바꾸어 들고 재빨리 마루에 나갔다.

세 사람이 덤벼야 겨우 시위를 당길 수 있는 활을 한 손에 들고 한쪽 다리를 난간에 걸친 채 잔뜩 밖을 노려보는 노부나가에게서 이미 취기란 찾아볼 수 없었다. 그 역시 일족의 목숨을 걸고 난세에 임하는 무서운 사자의 모습으로 바뀌어 있었다.

노히메도 얼른 병풍 뒤에 있던 화살통을 들고 노부나가의 뒤를 따라나섰다.

노부나가가 활을 쏘고 나면 지체없이 화살을 건넬 수 있도록 하려는 한 치의 빈틈도 없는 노히메의 동작이었다.

"무슨 일이십니까?"

"그만 깊이 잠이 들었습니다. 황송합니다."

나중에 일어난 란마루의 동생인 14세의 보마루와 12세의 리키마루가 당황하며 마루로 뛰어나왔으나 노부나가는 '쉿!' 하고 그들의 입을 막았다.

정면의 계단에서 중문으로 달려간 이카와 미야마쓰의 보고를 기다리고 있는 것이다.

미야마쓰는 날렵하게 잔디밭으로 달려나가 중문 곁의 소나무 위로 원숭이처럼 가볍게 기어올라갔다.

침입자가 있다고 해도 아직 여기까지는 난입하지 못한 모양이다.

소나무 위에서 이마에 손을 얹고 잠시 사방을 둘러보던 미야마쓰는 다시 쏜살같이 잔디밭을 달려 란마루가 기다리는 마루 앞에 이르러 딱 걸음을 멈추었다.

"깃발이 보였습니다. 군사가 난입했습니다."

"뭣이, 깃발이 보였다고! 그 깃발의 문장은 보지 못했느냐?"

란마루의 목소리는 새삼스럽게 복명할 필요가 없을 만큼 노부나가의 귀에도 확실하게 들렸다.

"깃발은 분명히 도라지꽃 문장, 틀림없습니다."

"도라지꽃 문장이라니 그렇다면 아케치 님의 것이란 말이냐?"

이렇게 말하면서 란마루는 즉시 노부나가에게 달려왔다.

"주군, 미쓰히데가 모반했습니다."

"도라지꽃 깃발이란 말이지."

노부나가는 나직이 신음하면서 "화살을!"하며 손을 뒤로 내밀었고, 화살을 건네는 자가 누구인지도 확인할 겨를이 없이 활에 화살을 메웠다.

힘껏 시위를 당겨 겨냥한 곳은 중문의 문짝이었다.

사람의 그림자는 전혀 보이지 않는데 무엇을 쏘려고 하는 것일까?

이렇게 생각하고 있을 때 노부나가는 화살을 시위에서 떼어놓고 "훙" 하고 나직이 웃었다.

"대머리란 말이지. 대머리라면 도리가 없어."

"도리가 없으시다니요?"

란마루가 묻자 노부나가는 다시 한 번 흐응 하고 기묘한 소리로 웃었다.

"대머리가 모반했다면 빈틈이 없을 것이라는 말이다. 우스운 일이야, 멍청이 놈이."

이 멍청이 놈이라고 한 말은 미쓰히데를 조소하는 것 같기도 하고 노부나가가 자신을 비웃고 있는 것 같기도 했다.

노부나가는 다시 모든 신경을 귀에 집중하고 그 후에 일어날 소리를 기다리는 얼굴이 되었다.

어둠 속의 푸른 잎

이번에는 사찰 경내에 난입한 군사의 움직임을 분명히 깨달을 수 있었다.

미쓰히데가 동원할 수 있는 병력이 약 1만 1천이라면 그 3분의 1인 4천이 이 혼노 사로 향하고 있을 것이 틀림없다. 이미 본당에서 부엌에 이르는 곳은 싸움터로 변해 있다. 이곳을 공격할 정도라면 당연히 그들의 별동대가 니조 성에 있는 노부타다와 쇼시다이의 관저도 습격하고 있을 것이다.

"멍청한 짓이야."

노부나가는 다시 한 번 소리내어 중얼거렸다.

그와 같은 반란 계획을 모르고 있던 자신보다도, 고레토 휴가노카미로서 충분히 서부 일본을 다스릴 지위에 올라 가문의 번영을 도모할 수 있는 위치에 있던 미쓰히데의 이 무모한 행동이 차차 우습게 여겨졌던 것이다.

미쓰히데는 노부나가가 한 사람만 제거하면 천하가 자기 것이 되리라는 착각을 하고 있다. 인간의 야심 위에는 인간이 도저히 움직일 수 없는 커다란 역사의 흐름이 있다는 것을 망각하고 있다.

"멍청한 놈, 천하는 너 같은 자가 쉽게 훔칠 수 있는 것이 아니야."

커다란 때의 흐름과 그것을 딛고 일어설 사신捨身의 견식과 힘이 하나가 되어야만 비로소 그 사람에게는 영웅의 문이 열리는 것이다.

미쓰히데는 노부나가를 죽임으로써 다시 시대를 난세로 되돌릴 것이다. 더구나 난세로 되돌아간 세계에서 미쓰히데는 고작 고실故實에 밝은 신경질적인 한 모장謀將에 불과하게 된다. 그러기에 쉰의 나이가 된 오늘날까지 미쓰히데는 노부나가의 치다꺼리밖에 못했던 것이 아닌가.

이쪽으로 다가오는 군사들의 발소리에 귀를 기울이면서 노부나가는 생각했다. 만약 나의 뜻을 계승하여 천하를 호령할 수 있는 자가 있다면 그는 대관절 누구일까?

'원숭이일까, 아니면 이에야스일까?'

어쨌든 미쓰히데 같은 자로서는 수습하려 해도 도저히 수습할 수 없는 세상이다.

"주군, 여기 계시면 위험합니다. 이곳은 저희가 지킬 것이니 덧문이 있는 방으로 옮기십시오."

란마루가 고쇼들을 데리고 와서 급히 말했으나 노부나가는 대답하지 않았다.

이미 일어날 사람은 모두 일어나 나와 있다.

란마루, 보마루, 리키마루의 3형제 외에 이카와 미야마쓰, 오가와 아이헤이, 스스키다 요고로薄田與五郎, 오치아이 고하치로落合小八郎, 다카하시 도라마쓰高橋虎松, 야마다 야타로山田彌太郎, 오쓰카

요자부로大塚與三郎 등의 고쇼들이 눈을 빛내며 달려왔고, 침소의 양쪽 방에 있던 스무 명에 가까운 시녀들은 뒤편 덧문이 있는 방에 모두 모여 숨을 죽이고 있는 것 같았다.

노부나가가 노려보고 있는 중문 밖에는 호위하는 군사 삼백 명 외에 승려와 문지기, 화재를 감시하는 자들까지 야습의 소용돌이 속에서 중문부터 난입을 저지하고 있을 것이 분명했다.

와아, 하고 문 가까이에서 함성이 올랐다. 동시에 누군가가 밖에서 문을 커다란 메로 두들겨 부수었다. 그 순간 비로소 노부나가의 활시위가 크게 울렸다.

첫번째 화살, 두번째 화살, 세번째 화살, 네번째 화살!

뒤에서 노히메가 건네주는 화살은 그대로 윙윙 소리를 내며 난입하는 적의 가슴을 꿰뚫는다.

"만만치 않다, 물러가라!"

난입자들로서는 적의 활부대가 어디에 매복해 있는지 알 수 없고, 한 사람이 쏘는 화살에 네 사람이나 쓰러지자 제1진의 침입은 포기하는 수밖에 없었다.

"과연 주군이십니다! 일단 물러갔으니 이 자리는 저희들에게 맡기시고."

다시 란마루가 다급하게 말했을 때 노부나가는 비로소 예의 그 터질 듯한 목소리로 말했다.

"휴가노카미 미쓰히데가 모반했다. 이렇게 된 이상 본때를 보여주고 할복할 것이다."

"예."

일동은 머리를 조아렸으나 노부나가는 벌써 그 자리를 뜨고 없었다. 란마루의 말대로 마루에서 덧문이 있는 방으로 들어가 흰 비단

잠옷 위에 홑옷을 걸치고 띠를 단단히 맨 뒤 부릅뜬 눈으로 활시위를 살피고 있다.

할복을 하겠다고 했으나 승패의 계산만으로 죽을 노부나가가 아니었다. 아마도 그는 최후의 순간까지 싸우다 죽을 결심임이 분명하다.

그동안에 노히메도 머리띠로 검은 머리를 뒤로 묶고 물빛 허리띠를 집어 늠름하게 어깨에 둘렀다.

노부나가가 접근하는 적을 쏠 생각이라는 것을 알자 노히메는 만일의 경우에 대비하기 위해 나기나타를 준비하고 화살통을 받쳐 들었다.

란마루는 노부나가가 마루에서 사라지자 고쇼들을 데리고 본당의 회랑回廊으로 달려갔다.

"아니, 오노가 아닌가."

노부나가가 이렇게 말한 것은 고개를 돌리고 첫번째 화살을 받아 들었을 때였다.

"왜 이렇게 억척을 떨고 있나. 나이깨나 들어 가지고…… 물러가! 여자들을 데리고 어서 피신해."

그러나 노히메는 대답하지 않았다. 그 말이 들리지 않는 것처럼 침착하게 미소마저 떠올리고 있는 것 같았다.

"오노!"

"예."

"내 말을 듣지 못했어? 어서 여자들을 데리고 피신하라고 했어."

"그렇지만 저는 킷포시의 아내입니다."

"뭣이, 킷포시?"

"예. 이미 주군은 우다이진도 우다이쇼右大將도 아닙니다. 오와리에서 제일 가는 난폭자, 무법자인 킷포시로 환원하신 거예요."

"그것이 어쨌다는 말이야. 킷포시건 노부나가건 여자들을 길동무로 삼는다면 체면이 서지 않아. 어서 피신해!"

"싫습니다. 그런 일이라면 다른 사람에게 명하십시오."

이렇게 말하면서 노히메는 얼른 다음 화살을 건넸다.

"저기 중문에 또 한 사람, 공을 세우려는 검은 그림자가……"

귀신으로 변한 노부나가

노부나가도 더는 노히메에게 피신하라는 말을 하지 않았다. 순순히 자기 말을 들을 여자가 아니다.

더구나 모반자인 미쓰히데는 노히메의 사촌오빠. 마음속으로는 여기서 함께 죽음으로써 사과의 뜻을 표하려는 것인지도 모른다.

노부나가는 난입하려는 자를 다시 쏘기 시작했다. 노히메의 말대로 이 동안만은 노부나가도 예전의 킷포시로 돌아와 무아지경에 빠져 있었다.

죽음의 공포도 없고 장래에 대한 불안도 회한도 없었다. 오로지 눈앞의 적을 쓰러뜨리는 데에만 집중하여, 중문 안쪽의 잔디밭에 하나둘씩 늘어가는 사살된 적의 시체에 더욱 투혼을 불태우는 맹수가 되어 있었다.

적은 노부나가의 맹렬한 반격을 받고 중문으로부터의 침입을 다시 포기했다.

이때 바로 덧문이 있는 방 앞의 마루에서 "무엄하다!"하고 찢어지는 듯한 소년의 목소리가 들렸다.

본당의 회랑으로부터 침입한 적의 모습을 보고 다카하시 도라마쓰와 모리 란마루, 오가와 아이헤이 등의 세 소년이 마루를 차면서 덤벼들었던 것이다.

그때 정문 부근에서 총소리가 들리고 비명이 그 뒤를 이었다.

'드디어 내전에 침입했구나.'

노히메는 계속 노부나가에게 화살을 건네면서 마음 한쪽에서 도리어 안도하고 있는 자신을 깨달았다.

이미 삼백 남짓한 이쪽 병력은 거의 전사했을 것이다. 아닌 게 아니라 어둠에 익숙해진 탓만이 아니라 정원의 잔디밭 중앙이 훤하게 밝아지기 시작하고 있다.

여름 밤은 일찍 밝는다. 이윽고 주위가 밝아지면 나의 시체도 그 한구석에 싸늘하게 누워 있을 것이다.

'그런데도 나는 도리어 마음이 편해지고 있다.'

어째서일까?

이렇게 생각했을 때 다시 근처에서 소년의 비명이 들렸다. 그 비명은 '분하다'라는 날카로운 꼬리를 끌고, 계속해서 다른 소리가 그 뒤를 이었다.

"잠깐, 동생 리키마루의 원수 놈아!"

"그렇게 말하는 너는 누구냐?"

"모리 란마루다!"

"애송이 녀석, 야마모토 하치에몬山本八右衛門이 상대해주겠다."

칼이 부딪치는 소리와 함께 외치는 소리를 듣고 노히메는 12세의 모리 리키마루가 이미 죽었다는 것을 알았다.

아니, 리키마루만이 아닐 것이다. 보마루도 그의 형인 란마루도, 또 아이헤이도, 도라마쓰도, 고하치로도, 요고로도 날의 밝으면 모두 애처로운 얼굴로 죽어 있을 것이 분명하다.

'이것이 내가 보아 온 비정한 난세의 모습이다.'

마음으로 합장을 했는데도 별로 가슴에 아픔을 느끼지 않는 것은 어째서일까?

살아 있는 한 따라다니기 마련인 죽음에 대한 공포…… 그 공포에서 해탈할 수 있는 것은 죽음뿐이라는 난세의 지혜가 어느 틈에 노히메의 피와 살이 된 모양이다.

그러고보면 노히메의 일족 중에서 천수를 다한 자가 한 사람이라도 있었을까?

아버지인 사이토 도산은 물론 어머니인 아케치 부인이나 많은 오빠와 동생들도 모두 골육상잔의 비운 속에서 목숨을 떨구었다.

'혹시 나만은 다다미 위에서 왕생往生할 수 있지 않을까?'

때때로 이런 생각을 하다가 깜짝 놀라 주위를 둘러보곤 한 일이 있으나 현실은 그처럼 달콤하지 않았다.

'나도 역시 칼을 맞고 죽는구나.'

이 비운이 도리어 노히메를 안도하게 만든 모양이다.

"이놈, 이것을 받아라!"

깜짝 놀라 다시 화살을 건네자 노부나가는 내전의 계단 옆에서 한 무사의 가슴을 화살로 꿰뚫고 있었다.

아, 노히메는 부르르 몸을 떨었다.

야마모토 하치에몬이라고 자신을 소개했던 침입자임이 분명하다. 허공을 붙들고 쓰러지는 그의 발 밑에는 이미 오가와 아이헤이와 모리 보마루가 피투성이가 되어 풀을 움켜쥐고 있다.

아마도 노부나가는 두 고쇼가 죽는 것을 보자 그 자리를 뜨지 못하고 사살했을 것이다. 새삼스럽게 바라보니 노부나가의 얼굴은 이미 인간의 그것이 아니라 피에 굶주린 한 마리의 거대한 짐승이었다.

'싸우는 것밖에 모르는 귀신!'

그리고 이 귀신들이 살아 세상에는 살육이 끊임없이 계속되는 것이 아닐까. 순간적이기는 했으나 노히메는 전신이 얼어붙는 듯한 증오를 남편에게 느꼈다.

바로 그때였다, 중문으로 세번째 쇄도한 적이 크게 함성을 지르며 노부나가의 표적이 된 것은.

아수라의 계산

노부나가는 귀신 그대로의 형상으로 계속 활을 쏘면서 큰 소리로 불렀다.

"하세가와 무네히토는 어디 있느냐? 무네히토!"

"예."

바로 뒤에서 대답이 들렸다.

"무네히토, 그대는 무사가 아니다. 더 늦기 전에 여자들을 데리고 뒷문을 통해 피신하라. 어서, 무네히토!"

"예, 그러나 이처럼 포위되었으므로."

"멍청한 놈! 어서 피신하라고 하지 않았느냐. 대머리는 아녀자를 죽이지 않는 놈이다. 서둘러라!"

그 말을 듣고 노히메는 깜짝 놀랐다.

피에 굶주린 한 마리의 야수. 나이다이진도 아니고 우다이쇼도 아니라 오직 살육에 미쳐 날뛰는 킷포시, 그렇게 생각했던 남편이 이처럼 싸우면서도 아녀자를 죽이지 않는다는 미쓰히데의 성격까지 계산하고 시녀들의 생명을 구할 기회를 노리고 있었다니.

"아, 활시위가 끊어졌어!"

팽팽하게 당겨졌던 활시위가 끊어지는 바람에 가슴을 얻어맞으면서도 노부나가는 다시 외쳤다.

"무네히토, 서둘러라. 게 누구 없느냐, 창을 가져오너라."

무네히토는 노히메 앞에 두 손을 짚었다.

"마님, 제가 모시겠습니다."

그러나 노히메는 세차게 고개를 저을 뿐 대답할 틈도 없었다. 남편이 중문으로 침입한 적을 저지하는 동안에 여자들을 피신시키지 않으면 그야말로 영원히 탈출할 기회를 놓칠 것이다.

노히메는 재빨리 남편의 손에 십자창을 쥐어주고는 자신도 반쯤 빈 화살통을 던지고 나기나타를 들었다.

본당으로 통하는 회랑에서는 아직 쫓고 쫓기는 사투가 벌어지고 있는지 노부나가 곁에는 한 사람의 고쇼가 없다.

"그럼, 물러가겠습니다."

무네히토도 노히메가 피신하지 않는다는 것을 알고 한 덩어리가 된 시녀들의 선두에 서서 정원의 왼쪽을 향해 달렸다.

"오노!"

노부나가는 유유히 십자창을 꽉 쥐면서 말했다.

"그대로 피신하도록. 이미 나를 충분히 도왔어. 피신하도록 해."

"싫습니다."

"뭣이, 그럼 이 노부나가를 욕되게 할 생각인가. 나는 여자의 손을 빌려 최후를 맞이하고 싶지는 않아."

"저는 단순한 여자가 아니라 살무사의 딸입니다. 그보다도 주군이야말로 속히 침소로 가셔서 조용히 할복하십시오."

"고약한 것! 여전히 건방지게 지시를 내리려 하다니. 이 노부나가가 그 따위 대머리의 모반 정도로 이성을 잃고 거취를 그르칠 바보로 보았단 말인가."

"그렇지만 직접 싸우는 일은 이제 그만두십시오. 만약 적에게 목을 건네기라도 한다면 생애에 흠이 생깁니다."

"쓸데없는 소리 말고 어서 피신해."

"싫습니다."

"고집을 부리면 안 돼. 나중에 여자의 시체가 남으면 이 노부나가가."

미처 말이 끝나기도 전에 노히메는 다시 고개를 강하게 내저었다.

"싫습니다!"

노부나가의 눈이 무섭게 빛났다가 다시 희미한 미소로 변했다.

"끝까지 건방지게 싸움을 걸어오는군. 그럼 마음대로 해!"

"감사합니다."

이것이 세상에서 부부가 나눈 마지막 인사였다.

왜냐하면 두 사람이 대화를 나누는 동안 화살이 날아오지 않는다는 것을 안 몇몇 그림자가 앞을 다투어 내전의 처마 밑으로 숨어들었기 때문이다.

그리고 이 중의 하나가 허리를 구부리고 방문 옆에 이르렀다.

"이놈!"

노부나가는 짧게 외치고 홱 밖으로 뛰어나갔다. 동시에 '악!' 하는 비명이 들리고, 노부나가의 창에 찔린 상대는 그대로 마루에 쓰러졌다.

"아, 우다이쇼다. 우다이쇼가 여기 있다. 우다이쇼가."

노부나가는 이 두번째 사나이에게 아무 말도 않고 돌진했다.

"으…… 으…… 우다이쇼가 여기."

허공을 휘어잡고 쓰러지는 사나이에게서 이번에는 피가 뿜어 나와 판자문을 물들였다.

노부나가의 말을 듣고 쏜살같이 돌아온 란마루가 쓰러지는 사나이에게 말없이 칼을 휘둘렀기 때문이다.

"주군!"

란마루가 비통한 소리로 외치며 한쪽 무릎을 꿇었다.

"직접 싸우시다니 황송하기 그지없습니다. 어서 침소로 돌아가십시오."

"알고 있어."

그러나 노부나가는 세번째 사나이에게 창을 들이댄 채 물러가려 하지 않는다.

다시 전신을 투지로 불태우며 살육을 즐겨 마지않는 거대한 짐승의 모습으로 돌아와 있다.

이것을 본 란마루도 칼을 창으로 바꿔 들고 다가오는 자를 찌를 수밖에 없었다.

살무사의 부도婦道

이미 어떤 기적이 일어난다 해도 노부나가의 목숨을 구할 수 있는 상황이 아니었다. 문자 그대로 겹겹이 혼노 사를 에워싼 아케치 군은 차차 그 수가 늘어나고 있다.

쇼시다이 관저의 점령을 끝낸 본대가 혼노 사의 해자에 물을 보내는 산조의 호리가와를 따라 물밀듯이 이동했다.

그런 의미에서 상대가 미쓰히데라면 도리가 없다고 앞서 말한 노부나가의 말은 그대로 적중하고 있었다.

'목숨은 앞으로 얼마나 더 남아 있을까?'

노히메도 나기나타를 움켜쥐고 노부나가를 따라 방을 나와 결연한 모습으로 최후에 대비하고 있다.

시녀들만은 무사히 탈출할 것 같으나 그 다음에 지켜보고 싶은 것은 노부나가의 최후였다.

노부나가가 아까 내뱉듯이 "용케도 평생토록 건방진 소리를 계속해 왔군"이라고 한 말이 새겨지듯 귀에 남아 있다.

돌이켜보면 참으로 불가사의한 부부다. 남편의 잠든 목을 베려고 시집왔다가 어느 틈에 그 남편의 그림자처럼 되고 말았다.

덴가쿠 골짜기 무렵의 노히메……

도쿠히메를 도쿠가와 가문에 출가시킬 때의 노히메……

처음 교토로 올라가는 노부나가를 전송할 무렵의 노히메……

그 모습들을 지금은 남의 모습인 것처럼 객관화할 수 있다.

싸우고는 화해하고 화목했다가는 다투면서도 어느 틈에 노부나가의 반신半身이 되어 득의도 실의도, 아픔도 기쁨도 함께 나누는 노히메가 되었다.

그 노히메가 노부나가의 오른팔이 될 인물이라 여겨 혈연을 믿고 소개했던 미쓰히데가 결국 남편인 노부나가도 그 그림자인 자기 자신도 이 세상에서 지워버리는 존재가 되다니 얼마나 처절하고 안타까운 현세의 인연이란 말인가?

"주군, 어서 안으로!"

바로 곁에서 소리치는 란마루의 말을 들은 노히메는 깜짝 놀라 정신을 차리고 나기나타를 고쳐 쥐었다.

"떠들지 마라, 란마루. 삶과 죽음은 하나인 것이다."

"그러나 이미 본당에서도 정원에서도 수많은 인원이 다가오고 있습니다. 이 자리는 저희가."

"아니, 본때를 보여주는 것은 지금부터다. 부상 당했다고 사기가 떨어지면 안 된다, 란마루."

란마루는 대답 대신 쳐들어오는 대여섯 명의 그림자 속으로 아수라처럼 돌격해 들어갔다.

란마루 하나만이 아니다. 그 뒤에서 마루를 쿵쿵 울리며 역습해 나간 것은 전신에 피를 뒤집어쓴 도라마쓰인 듯했다.

오치아이 고하치로의 모습은 보이지 않는다.

노히메는 더 이상 움직이지 않았다.

'남편이 쓰러질 때는 그 그림자인 나도 사라질 때.'

이렇게 결심하면서도 가능하다면 그 그림자가 먼저 사라져 남편에게 자결할 때를 알리고 싶었다.

그러나저러나 이 얼마나 집요한 남편의 항전이란 말인가.

일단 적을 물리쳤던 다카하시 도라마쓰가 다시 공격을 받고 되돌아왔다. 그러자 정원에도 십여 명의 그림자가 흩어지듯 늘어났다.

그중에는 야마다 야타로, 스스키다 요고로, 오쓰카 요자부로가 중상을 입고 머리가 흐트러진 채 섞여 있다. 젊은 사자들도 그만 정력과 끈기가 쇠진한 모양이다.

그림자 하나가 정원에서 내전의 계단을 향해 달려왔다. 노부나가는 얼른 그를 찔러 쓰러뜨렸으나 떡 버티고 선 채 그 자리에서 움직이지 않는다.

노히메는 이제야 비로소 노부나가가 침소에 돌아가지 않는 이유를 알 것 같다.

'혹시 남편은 이 자리에 미쓰히데가 나타나기를 기다리는 것이 아닐까?'

만약 그렇다면 물러갈 리가 없다. 마지막으로 여러 사람 앞에서 할복할 생각인지도 모른다.

노히메는 저도 모르게 몇 걸음 남편 앞으로 다가갔다.

여기서 미쓰히데나 그를 대신한 적의 대장에게 욕하겠다는 아집에 사로잡힌다면 그야말로 노부나가의 수치가 될 것이다.

왜냐하면 미쓰히데는 자신의 공을 과시하기 위해 반드시 노부나가의 목을 산조의 강변에 효수할 것이다…… 라는 생각이 들었기 때문이다.

'어떤 일이 있어도 목만은 적의 손에 넘기지 말아야 한다.'

"주군, 먼저 가겠습니다."

그때 바로 눈앞에서 맨 먼저 야마다 야타로가 허공을 움켜쥐고 마루에서는 힘이 다한 다카하시 도라마쓰가 "분하다!"는 마지막 한 마디를 남기고 난투 중에 사라졌다. 이제 남은 것은 란마루와 요자부로, 그리고 요고로뿐.

이렇게 생각한 순간 노부나가가 버티고 있는 계단 옆으로 적의 무사 두 사람이 갑옷 소리를 내며 달려왔다.

"우다이쇼의 목을 가지러 왔소! 나는 아케치 군의 미야케 마고주로."

"나는 야스다 사쿠베에!"

미야케의 말이 끝나자마자 누군가가 그 앞으로 달려나갔다.

생각을 하고 뛰어든 것이 아니다. 그야말로 본능적으로 그림자의 본체를 감싸는 살무사의 부도가 발휘된 것이다.

깨닫고보니 노히메는 검은 가죽으로 된 갑옷에 흰 실로 누빈 가타쿠사즈리肩草摺°로 무장한 건장한 무사 앞에 나기나타를 겨누고 서 있었다.

"비켜!"

상대가 소리쳤다.

"야스다 사쿠베에가 노리는 것은 우다이쇼 노부나가뿐이다. 방해하지 마라!"

노히메는 싱긋 웃었다. 야스다 사쿠베에의 용맹은 잘 알고 있다. 아마 상대도 밝을 때라면 노부나가와 자기 사이를 가로막고 있는 것

326

이 노히메라는 것을 깨달았을 것이다.

그러나 노히메는 대답도 않고 자신이 누구인지 밝히지도 않았다.

"아니, 너는 여자로구나."

창을 꼬나든 사쿠베에는 놀란 듯 소리쳤다.

"여자 따위를 상대할 사쿠베에가 아니다. 무모한 저항은 그만두거라."

이때 또 하나의 적이 사쿠베에 옆으로 달려왔다. 벚꽃 무늬 갑옷을 입었다는 것을 깨달은 순간 상대는 아무 말도 없이 오른쪽에서 노히메를 공격했다. 사쿠베에를 어서 노부나가와 상대하게 할 생각에서였을 것이다.

"얏!"

노히메는 입에서 기합을 내지르며 겨누고 있던 나기나타를 밑에서 위로 원을 그리며 휘둘렀다.

"앗……"

상대는 손에 들었던 창을 떨어뜨리고 턱에서부터 투구까지 베어져 주위에 피를 뿌리며 쓰러졌다.

그리고 다음 순간 노히메는 벌써 물처럼 잔잔한 표정으로 사쿠베에 앞을 막아섰다.

"으음, 여자이지만 놀라운 솜씨…… 그러나 여자는 상대하지 않는다. 물러가거라!"

노히메는 그동안에 노부나가가 어서 침소로 돌아가기를 마음으로부터 기원했다. 기원하는 찰나 뜨거운 애정이 온몸에 치솟았다.

'남편을 위해 죽는다.'

그런 애정이 자기에게도 있었던 것이다.

"물러가지 않겠다면 할 수 없다. 덤벼라!"

사쿠베에는 화가 나서 가타쿠사즈리를 젖히고 창을 겨누었다. 노히메가 물러가지 않는다는 것을 알자 그 눈은 살기를 띠고 무섭게 빛났다.

"얏!"

사쿠베에가 창을 내지르는 것과 동시에 노히메도 나기나타를 휘두르며 원을 그렸다. 나기나카의 칼끝이 구사즈리의 검은 가죽을 두서너 치 정도 베었을 때 노히메의 몸이 비틀거리며 앞으로 기울어졌다.

하복부에서 옆구리에 걸쳐 달구어진 쇠로 찔린 듯한 충격을 받아 다시 한발 나가려고 하다가 그만 무릎이 꺾여 앞으로 고꾸라지고 말았다.

그래도 다시 일어서려 했다. 나기나타를 휘두르려고 했다. 그러나 겨우 움직인 칼끝 주위에는 사람의 그림자가 없고, 지면에 엎어진 왼쪽 뺨 밑에는 이슬인지 피인지 모를 액체가 흘러 눌어붙은 잔디에서 비릿한 냄새가 풍길 뿐이었다……

피로 물든 잔디

'야스다 사쿠베에는 나를 쓰러뜨린 즉시 남편 쪽으로 향했을 것이다.'

이런 생각이 들자 노히메는 쓰러진 자리에서 머리를 들어 계단 쪽을 보았다.

일어설 수도 걸을 수도 없었으나 눈과 귀는 아직 살아 있다.

'제발 남편이 물러가 있었으면.'

그러나 겨우 잔디에 엎어진 채 찾아낸 남편의 모습은 여전히 계단에 한 발을 걸친 이전의 그 자세대로 서 있다.

흰 비단옷 차림의 모습이 차차 뚜렷하게 보이기 시작한 것은 새벽이 가까웠기 때문일 것이다.

'참으로 안타까운 주군……'

이렇게 생각하면서도 왠지 모르게 그 모습은 범할 수 없는 장엄함을 지니고 혼탁한 이 세상을 가로막고 있는 것 같기도 했다.

"야스다 사쿠베에가 목을 가지러 왔습니다. 떳떳이 승부하기 바랍니다!"

사쿠베에는 그때 이미 창을 지팡이로 삼고 마루 위에 올라가 있었다. 그리고 노부나가의 오른쪽에서 창끝을 겨누고 서서히 다가갔다.

노부나가는 미동도 하지 않았다. 무언가 정원의 한 점을 노려보고 있다. 그 시선 끝에는…… 하고 생각했을 때 노히메는 깜짝 놀랐다.

노부나가의 시선은 풀에 고꾸라져 움직이지 못하고 있는 자기를 향하고 있었던 것이다.

"아, 아, 위험하다!'

아마도 옆구리에서 쏟아져 나온 피가 대지에 흡수되었을 것이다. 차차 청각마저 멀어져가는 가운데 노히메는 저도 모르게 외치려 했다. 그런데 이 위기일발의 찰나 또 하나의 그림자가 끼여들었다.

"나는 모리 란마루다! 역적아, 덤벼라."

"오, 란마루로군. 알겠다!"

사쿠베에는 혀를 차고 란마루 쪽으로 향했다. 쌍방이 번개처럼 창을 내질렀다.

전신에 상처를 입고 머리카락이 흐트러진 란마루에게는 이것이 마지막 사투가 될 것이다…… 라고 생각했을 때 뒤얽혔던 창이 허공에서 소리를 내며 떨어져 나갔다. 싸움에 지친 란마루의 몸이 그 여세에 밀려 털썩 마루에 엉덩방아를 찧었다.

그 순간 노히메를 바라보고 있던 노부나가가 시선을 돌렸다.

시선을 돌린 노부나가는 두 번 다시 뒤를 돌아보지 않았다. 비로소 내전으로 걷기 시작했던 것이다.

내전의 침소로 통하는 작은 장지문은 시녀들이 남기고 떠난 방 안의 등불을 반사하여 허옇게 빛의 고리를 그리고 있다.

"우다이쇼! 돌아오시오."

사쿠베에가 당황하며 노부나가를 뒤쫓았다. 그러나 노부나가는 돌아보지도 않고 보조를 늦추지도 않았다.

불빛이 다다미 위에 비치고 장지문은 아무 일도 없었다는 듯이 다시 닫혔다.

야스다 사쿠베에는 그 장지문에 몸을 내던지듯 하며 창으로 찔렀다.

"얏!"

그러자 대신 벌떡 일어선 란마루가 구르듯이 달려와 몸을 던지면서 사쿠베에의 정강이를 후려쳤다.

"주군!"

란마루는 절규했다.

"적은 한 발짝도 접근하지 못합니다. 안심하시고 최후를……"

그것은 잔디에 쓰러진 채 멀어져가는 의식과 싸우는 노히메의 기원이 란마루의 입을 빌려 터져 나오는 말이었다……

불길에 뜻이 있다

．

란마루와 사쿠베에의 사투는 계속되었다.

"날이 밝기 전에 반드시 노부나가의 목을 베어라. 그리고 날이 밝거든 그 목을 산조 다리 밑에 효수하여 교토 사람들에게 보여야 한다."

노부나가의 목이야말로 내일부터 천하의 주인이 누구인지를 확인시키는 유일한 증거인 것이다.

미쓰히데의 독촉을 받은 사마노스케 히데미쓰는 미야케 마고주로, 야스다 사쿠베에, 사천왕 다지마노카미 등에게 엄명을 내려 내전을 공격하게 했던 것이다. 그런 만큼 노부나가의 모습을 눈앞에서 본 사쿠베에의 초조감은 보통이 아니었다.

성공하기 일보 직전에 란마루의 방해로 말미암아 바로 장지문 너머에 노부나가가 있다는 것을 알면서도 접근할 수 없는 것이다.

"이놈, 이번에야말로 단단히 맛을 보여주겠다."

"이 역적의 앞잡이 놈아, 주군의 자결까지도 방해하려 드느냐."

"닥쳐라! 포악하고 무자비한 노부나가는 천하 만민의 적이다."

"가소롭다. 네놈이 어찌 주군의 뜻을 안다는 말이냐. 자, 덤벼라."

사쿠베에도 필사적이었으나, 현재 측근 중에서 유일하게 남은 란마루의 기세 또한 귀신도 두려워할 만큼 처절한 것이었다.

옷소매와 하카마는 갈가리 찢어지고 손발도 속옷은 피와 땀으로 범벅이 되어 있다.

상처는 스무 군데 가까이 되었다. 그런데도 아직 죽어서는 안 될 란마루인 것이다.

'주군이 무사히 자결하실 수 있도록 해야 한다.'

란마루는 노부나가가 끝까지 침소로 돌아가기를 거부한 의미를 차차 알 수 있게 되었다. 그것은 노히메가 걱정했듯이 미쓰히데가 나타나기를 기다리기 위해서도 아니고 히데미쓰를 꾸짖기 위해서도 아니다.

'이것이 무사의 진면목이다.'

경우에 따라서는 죽음이 삶보다 훨씬 더 쉽다. 만약 가혹한 현실에 압도되어 필요 이상으로 일찍 쉬운 길을 택한다면 그야말로 겁쟁이라는 비난을 면치 못한다.

모반한 자가 미쓰히데라는 것을 알았을 때 "미쓰히데라면 도리가 없다"라고 중얼거렸던 노부나가다. 도리가 없다는 것은 살아서 탈출할 수 없다는 것이고, 죽음은 그때부터 결정되어 있었다.

그러나 노부나가는 이 결정된 최후의 일각까지도 산전수전을 다 겪은 무장으로, 또 인간으로 일관하겠다고 결심했던 것이다…… 이렇게 생각하자 란마루는 새삼스럽게 흠모하는 마음이 치솟았다.

'과연 주군답다!'

란마루 자신도 또한 아무도 보고 있는 자가 없는 이 무無의 세계에서 마지막 순간까지 노부나가처럼 무인답게 싸우려고 결심했다.

란마루는 드디어 사쿠베에를 다시 마루까지 몰아내는 데 성공했다. 그것은 이미 육체의 힘이 아니었다. 시퍼런 불길이 되어 타오르는 무서운 기력의 불가사의였다.

"얏!"

사쿠베에를 난간 곁으로 밀어붙인 란마루는 상대의 가슴을 향해 힘껏 창을 찔렀다. 사쿠베에는 미처 피할 틈이 없어 번쩍 공중을 날아 난간을 뛰어넘었다.

"앗!"

쌍방이 동시에 소리를 질렀다.

한쪽은 공격에 실패하여 몸이 난간에 부딪치는 바람에 놀라서 지르는 소리였고, 다른 쪽은 난간을 넘어 정원에 뛰어내리다가 발을 헛디뎌 돌로 쌓은 물받이 도랑에 쓰러지면서 지르는 소리였다.

그리고 사쿠베에가 재빨리 일어나려 했을 때 난간에 한 발을 걸친 란마루가 창을 내질렀다.

"으음."

"으음."

이번에는 나직한 고통의 신음 소리가 쌍방의 입에서 흘러나왔다. 사쿠베에는 란마루에게 구사즈리 사이로 왼쪽 허벅지를 찔리는 바람에 신음했고, 란마루는 재빨리 칼을 뽑아 옆으로 휘두른 사쿠베에의 일격에 오른쪽 무릎 밑이 잘려 신음한 소리였다.

"분…… 분…… 분하다……"

란마루의 날카로운 소리가 꼬리를 끌었다. 그러자 이 최후의 말이 신호가 되기라도 한 듯 내전의 장지문이 확 밝아졌다.

노부나가는 깨끗이 배를 가르고 나서 그대로 침소에 불을 질렀던 것이다. 이것은 그야말로 기적에 가까운 일이었다. 순식간에 침소는 시뻘건 불길에 휩싸여 노부나가의 유해를 집어삼켜, 왼쪽 허벅지를 천으로 동여맨 사쿠베에가 목을 베려고 다시 접근했을 때는 이미 더 이상 다가갈 수 없는 맹렬할 불길로 화해 있었다. 사쿠베에는 이를 갈면서 안타까워했으나 노부나가의 목은 단념할 수밖에 없었다.

만약 미쓰히데에게 실수가 있었다면 이 한 가지뿐이었다. 그러나 이 커다란 실수야말로 겨우 13일간의 천하로 끝난 미쓰히데의 운명을 암시하는 실수였다고 할 수 있을 것이다……

날이 훤하게 밝기 시작했다.

이미 노히메도 풀 위에서 숨이 끊어졌다.

그 유해는 여전히 젊었고, 금세 웃으려는 듯 조용했다. 그러기에 당시의 기록에는, 많은 남자들 사이에 유일하게 여성의 시체가 있었는데 그것은 마치 스물여덟이나 아홉으로밖에 보이지 않는 아름다운 시녀로 이름은 '오노'라는 로조였다…… 고 적혀 있다.

노부나가의 부인이라고는 아무도 상상하지 못했기 때문일 것이다.

— 끝 —

역자 후기

일본은 중세에서 근세로 이행하는 과정에 길고 긴 터널이 있었다. 백여 년 동안에 걸친 이른바 센고쿠戰國 시대라는 난세가 그것이다.

그동안 줄잡아 삼백 명이 넘는 무장이 할거하여 천하의 패권을 노리는 사투를 되풀이했다. 그 결과 처음으로 천하를 평정한 사람은 오다 노부나가였고 그 뒤를 도요토미 히데요시豊臣秀吉와 도쿠가와 이에야스德川家康가 릴레이식으로 배턴 터치를 하여 260여 년에 걸쳐 에도 바쿠후江戶幕府라는 안정된 정권을 실현했다.

이 책은 그 노부나가의 일대기를 다룬 야마오카 소하치山岡莊八의 동명 소설『오다 노부나가』를 완역한 것이다. 작가는 일본의 출판사상 경이적인 신기원을 기록한 초超 대하 역사소설『도쿠가와 이에야스』를 통해 우리나라에도 널리 알려진 대표적인 작가로, 말하자면 이 소설은『도쿠가와 이에야스』의 자매편이라 할 수 있다.

노부나가는 구시대의 고정관념이나 사회 통념을 철저하게 파괴하고 신시대의 문을 연 천재였다.

그의 천재성은 모든 면에서 상상을 초월한 데에 있다. 요컨대 발상과 행동이 파격적이다. 보통 사람과는 정반대로 일을 하면서도 그것이 성공하여 실적이 주위에 알려져 남이 그 행동을 흉내낼 때 노부나가는 벌써 저만치 앞서 나아가 다른 길을 걷고 있다.

노부나가가 다른 무장은 물론 일본 역사상 누구도 따르지 못할 정도로 이채를 발하는 것은 그가 서구의 합리주의적 사고방식을 가졌다는 점이다.

그가 전투에 임할 때 가장 중시한 것은 병력이 아니라 정보였다. 전투의 승부는 실전이 3할이고 정보는 7할이라는 철저한 정보 전략으로 일관했다. 노부나가는 또 종래의 전통적인 전술이었던 기마騎馬에 의한 백병전이라는 개인전에서 소총을 주 무기로 한 보병의 근세적 집단 전투로의 전술 혁명을 이룩했다. 그뿐만 아니라 근대적 군사 조직을 확립시킨 장본인이기도 했다. 즉 종래의 군사 조직은 병농일체兵農一體여서 농번기에는 군사를 동원할 수 없고, 대량으로 동원하는 경우에는 농산물의 생산에 지장을 초래했다. 노부나가는 이점을 염두에 두고 병농을 분리시켜 전문적인 군대, 다시 말해서 돈으로 움직이는 '용병'을 조직했던 것이다.

노부나가는 쇄국주의 시대에 경제 혁명을 단행한 선각자기도 했다. 강병强兵과 아울러 부국富國을 위한 경제 혁명을 병행하여 상인들에게 자유로운 활동을 보장하고 또 장려하여 대도시를 중심으로 중세 이래의 이른바 길드guild 조직을 철폐했다. 또 오카사 부근의 사카이堺를 국제도시로 육성하여 외국의 문물을 적극적으로 받아들였다.

노부나가는 천하의 제패라는 목표를 탐욕적으로 추구한 인물이다.

따라서 결코 현상에 만족하지 않았다. 그가 부하의 발탁이나 추방, 즉 인사 정책에 있어서 독창적인 용인법用人法을 쓴 것도 천하 제패를 효과적으로 실현한다는 관점에서 보면 지극히 합리적이었다. 철저한 능력주의를 바탕으로 더욱 강력한 조직을 구축하기 위해서는 가문이나 혈통과 같은 종래의 관례를 고려할 여지가 없다. 여기서 인습과 정실을 배제한 능력주의의 대대적인 발탁이 시작된다. 일개 하급 병졸에 지나지 않던 도요토미 히데요시를 오른팔로 기용한 것이 그 대표적인 예이다.

한마디로 말해서 노부나가는 주위의 강적을 모두 역사의 이면으로 사라지게 했을 뿐만 아니라 낡은 사회제도를 파괴하여 활력이 넘치는 새로운 시대를 출현시켰다. 이 같은 파격적인 인물이 어떻게 해서 태어나고 천하에 회오리를 일으켰으며 또 어떤 생애를 걸어왔을까 하는 것을 작가 특유의 창작적 기법으로 추구한 작품이 바로 이 『오다 노부나가』이다.

지금 우리는 20세기라는 긴 터널을 지나 새로운 변혁기의 여명을 맞이했으나 앞으로도 사회적 유동은 격심하리라 예상된다. 그러한 시기에 이 작품에서 다룬 노부나가의 참신하고 파격적인 발상과 행동, 주위를 압도하는 결단력과 행동, 그리고 선악을 초월한 카리스마는 우리가 살아나가는 데 큰 힌트가 될 것이라 믿어 의심치 않는다.

2002년 6월
역자 이길진 씀

《혼노 사의 변》

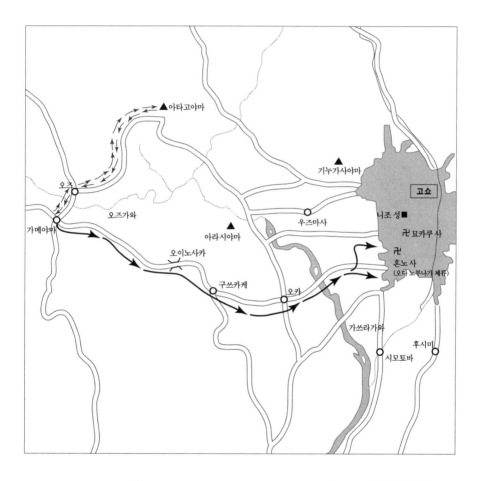

→ ········ 아케치의 행보
➡ ········ 아케치 군의 진출로

《 미노·오와리·이세의 주요 지도 》

─·─·─	지역 경계선
▬▬	강
───	강의 지류

340

≪ 아즈치 성 ≫

◈──오다 노부나가 권력의 상징

해자를 사이에 두고 바로 앞에 성읍의 일부가 보인다.

《 오다 · 도요토미 · 도쿠가와 인척 관계도 》

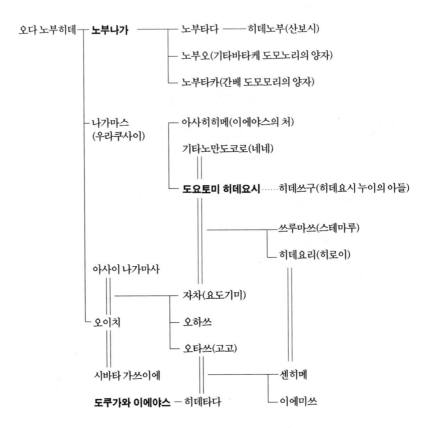

오다 노부히데 ─┬─ **노부나가** ─┬─ 노부타다 ── 히데노부(산보시)
　　　　　　　　│　　　　　　　├─ 노부오(기타바타케 도모노리의 양자)
　　　　　　　　│　　　　　　　└─ 노부타카(간베 도모모리의 양자)
　　　　　　　　│
　　　　　　　　├─ 나가마스　　┌─ 아사히히메(이에야스의 처)
　　　　　　　　│　(우라쿠사이)
　　　　　　　　│　　　　　　　　기타노만도코로(네네)
　　　　　　　　│　　　　　　　　‖
　　　　　　　　│　　　　　　　└─ **도요토미 히데요시** ······ 히데쓰구(히데요시 누이의 아들)
　　　　　　　　│　　　　　　　　　‖
　　　　　　　　│　　　　　　　　　‖　　　　┌─ 쓰루마쓰(스테마루)
　　　　　　　　│　　　　　　　　　‖　　　　└─ 히데요리(히로이)
　　　　　　　　│　아사이 나가마사　‖
　　　　　　　　│　‖　　　　　┌─ 자차(요도기미)
　　　　　　　　│　‖　　　　　├─ 오하쓰
　　　　　　　　└─ 오이치　　　└─ 오타쓰(고고)
　　　　　　　　　　‖　　　　　　　‖　　　　┌─ 센히메
　　　　　　　　시바타 가쓰이에　　　‖　　　　└─ 이에미쓰
　　　　　　　　　　　　도쿠가와 이에야스 ─ 히데타다

```
······   양자 관계
‖       부부 관계
```

≪ 주요 등장 인물 ≫

노히메濃姬 | 추정 1535~? |
'미노의 살무사'로 불리며 인근 여러 무장들에게 공포의 대상이 된 사이토 도산의 딸이다. 정략결혼을 통해 노부나가에게 정실로 시집왔으나, 살무사의 딸답게 넘치는 재기를 발휘하여 언제나 노부나가의 뒤에서 그림자처럼 보필한다.

다케다 가쓰요리武田勝頼 | 1546~1582 |
다케다 신겐의 넷째 아들로 신겐이 사망한 뒤 다케다 가를 상속한다. 아버지만 못하다는 비난을 잠재우기 위해 노력하지만 결국 가쓰요리에 의해 다케다 가는 멸망한다.

도쿠가와 이에야스德川家康 | 1542~1616 |
오카자키의 성주인 마쓰다이라 히로타다의 장남으로 아명은 다케치요竹千代. 어릴 적에 노부나가와 절친하게 지낸 인연으로 오케하자마 전투 후 오다 가와 동맹을 맺는다. 이후 노부나가와 사돈이 되나 노부나가의 대쪽 같은 성격 때문에 적자와 본처를 잃는다.

마쓰나가 히사히데松永久秀 | 1510~1577 |
처음에는 미요시 나가요시를 섬겼고, 쇼군 아시카가 요시테루를 암살하는 등 악행을 많이 저질렀다. 후에 오다 노부나가에게 항복하고 오다 가를 섬기다가 결국 노부나가를 배신하며 천하를 손에 넣으려 하지만 자멸하고 만다.

모리 란마루森欄丸 | 1565~1582 |
본명은 모리 나가사다. 동생 보마루(나가타카), 리키마루(나가우지)와 함께 고쇼로서 노부나가를 섬긴다. 5만 석을 가진 이와무라 성주이기도 하다. 혼노 사의 변이 일어났을 때, 노부나가 곁에서 아케치 군을 맞아 전투를 벌이다 장렬히 전사한다.

아라키 무라시게荒木村重 | 1535~1586 |
쇼군 아시카가 요시아키의 직계 가신이었지만 요시아키가 추방된 이후 오다 노부나가를 섬긴다. 아리오카 성의 성주이며, 아케치 미쓰히데와 사돈이다. 휘하의 병졸이 저지른 하찮은 잘못이 발각되자 노부나가가 용서치 않을 거라 믿고 모반했다가 결국 패주한다.

아케치 미쓰히데明智光秀 | 1528~1582 |
각지를 돌아다니며 병법을 익혔고 검술에 능하다. 아사쿠라 요시카게의 가신이었으나 마흔 살 전후에 노부나가를 섬기며 교토 부교를 역임한 오다 가의 중신이다. 노부나가의 명으로

343

도쿠가와 이에야스의 접대역을 맡지만 노부나가의 마음을 잘 헤아리지 못해 작은 오해들이 쌓인다. 이에 결국 원군을 이끌고 주고쿠로 가라는 노부나가의 명을 어기고 혼노 사로 말머리를 돌린다.

오다 노부나가織田信長 | 1534~1582 |

오다 노부히데의 적자로 아명은 킷포시. 노부나가는 아시카가 요시아키를 쇼군으로 옹립하고 교토로 진입한다. 사방의 적을 물리치고 천하를 손에 넣지만 그것도 잠시, 자신의 처사에 불만을 품은 가신 아케치 미쓰히데의 모반으로 생애를 끝맺는다.

우에스기 겐신上杉謙信 | 1530~1578 |

에치고의 슈고다이묘 집안 태생으로, 에이로쿠 4년(1561) 우에스기 노리마사에게서 간토 지방 관직과 우에스기 성을 받는다. 불교적인 깨달음 속에서 전쟁을 즐기는 실력자로 신겐이 죽자 강적으로 변한 노부나가에게 싸움을 건다.

하시바 히데요시羽柴秀吉(도요토미 히데요시豊臣秀吉) | 1536~1598 |

기노시타 히데요시가 성을 하시바로 바꾸고 나서 사용하는 이름이다. 오다 노부나가의 하인으로 출발하여 든든한 오른팔이 된다. 성격이 맞지 않는 아케치 미쓰히데와는 달리 노부나가의 마음을 잘 이해하는 충신이다. 노부나가의 명을 받아 주고쿠 지방을 공략하는 데 힘을 쏟는다.

《 용어 사전 》

가라오리唐織 | 당나라에서 전래한 직물로 만든 옷.

가타비라帷子 | 안감을 대지 않은 여름옷.

가타쿠사즈리肩草摺 | 어깨에 걸치는 구사즈리.

고가모노甲賀者 | 고가 출신의 무사로 이가伊賀의 무사와 함께 첩자로서 뛰어난 능력을 발휘함.

곤겐權現 | 부처나 보살이 중생을 제도하기 위해 지상에 내려온 신 또는 그 장소.

교겐狂言 | 익살과 풍자를 위주로 한 일본의 전통 연극. 노能와 노 사이에 공연된다.

구로쇼인黑書院 | 사적인 이야기를 나누는 장소.

구리가라 용俱梨迦羅龍 | 부동명왕不動明王이 변신한 것이라는 불교 설화에 나오는 용.

기세토黃瀬戶 | 미노美濃에서 구운 황색 도자기.

노가쿠能樂 | 연극 형식으로 일본 고전 예능의 한 가지. 노能라고도 한다.

노부시野武士 | 산야에 숨어 살면서 패잔병 등의 무기를 빼앗아 무장한 무사나 토민의 무리.

닌자忍者 | 변장술을 쓰며, 암살과 정탐을 하는 사람. 특히 가이甲斐, 이가伊賀의 닌자 조직이 유명하다.

대흑천大黑天 | 삼보三寶를 사랑하고 인간을 부유하게 만드는 불교의 신.

도자마外樣 | 대대로 녹봉을 받아온 가신이 아닌 방계 출신의 다이묘나 무사.

라쿠이치樂市 | 특권 상인들이 독점했던 시장을 없애고 다이묘의 관리하에 두었던 시장.

무카바키行縢 | 무사가 사냥이나 전투를 할 때 몸을 보호하기 위해 입는 옷.

사세구辭世句 | 임종 때 지어 남기는 시가詩歌.

소시다이所司代 | 교토의 정무와 경비를 담당하는 책임자.

아쓰모리敦盛 | 무사가 인생의 무상을 깨닫고 불문에 들어간다는 설화에서 유래한 노가쿠의 하나.

에보시烏帽子 | 관례를 올린 남자가 쓰는 검은 모자.

우다이진右大臣 | 다이조칸太政官(국정의 최고 기관)의 장관. 사다이진左大臣 다음의 직위. 여기서는 오다 노부나가를 가리킨다.

우마마와리馬廻り | 곁에서 장수를 수호하던 말 탄 무사.

이가모노伊賀者 | 둔갑술에 능한 이가伊賀 출신의 무사.

이누오모노犬追者 | 말 탄 무사 36명이 150마리의 개를 쫓아가며 활을 쏘는 무예.

후다이譜代 | 대대로 주인의 가문을 섬기는 일, 또는 그 사람.

훈도시褌 | 남자의 생식기를 가리는 데 쓰는 좁고 긴 천.

《 오다 노부나가 연보(1534~1582) 》

◆──서력의 나이는 오다 노부나가의 나이

일본 연호		서력	주요 사건
덴분 天文	3	1534 1세	5월, 오와리의 나고야 성에서 오다 노부히데와 정실인 도다 마사히데의 차남으로 출생. 아명은 킷포시.
	5	1536 3세	1월, 기노시타 도키치로(도요토미 히데요시), 오와리의 나카무라에서 출생. 4월, 이마가와 요시모토가 가문을 이어받는다. 7월, 덴몬홋케天文法華의 난.
	6	1537 4세	이 해에 미노의 사이토 도산이 사이토 사콘노타유 히데타쓰라 칭한다.
	7	1538 5세	7월, 야마나 우지마사가 오우치 요시타카에게 패한다.
	9	1540 7세	6월, 오다 노부히데가 조정에 외궁 건축비를 기증.
	10	1541 8세	1월, 모리 모토나리가 아마코 하루히사를 격파. 6월, 다케다 노부토라가 아들 하루노부에게 추방되어 이마무라 요시모토 밑에서 은거한다. 7월, 호조 우지쓰나(소운의 아들) 사망. 포르투갈 선박이 분고에 표류.
	11	1542 9세	1월, 아사이 스케마사(나가마사의 조부) 사망. 8월, 오다 노부히데가 미카와의 아즈키사카에서 이마가와 요시모토를 격파. 사이토 도산, 주군인 도키 요리나리를 미노의 오쿠와 성에서 쫓아내 오와리로 추방한다. 12월, 마쓰다이라 다케치요(도쿠가와 이에야스), 오카자

347

일본 연호	서력	주요 사건
덴분 天文		키 성에서 출생.
12	**1543** 10세	2월, 오다 노부히데가 조정에 히라테 마사히데를 보내 궁전의 보수를 위한 영조비를 기증. 8월, 포르투갈 선박이 다네가시마에 표류하여 총포를 전함. 11월, 모리 모토나리의 삼남 다카카게가 고야카와 가문을 계승. 노부나가가 이 무렵부터 파격적인 행동을 하여 멍청이라는 별명이 붙여진다.
15	**1546** 13세	4월, 우에스기 도모사타가 호조 우지야스에게 패배. 이해 노부나가가 후루와타리 성에서 관례를 올리고 오다 사부로 노부나가라고 개명한다.
16	**1547** 14세	7월, 모리 모토나리의 차남 모토하루가 요시카와 가문을 이어받음. 8월, 모리 모토나리가 은퇴하고 장남 다카모토가 모리가의 주군이 된다. 9월, 오다 노부히데가 미노에 난입하여 사이토 도산을 공격하다 패배한다. 10월, 다케치요가 인질로 슨푸에 호송되던 중 납치되어 오다의 인질이 됨. 11월, 사이토 도산이 기후 성을 공격하다 패퇴. 이 해 노부나가는 히라테 마사히데의 도움으로 처음 출전한다.
17	**1548** 15세	2월, 노부나가가 히라테 마사히데의 주선으로 사이토 도산의 딸 노히메와 결혼. 12월, 나가오 가게토라(우에스기 겐신)가 가문을 계승한다.

일본 연호		서력	주요 사건
덴분 天文	18	1549 16세	7월, 프란시스코 사비에르가 가고시마에 상륙하여 그리스도교 포교 시작.
	19	1550 17세	5월, 제12대 쇼군 아시카가 요시하루 사망. 9월, 선교사 사비에르 상경. 이 무렵부터 노부나가는 이치가와 다이스케에게 활을, 하시모토 잇파에게 철포를, 히라타 산미에게 병법을 배운다.
	20	1551 18세	3월, 오다 노부히데 사망. 노부나가가 가문을 계승한다. 9월, 오우치 요시타카가 스에 다카후사의 공격을 받고 패하여 자결한다. 10월, 선교사 사비에르가 일본을 떠남.
	21	1552 19세	1월, 우에스기 노리마사가 호조 우지야스에게 추방되어 에치고의 나가오 가게토라에게 의지함.
	22	1553 20세	윤1월, 히라테 마사히데가 노부나가에게 간언하고 자결한다. 4월, 노부나가가 사이토 도산과 쇼토쿠 사에서 회견. 9월, 나가오 가게토라와 다케다 하루노부(다케다 신겐)가 시나노의 가와나카지마에서 싸움. 다케다 신겐이 무라카미 요시키요를 에치고로 몰아낸다.
	23	1554 21세	2월, 쇼군 아시카가 요시후지가 요시테루로 개명. 이 해 노부나가는 내란으로 고민하나 진압할 방법이 없음. 4월, 노부나가가 숙부 노부미쓰와 제휴하여 오다 노부토모를 치고 기요스 성의 성주가 된다. 7월, 나가오와 다케다의 제2차 가와나카지마 전투.

일본 연호		서력	주요 사건
고지 弘治	1	1555 22세	10월, 모리 모토나리가 이쓰쿠시마에서 스에 하루카타를 죽임. 11월, 나고야 성주 오다 노부미쓰가 가신인 사카이 마고하치로에게 살해되고, 노부나가는 나고야 성을 하야시 미치카쓰에게 지키게 한다.
	2	1556 23세	4월, 사이토 도산이 노부나가에게 미노를 물려준다는 유언장을 쓰고 이튿날 요시타쓰와 나가라가와에서 싸우다 전사. 노부나가가 원군을 보냈으나 이미 때 늦음. 8월, 동생인 노부유키와 하야시 미치카쓰 등이 노부나가와 이나후에서 싸워 패하고 항복한다. 이 해 이복형인 쓰다 노부히로가 사이토 요시타쓰와 제휴하여 기요스 성 탈취 시도.
	3	1557 24세	4월, 모리 모토나리가 스오와 나가토 두 지방을 평정. 11월, 동생 노부유키가 슈고 다이 오다 이세노카미 노부야스와 짜고 다시 노부나가에게 반역. 이에 노부나가는 병을 핑계로 노부유키를 기요스 성으로 유인하여 암살한다.
에이 로쿠 永祿	1	1558 25세	9월, 기노시타 도키치로가 노부나가를 섬김. *엘리자베스 여왕 즉위(영국).
	2	1559 26세	2월, 노부나가가 상경하여 쇼군 아시카가 요시테루를 알현. 3월, 노부나가가 이와쿠라 성을 공격하여 오다 노부야스를 추방하고 오와리를 평정. 4월, 나가오 가게토라가 상경하여 쇼군 아시카가 요시

일본 연호	서력	주요 사건
에이로쿠 永祿		테루를 알현. 5월, 가게토라 입궐.
3	1560 27세	1월, 바쿠후가 가스팔 빌레라에게 포교를 허락. 5월, 노부나가가 이마가와 요시모토를 오와리의 덴가쿠하자마에서 기습하여 죽인다(오케하자마 전투). 가을, 노부나가가 '구마노 참배'를 구실로 상경하여 도키치로에게 철포의 매점을 명한다.
4	1561 28세	5월과 6월, 노부나가가 미노에 침입하여 사이토 다쓰오키의 군사와 싸운다. 9월, 나가오와 다케다의 양군이 가와나카지마에서 싸운다. 이 해에 기노시타 도키치로가 네네와 결혼.
5	1562 29세	1월, 노부나가가 마쓰다이라 모토야스와 동맹한다. 4월, 농민 반란이 일어나 롯카쿠 요시카타가 교토 지역에 덕정령德政令 포고. *종교 전쟁(프랑스).
6	1563 30세	1월, 모리 모토나리가 이와미 은광을 조정에 헌납. 3월, 호소카와 하루모토 사망. 7월, 노부나가가 고마키야마에 요새를 쌓고 미노 공격의 근거지로 삼음. 마쓰다이라 모토야스가 이에야스로 개명. 8월, 모리 다카모토 사망. 미카와에서 잇코 종 신도의 반란이 일어남. *명나라의 척계광戚繼光, 복건성에서 왜구를 격파(중국).

일본 연호		서력	주요 사건
에이 로쿠 永祿	7	1564 31세	3월, 노부나가가 아사이 나가마사와 손을 잡음. 7월, 미요시 나가요시 사망. 8월, 가와나카지마 전투. 노부나가가 이누야마 성의 오다 노부키요를 죽이고 오와리를 통일한다.
	8	1565 32세	5월, 쇼군 아시카가 요시테루가 미요시 요시쓰구, 마쓰나가 히사히데 등에게 살해됨. 11월, 노부나가가 양녀를 다케다 하루노부의 아들 가쓰요리에게 출가시킴.
	9	1566 33세	4월, 노부나가가 조정에 물품을 헌납. 7월, 노부나가가 오와리노카미가 된다. 윤8월, 노부나가가 사이토 다쓰오키와 싸워 패한다. 9월, 기노시타 도키치로에게 명해 미노의 스노마타 성을 쌓는다. 12월, 이에야스가 마쓰다이라에서 도쿠가와로 성을 바꾼다.
	10	1567 34세	3월, 노부나가가 다키가와 가즈마스에게 북부 이세의 공략을 명한다. 5월, 노부나가의 장녀 도쿠히메가 이에야스의 적자 노부야스와 결혼. 8월, 노부나가가 이나바야마 성을 공략, 사이토 다쓰오키는 이세의 나가시마로 퇴각한다. 노부나가는 고마키야마에서 이나바야마로 거처를 옮긴 뒤 기후로 개칭한다. 9월, 오다와 아사이의 동맹이 성립되어 노부나가의 여동생 오이치가 아사이 나가마사와 결혼. 10월, 마쓰나가와 미요시의 동맹군에 의해 도다이 사의

일본 연호	서력	주요 사건
에이 로쿠 永祿		불전이 소실됨. 11월, 오기마치 천황이 노부나가에게 오와리와 미노에 있는 황실 소유 토지의 회복을 명한다. 노부나가가 가신인 가네마쓰 마타시로에게 주는 임명장에 '천하포무'의 도장을 사용한다.
11	1568 35세	2월, 노부나가가 북부 이세를 평정. 삼남 노부타카를 간베 도모모리의 후계자로, 동생인 노부카네를 나가노 씨의 후계자로 삼는다. 4월, 고노에 롯카쿠 씨의 가신 나가하라 시게야스와 동맹함. 이 무렵부터 아케치 주베에(미쓰히데)가 노부나가를 섬긴다. 7월, 노부나가가 아시카가 요시아키를 에치젠에서 미노의 릿쇼 사로 맞이한다. 9월, 노부나가가 오미를 평정하고 상경함. 10월, 노부나가가 셋쓰, 이즈미, 사카이, 야마토의 호류사에 과세함. 아시카가 요시아키가 15대 쇼군이 됨. 12월, 다케다 신겐이 슨푸를 침공. 이마가와 우지자네는 엔슈의 가케가와로 도주한다.
12	1569 36세	1월, 노부나가는 미요시의 3인방이 쇼군 요시아키를 혼코쿠 사에서 포위했다는 보고를 받고 눈을 헤치며 상경하여 셋쓰의 아마자키에 불을 지른다. 2월, 노부나가가 쇼군 요시아키를 위해 새로운 거처를 신축. 4월, 궁전을 수리하기 위한 비용을 헌납한다. 8월, 노부나가가 군사를 이끌고 북부 이세를 침공. 9월, 기타바타케 씨가 노부나가와 화친하고 가문을 노

일본 연호		서력	주요 사건
			부나가의 차남 자센마루(노부오)에게 물려주기로 약속한다.
겐키 元龜	1	1570 37세	1월, 노부나가가 쇼군 요시아키에게 5개 항의 글을 보내 간언함. 2월, 오미의 조라쿠 사에서 씨름 대회를 개최. 3월, 노부나가가 쇼코쿠 사로 이에야스를 방문. 4월, 노부나가가 에치젠의 아사쿠라 요시카게를 공격. 아사이 나가마사, 롯카쿠 쇼테이 등의 반격으로 노부나가 군이 교토로 철수한다. 5월, 노부나가가 기후로 돌아가던 도중에 지타네 고개에서 저격을 받음. 6월, 노부나가가 이에야스와 함께 아사이·아사쿠라 양군과 아네가와에서 싸움(아네가와 전투). 9월, 혼간 사의 미쓰스케가 궐기하여 셋쓰에 출진중인 노부나가와 싸움. 아사이 나가마사, 아사쿠라 요시카게 등은 혼간 사와 호응하여 오미에 진출. 노부나가는 히에이잔을 포위하고 불을 지른다. 11월, 이세의 나가시마에서 잇코 종 신도의 반란. 노부나가는 오와리의 고키에를 공격하고 동생 노부오키를 자살하게 한다. 12월, 오기마치 천황의 칙명으로 노부나가가 아사쿠라, 아사이와 화의한다.
	2	1571 38세	5월, 노부나가가 이세 나가시마의 잇코 반란군을 공격. 6월, 모리 모토나리 사망. 8월, 노부나가가 오다니 성에서 아사이 나가마사를 공격. 9월, 노부나가가 가나모리 성을 함락, 히에이잔의 엔랴

일본 연호		서력	주요 사건
겐키 元龜	2	1571 38세	쿠 사를 급습하여 방화한다. 10월, 호조 우지마사가 우에스기 데루토라와 절교하고 다케다 하루노부와 동맹 관계를 맺는다. *레판토 앞바다의 해전(스페인).
	3	1572 39세	3월, 노부나가가 오미를 토벌한다. 9월, 노부나가가 쇼군 요시아키에게 17개조의 글을 보내 쇼군의 잘못을 힐문한다. 12월, 다케다 신겐이 미카와에 침입하여 오다·도쿠가와 군을 미카타가하라에서 무찌른다.
덴쇼 天正	1	1573 40세	2월, 쇼군 요시아키가 노부나가에게 대항하여 군사를 일으킨다. 4월, 다케다 신겐 사망. 7월, 쇼군 요시아키가 마키시마 성에서 농성. 노부나가가 이를 공격하고 요시아키를 추방한다(무로마치 바쿠후 멸망). 8월, 노부나가가 에치젠에 진출하여 아사쿠라와 아사이를 멸망시킨다. 아사이의 옛 영지를 히데요시에게 주어 도요토미 히데요시는 하시바 지쿠젠노카미가 된다. 이 해에 노부나가는 아라키 무라시게에게 셋쓰를 지키게 한다.
	2	1574 41세	4월, 노부나가가 다시 혼간 사를 공격한다. 9월, 노부나가가 이세 나가시마의 잇코 종 신도 반란을 평정한다. 이 해부터 노부나가와 모리의 대립이 격화된다.
		1575 42세	3월, 노부나가의 양녀가 곤노다이나곤 산조 아키자네에게 출가한다.

일본 연호	서력	주요 사건
덴쇼 天正	3 1575 42세	5월, 노부나가는 이에야스와 함께 다케다 가쓰요리를 나가시노에서 격파한다(나가시노 전투). 7월, 아케치 미쓰히데가 고레토 휴가노카미가 된다. 8월, 노부나가가 에치젠의 잇코 종 신도 반란군을 공격한다. 11월, 노부나가는 장남 노부타다를 후계자로 삼고 오와리와 미노의 영지를 준다.
	4 1576 43세	1월, 노부나가가 오미에 아즈치 성을 쌓기 시작한다. 2월, 노부나가가 아즈치 성으로 옮긴다. 5월, 이시야마 혼간 사와 싸움. 7월, 이시야마 혼간 사에 군량을 보급하는 모리 군과 대결. 11월, 노부나가가 정3품을 받고 이어서 나이다이진이 된다.
	5 1577 44세	2월, 하타케야마 사다마사가 잇코 종 신도 및 승려들과 제휴했기 때문에 노부나가가 군사를 일으킨다. 8월, 마쓰나가 히사히데가 신기 산에서 반기를 든다. 9월, 우에스기 겐신의 출병으로 노부나가도 출병했으나 패한다.
	6 1578 45세	2월, 하시바 히데요시가 하리마에 침입한다. 노부나가가 아즈치에서 씨름 대회를 개최. 3월, 우에스기 겐신 사망. 6월, 노부나가의 명으로 구키 요시타카 군이 모리 군을 해상에서 무찌른다. 10월, 아라키 무라시게가 쇼군 요시아키, 혼간 사와 짜고 노부나가를 배신.

일본 연호	서력	주요 사건
덴쇼 天正		11월, 노부나가가 아라키 무라시게 군을 공격. *시베리아 진출 개시(러시아).
7	**1579** 46세	3월, 야마시나 도키쓰구 사망. 우에스기 가게카쓰가 가게토라를 죽이고 우에스기의 주인이 된다. 6월, 노부나가가 아케치 미쓰히데의 권고로 항복한 하타노 히데하루 등을 아즈치에서 처형. 9월, 아라키 무라시게가 이타미 성을 나와 아마사키 성으로 옮김. 오기마치 스에히데가 가가의 잇코 종 신도를 체포하여 노부나가에게 보냄. 노부나가가 이들을 살해함. 12월, 노부나가가 아라키 무라시게와 그 가신의 처자들을 처형. *유틀리히트 동맹(네덜란드).
8	**1580** 47세	1월, 히데요시가 하리마의 미키 성을 함락. 3월, 다케다 가쓰요리가 스루가에 출진하여 호조 우지마사와 대치. 노부나가가 혼간 사의 고사와 강화. 4월, 고사는 오사카로 퇴각하여 기슈에서 농성. 6월, 히데요시가 하리마, 이나바, 호키 등지에 출병. 8월, 노부나가가 사쿠마 노부모리를 고야 산으로 추방. 노부나가가 쓰쓰이 시게요시에게 셋쓰, 가와치, 야마토 등의 성을 파괴하라고 명한다. 11월, 시바타 가쓰이에가 가가의 잇코 종 신도들의 반란을 진압.
9	**1581** 48세	2월, 노부나가가 선교사와 흑인 노예를 접견. 4월, 노부나가는 이즈미에 토지 조사를 명하고 이를 거부한 마키오 사를 불태운다.

일본 연호	서력	주요 사건
덴쇼 天正		8월, 노부나가가 고야 산의 성지를 불태우고 많은 사람을 참살한다. 10월, 히데요시가 돗토리 성을 공략. 12월, 가쓰요리가 가이의 새로운 성으로 옮긴다.
10	1582 49세	1월, 오토모 소린·오무라 스미타다·아리마 하루노부가 소년 사절을 로마에 파견. 2월, 시나노의 기소 요시마사가 가쓰요리를 배신하고 노부나가에게 내응. 3월, 노부타다가 시나노 다카토 성을 공략. 다키가와 가즈마스가 가쓰요리를 가이의 다노에서 포위, 가쓰요리 부자가 자결함. 시바타 가쓰이에 등이 엣추의 우에스기 군을 공격. 5월, 이에야스가 아즈치 성에 있는 노부나가의 초청으로 상경. 미쓰히데가 접대역을 맡음. 노부나가가 미쓰히데에게 주고쿠 출진을 명함. 6월, 미쓰히데가 혼노 사를 급습하고 니조 성의 노부타다를 포위하여 노부나가, 노부타다 자결함(혼노 사의 변).

옮긴이 **이길진**李吉鎭

1934년 황해도 출생. 1958년 서울대학교 사회학과를 졸업하였다.
일본 문학 작품 및 일본 문화에 관련된 많은 책들을 유려한 우리말로 옮겼다.
주요 역서로는 가와바타 야스나리의 『설국』, 이마이 마사아키의 『카이젠』,
오에 겐자부로의 『사육』, 기쿠치 히데유키의 『요마록』,
야마오카 소하치의 『도쿠가와 이에야스』, 『사카모토 료마』 등이 있다.

오다 노부나가 제7권

1판 1쇄 발행 2002년 8월 22일
2판 1쇄 발행 2016년 3월 28일
2판 2쇄 발행 2021년 1월 25일

지은이 야마오카 소하치
옮긴이 이길진
펴낸이 임양묵
펴낸곳 솔출판사

주소 서울시 마포구 와우산로29가길 80(서교동)
전화 02-332-1526
팩스 02-332-1529
이메일 solbook@solbook.co.kr
홈페이지 www.solbook.co.kr
출판 등록 1990년 9월 15일 제10-420호

한국어판 ⓒ 솔출판사, 2002

ISBN 979-11-86634-65-3 04830
ISBN 979-11-86634-58-5 (세트)

• 이 도서의 국립중앙도서관 출판예정도서목록(CIP)은 서지정보유통지원시스템
홈페이지(http://seoji.nl.go.kr)와 국가자료공동목록시스템(http://www.nl.go.kr/kolisnet)에서
이용하실 수 있습니다. (CIP제어번호:CIP2015017075)
• 잘못된 책은 구입한 곳에서 바꿔드립니다.

나가시노 전투 병풍도

오다 · 도쿠가와 연합군이 철포를
이용하여 다케다 군을 격파하는 모습